江山醫統

第二輯

卷17

得而復失

石章魚 著

誰得到的利益最大
誰就在這件事上最為可疑

目錄

第一章

昔日兄弟情

周默正在猶豫要如何面對胡小天時，胡小天走了過來，
微笑道：「大哥，難道你已經把兄弟我給忘了？」
周默聽到他喊自己大哥，熟悉的暖流湧入內心，
往事歷歷在目，他對胡小天始終抱著一份歉疚，
本以為胡小天永遠都不會原諒自己了，
壓根也沒有想到胡小天會主動示好。

陰雲籠罩了飄香城的天空，彤雲密佈，天空中卻沒有一絲風，燥熱而沉悶。一輛馬車緩緩駛入余慶寶莊，車上下來一個人，一襲青衫，舉止儒雅，正是胡不為。

和龍宣嬌攤牌之後，胡不為已經沒有了隱藏和徐氏關係的必要。他來到後院，小樓之上一位女子憑欄而立，正是徐氏總管徐鳳眉。

當胡不為的身影出現在她的視線之中，徐鳳眉的表情頓時變得嫵媚而溫柔。

胡不為抬起頭望著她，然後露出一絲淡淡的笑容。

風突如其來，吹動樹梢，雲層以肉眼可見的速度迅速在天空彙集，一顆黃豆大小的雨水低落了下來，胡不為加快了腳步，迅速走入這可以遮蔽風雨的小樓之中。

胡不為來到徐鳳眉身邊的時候，外面的雨已經開始密集墜落。

徐鳳眉托著腮靜靜望著窗外的雨，神情就像是一個小姑娘，喃喃道：「記得我們小時候就像現在這樣看雨。」天空中劃過一道閃電，平地響起一聲驚雷，徐鳳眉嚇得顫抖了一下。然後感覺到一隻臂膀搭在了自己的肩頭，胡不為溫柔的聲音迴盪在她的耳畔：「鳳眉，過了這麼多年，你仍然害怕雷聲？」

徐鳳眉點點頭，然後將螓首靠在他的肩頭，雙眸閉起。雷聲再度響起的時候，她已經不像這般害怕，輕聲道：「你大搖大擺地走進來，不怕被那母老虎知道？」

胡不為呵呵笑了起來：「她否決了拿下紅木川的提議。」

徐鳳眉睜開雙眸：「你要放棄了？」

胡不為道：「等了這麼久，我又怎能錯過這個時機？」

徐鳳眉道：「違抗她的命令，你難道不怕？」

胡不為道：「她應該已經明白了，現在執掌天香國權力的並不是她。」

徐鳳眉靜靜望著胡不為，目光中充滿了仰慕。

胡不為微笑道：「幹嘛這麼看著我？」

徐鳳眉小聲道：「習慣了，從小我就習慣了仰視你，雖然我已經老了，可這種習慣卻始終未變。」

胡不為的手指輕柔撫摸著她的秀髮，柔聲道：「在我眼中，你始終都是當年的那個小丫頭。」

徐鳳眉輕聲歎了口氣道：「我也想永遠停留在那個時候，可惜每個人都會老。」她握住胡不為的手，將面頰貼在他的掌心，兩人就這樣彼此深情凝望著。過了許久徐鳳眉方才放開了胡不為的手，整理了一下頭髮，輕聲道：「老太太應該對咱們的事情有所覺察。」

胡不為不屑笑道：「那又怎樣？她以為自己還能夠掌控徐氏？」

徐鳳眉道：「她不知修煉了什麼邪門功夫，居然變得越來越小，幾乎就像個小姑娘，可身體的狀況卻每況愈下，我看她應該命不長久了。」

胡不為道：「耳聽為虛眼見為實，可眼睛看到的也未必都是真的，我總覺得老太太有些不太對。」

徐鳳眉笑道：「有什麼不對？她不是已經將徐氏所有的產業都交給了我？」

胡不為道：「她為什麼要去參加胡小天的婚禮？」

徐鳳眉道：「興許是因為姐姐的事情，她感到內疚吧。」

胡不為道：「她明明知道胡小天根本就不是我的兒子，為什麼還要去見他？他們那次會面究竟談了什麼？」

徐鳳眉道：「老太太避諱著我，胡小天又極其機警，我不敢輕舉妄動。」

胡不為頗為遺憾地歎了口氣。

徐鳳眉道：「按理不會有什麼特別的事情，不然老太太也不會在回去之後將所有的產業都交給我來管理。」

胡不為道：「不知為什麼，我總是覺得哪裡不對。」

徐鳳眉溫婉笑了起來，伸出手去輕輕撫摸胡不為的心口道：「你太過多疑了，這些年我們受了那麼多的委屈，經歷了那麼多的磨難，總算是守得雲開見月明，不必想那麼多，現在已經沒有任何人可以阻止我們了。」

胡不為點了點頭，他低聲道：「西川方面，我們的勢力早已滲透到他們軍中的各個階層，對西川來說，只要誰可以讓他們吃飽飯，他們就會追隨誰。」

徐鳳眉道：「徐氏富甲天下，完全可以幫助西川渡過難關。」她現在已經被徐老太太正式指派為徐氏大當家，可以自由支配徐氏所有物業。

胡不為道：「無論是大康還是沙迦，又或是胡小天，他們誰都不會想到，西川和天香國早已在我們的掌控之中。」

胡小天和慕容展如約在平江樓相見，慕容展仍然是那幅死人面孔，陰惻惻望著胡小天道：「王爺打聽到了什麼消息？」

胡小天笑道：「我能有什麼消息？喝了幾頓酒，吃了幾頓茶，這西州到處都是斷壁殘垣，滿大街的難民，也沒什麼逛頭。再說，你慕容統領神通廣大，我安心等你的消息就是。」

慕容展知道這廝就算查出了什麼也不會對自己說實話，輕聲道：「李鴻翰上位之後重用他的義弟楊昊然，這楊昊然也很有些本事，竟然在短時間內穩住軍心，而且……」說到這裡，他故意停頓了一下。

胡小天對慕容展賣關子的行為頗為不爽，向前走了幾步，來到外面的憑欄處，眺望著遠方的青沙江。

慕容展接下來的話卻讓胡小天內心一震。

「天香國已經答應借糧給西川了。」

胡小天轉過身來，臉上帶著將信將疑的表情。天香國乃是金玉盟的發起國之

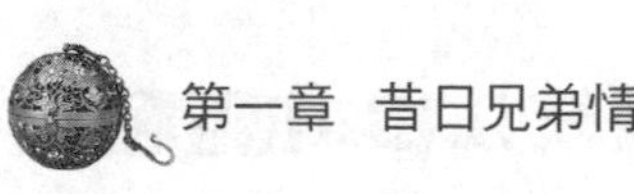

一，此前自己已經和龍宣嬌談妥，以高於市價一成的價格從天香國購入糧食，難道天香國這邊賣給自己糧食，那邊卻借糧西川？如果真的這樣，自己豈不是白白花費了那麼多的功夫？

慕容展看出了胡小天的質疑，淡然道：「此事已經證實，天香國特使周默和楊昊然簽訂了借糧協議，天香國非但答應了借糧，反而還不會收取任何的利息呢。」

胡小天聽出慕容展有意在刺激自己，他呵呵笑道：「居然有這樣的好事。」

慕容展道：「據說當日刺殺李帥的有三個人，一人逃走，一人當場自殺，還有一個落網，他一口咬定是大康天機局所派。」

胡小天道：「早知如此應該讓洪北漠來這一趟，當面認認那兇手究竟是不是他們天機局的人。」

慕容展道：「即便是天機局的人，也未必是洪北漠派來的。」

胡小天點了點頭道：「也對，欲加之罪何患無辭！」

「你打算何時去見李鴻翰？」

胡小天道：「隨時！」

慕容展意味深長道：「你難道不擔心他可能會對你不利？」

胡小天道：「有慕容統領作伴，還有什麼可怕的？」

慕容展道：「王爺果然膽色過人！」

胡小天哈哈大笑：「既然來到了這裡，怎麼都得跟李鴻翰見上一面，不然豈不是辜負了公主殿下的信任？」他話鋒一轉道：「慕容統領跟胡不為認識多久了？」

慕容展神情一變，遇到這種他不喜歡的問題最好還是沉默以對。

可胡小天卻沒有放過他的意思，輕聲道：「我去天香國之時，胡不為曾經以飛煙的性命為要脅，讓我幫他做一件事。」

慕容展聽到此事和自己的女兒有關自然格外留意，只是他不知道胡小天到底是不是在撒謊。

胡小天道：「他讓我去清玄觀幫他偷樣東西。」說到這裡他故意看了慕容展一眼，雖然慕容展的表情一如往常那般冷漠，可是從他目光的波動已經可以看出自己所說的事情已經引起了他的足夠關注。

胡小天繼續道：「如果不是那一趟，我還不知道原來清玄觀的主人就是蘇玉瑾，她不但是天香國的國師，還是飛煙的母親。」

慕容展對胡小天因何知道這個秘密並不感興趣，他真正感興趣的是胡不為因何會派胡小天做這種事？胡小天偏偏在這個時候止住不說，慕容展終忍不住問道：「他讓你去偷什麼？」

「頭骨，一個藍色透明的頭骨。」

慕容展內心一震，他故作淡然道：「天下間哪有什麼藍色透明的頭骨？」

胡小天微笑道：「總之我將那顆頭骨偷了出來，用頭骨換得了飛煙的平安。」他的這番話半真半假，反正慕容展也無從查證，真正的目的就是要讓慕容展對胡不為產生疑心，胡小天幾乎能夠斷定這兩人之間必然存在著不為人知的聯繫。

慕容展輕聲道：「尊父還真是厲害。」

胡小天哈哈笑道：「從他拋棄我們母子的那一天，我跟他已經斷絕了關係，一個連家人都能背叛的人，又怎麼值得信任？」

慕容展沒有說話，目光投向遠方。

胡小天道：「換成是慕容統領，會不會置家人的性命於不顧呢？」

慕容展仍然沒有回答他的問題。

胡小天道：「我相信你和他不是同一種人！」

慕容展灰白的雙目盯住胡小天，一字一句道：「我跟你也不是一路人！」

無論慕容展怎樣想怎樣看，可事實終歸是事實，今次他和胡小天同路而來，共為大康使臣。胡小天別有用心的那番話畢竟還是起到了一定的作用，慕容展得知了許多過去不曾知道的事情。

消息越來越多地回饋到胡小天的耳朵裡，種種跡象表明，西川軍隊內部比他預想中要穩定得多，李天衡之死並沒有對這支大軍造成太大的影響，直到現在胡小天仍不相信李鴻翰擁有掌控西川局面的能力，如果不是他，那麼其背後必然還有另外一支力量。雖然霍格幫忙調查，可是仍然沒有查到周王的任何消息，至於李無憂，一直都在為父親守孝。

胡小天雖然未曾和李無憂見面，可是已經能夠斷定這位守孝的李無憂乃是上次所見的癱瘓少女，她絕不是夕顏。

在經過一番斟酌之後，胡小天決定公開現身，兩國交兵不斬來使固然是其中一個原因，而且以西川目前的狀況，李鴻翰應該不敢輕舉妄動，若是同時得罪了大康和自己，西川政權必將面臨滅亡的局面。

大帥府內氣氛凝重，府內上上下下全都身穿喪服。胡小天和慕容展帶領四名隨行武士來到帥府，此前已經送上拜帖，帥府方面也早已做好了準備，帥府門前的街道已經戒嚴，兩旁士兵全副武裝，十步崗，五步一哨，讓氣氛顯得越發壓抑。

胡小天昂首挺胸，龍行虎步走在最前，慕容展落後他半步，兩人都是目不斜視，渾然將那兩旁林立的勇武士卒視如無物。來到帥府門前，一位白髮蒼蒼的老者候在那裡。

胡小天一眼就認出那老者乃是帥府總管裘元昌，若是私人拜訪，由總管出門接待並不稀奇，可是胡小天身為大康鎮海王又兼大康特使，李鴻翰就算有孝在身，也應該派出旗下高級別官員前來迎接，可是他讓一個帥府總管出迎，明顯有輕慢之意，在禮節上已經落了下乘。

慕容展皺了皺眉頭，流露出不悅的表情。

胡小天倒是不以為然。

裘元昌上前抱拳行禮，深深一揖道：「參見尊使！」

胡小天微笑道：「昌伯，五小姐在不在？」

裘元昌微微一怔，想不到胡小天見面之後的第一句話就是問起小姐的下落，旋即又想起，胡小天上次前來西州拜壽的時候，自己曾經引著他前往和五小姐李無憂見面，難怪他會有此一問。恭恭敬敬回答道：「五小姐在靈堂誦經呢。」

胡小天道：「夫人還好嗎？」

裘元昌歎了口氣道：「因為傷心過度病倒了，少帥將她送到了影月山莊靜養。」他做了個邀請的手勢道：「尊使請進！」

胡小天道：「我今日是以私人身分前來弔唁大帥，昌伯不必拘泥禮節。」

慕容展聽他這樣說心中已經明白，胡小天顯然是不準備在今天提起公事，既然不是頂著特使的身分而來，那麼今天裘元昌出迎也算不上失禮。慕容展知道胡小天素來足智多謀，自己今次陪同他過來根本無需多言，看他如何處置就是。

裘元昌引著兩人來到靈堂，李天衡雖然去世多日，可是葬禮卻始終沒有舉行，屍體已經焚化，據說是按照李天衡生前的意思，李天衡曾經擔心死後或許會落下罵名，於是做出了這樣的決定。對他來說不失為明智之舉，畢竟免除了死後被人挖墳曝屍的可能，如今靈堂之中供奉的就是李天衡的骨灰。

李天衡共有一子五女，女兒之中，除了李無憂雙腿殘疾之外，其他幾個都已經嫁人，遠嫁沙迦的一個，其餘三個女兒都嫁給了西川本部將領，四個女兒都在帷幔之後誦經超度。

李鴻翰聽到通報方才緩緩站起身來，來到門前，和剛剛走入靈堂的胡小天正面相逢。他的雙目冷冷盯住胡小天，咄咄逼人，並沒有讓步的意思。

胡小天心中暗笑，這廝果然是本性難移，心胸狹隘上不得檯面。

李鴻翰冷冷道：「我當是誰？原來是你！」

胡小天道：「身為人子，當懂得孝悌二字，李帥屍骨未寒，少帥難道讓他在天之靈眼睜睜看著你這番作為嗎？」

經他一說，李鴻翰竟似乎真的感覺到身後有一雙眼睛在看著自己，內心中情不自禁打了個冷顫，他暗自提醒自己，父親已經死了，除了師父以外，天下間再沒有其他人知道真相，就在此時，卻聽到胡小天陡然發出一聲厲喝：「跪下！」

李鴻翰被他的這聲大喝嚇得打了個哆嗦，眾人也都被胡小天的這一嗓子給吸引了過來。李鴻翰驚慌過後，馬上心中一陣惱怒，這廝以為他是誰？竟敢當著那麼多人的面讓自己下跪，正欲發作之時，卻聽到一個柔弱的聲音從身後傳來：「多謝王爺親來弔唁，無憂雙腿有疾無法全禮，還望王爺不要見怪！」

竟是李無憂在三位姐姐的陪同下出來。她一身素縞，容顏蒼白，宛如一朵白色山茶花一般，當真是我見尤憐。

李無憂的三位姐姐卻在同時向胡小天跪了下去。

李鴻翰反應過來之後，一張面孔頓時漲得通紅，四位妹妹的做法等於是對他公然打臉，其實胡小天的要求並不過分，李鴻翰身為孝子理當向前來弔唁的賓客跪拜行禮，而他今日的做法根本沒有半點禮貌可言。

胡小天撇開李鴻翰趕了過去，慌忙道：「四位小姐不必多禮，胡李兩家本為世交，我今天過來也是以私人身分過來弔唁李伯父。」

在場眾人望著眼前的局面，嘴上雖沒說什麼，可是心中對李鴻翰的做法卻深感不齒，這李家唯一的男丁做事未免太小氣狹隘，甚至比不上李家的幾個女兒。

胡小天來到李天衡靈位前跪拜上香，以子侄之禮相待。

李鴻翰灰溜溜走了回去，此時他方才漸漸冷靜下來，強忍心中怒火跪拜還禮。

胡小天上香之後，來到李無憂的面前，他蹲下身去，表現出對李無憂的足夠尊重，其實胡小天對李無憂的身分一直抱有懷疑，在康都營救夕顏之時，他從洪北漠那裡得知夕顏才是李天衡的女兒李無憂，可是夕顏畢竟沒有親口承認過。現在李天衡遇害，直到現在夕顏都沒有現身，如果夕顏當真是李天衡的親生女兒，那麼在道理上似乎說不通。

胡小天凝望李無憂明澈的雙眸道：「你還好嗎？」

李無憂點了點頭：「多謝王爺掛懷！」

胡小天道：「你還是叫我胡大哥更順耳些。」

李無憂道：「胡大哥！」

胡小天露出一抹笑意。

身後響起李鴻翰冷酷的聲音：「胡小天你搶佔我西川土地，掠奪我西川百姓，勾結大康朝廷，謀害我爹，現在居然還敢來到西州，難道你當真不怕死嗎？」

胡小天慢慢直起身來，平靜道：「李公子信口雌黃，難道不怕驚擾了尊父在天之靈？」

李鴻翰怒道：「驚擾我父帥在天之靈的乃是一幫假仁假義的混帳才對！」

慕容展聞言，兩道濃眉皺了起來，這李鴻翰當真是心胸狹隘，如此沉不住氣，卻不知怎樣掌控西川大局。

此時外面傳來通報之聲：「沙迦國霍格王子到！天香國特使周默到！」

胡小天對霍格的到來早有準備，其實在他來此之前就已和霍格約好，至於周默的到來卻並不在他的預料之中，既然來了也沒什麼好怕，胡小天心存坦蕩，並不認為自己有什麼對不起周默的地方，就算正面相逢，感到愧疚的也應當是周默才對。

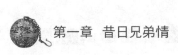

霍格率先走入靈堂，他身分特殊，不但是沙迦使臣還是李天衡的女婿，也算是李家的家人，走入靈堂之中，先去上香。

周默緊隨霍格的腳步進入靈堂，剛一進來目光就和胡小天迎面相逢，果不其然，周默的雙目中閃過一絲內疚，幸好李鴻翰走上跪拜相迎，同樣是使臣卻遭遇完全不同的對待。

霍格對胡小天卻頗為熱情，親切道：「兄弟，你也來了！」

胡小天微笑道：「大哥，別來無恙？」兩人此前早就見過面，卻裝成一副初次相見的樣子。

李鴻翰心中暗暗責怪霍格，自己明明指出大康派人暗殺了父親，霍格卻仍然和大康使臣表現得如此親密，顯然沒把自己的話放在心上。

周默拜祭完畢，正在猶豫究竟如何面對胡小天的時候，卻想不到胡小天居然主動向他走了過來，微笑道：「大哥，難道你已經把兄弟我給忘了？」

周默聽到他喊自己大哥，一種熟悉的暖流湧入內心，往事歷歷在目，他對胡小天其實始終抱著一份歉疚，本以為胡小天永遠都不會原諒自己了，壓根也沒有想到胡小天會主動示好。

周默愣了一下，然後才反應了過來，他心情複雜道：「三弟……」他從未想過有生之年還能夠聽到胡小天叫他一聲大哥。

胡小天笑著點了點頭道：「回頭再說！」目光轉向李鴻翰：「李公子，此番我前來西州乃是受了朝廷的委託，一是代為弔唁李大帥，二是要追諡李帥為忠武王，這是朝廷讓我帶來的聖旨！」

李鴻翰冷冷望著胡小天，唇角充滿了譏諷之意：「胡小天，我想你走錯了地方，如果不是看在你是大康使臣的份上，我絕不會對你客氣，我爹就是被你們大康的殺手所害，現在居然假惺惺過來封王，你們究竟是什麼用心？」

胡小天寸步不讓道：「受人所托忠人之事，我沒逼你接旨，可朝廷委託我的事情，我還是要帶到。」

李鴻翰點了點頭，伸手接過胡小天遞來的聖旨，正準備當面扯碎的時候，卻聽到李無憂一旁道：「大哥為何不看看聖旨上寫的究竟是什麼？」

李鴻翰的手停了下來，他充滿責怪地看了五妹一眼，顯然認為她不該在這個時候說話。

如果李無憂沒有開口說話，幾乎所有人都會忽略這個病弱而蒼白的少女，可是她一旦開口說話，別人卻又無法忽略她的存在，她雖然病弱，可是在眾人的注視下並未表現出一絲一毫的怯懦，反而流露出一種同齡少女沒有的鎮定和堅強。

李鴻翰道：「你們先進去！」

李無憂道：「娘說過，若是大康來了使臣，一定要告訴她。」

李鴻翰怒喝道：「我讓你進去！」

李無憂根本沒有理會他，明澈的雙目平靜望著自己的兄長，其餘三位姐姐也站在她的身邊，顯然已經明確了陣營。

就算是外人也能夠看出李天衡的這些兒女內部似乎出現了問題。

霍格道：「鴻瀚，這就是你的不對了，岳母大人既然說過，我們做兒女的就要遵從，難道岳父大人屍骨未寒，你就要違抗母命？」

李無憂伸出手去：「把聖旨給我！」

李鴻翰幾乎以為自己聽錯，向來病怏怏的小妹竟然當眾向自己發難，而且居然開口索要聖旨。李鴻翰正欲發怒，卻聽一旁管家裘元昌道：「少爺，不如這件事還是交給夫人定奪！」

李鴻翰猶豫了片刻，終於還是將聖旨遞給了李無憂，不屑道：「這張廢紙又有什麼作用！」

胡小天微笑道：「你應當感到慶幸，若是膽敢扯碎聖旨，慕容統領此刻已經擰斷了你的脖子。」

慕容展一直在旁邊靜觀其變，聽到胡小天提及自己，心中暗自苦笑，胡小天根本是要將自己拉下水的意思，就算李鴻翰當真扯爛聖旨，在西川的地盤上自己也不會輕舉妄動，可心中這麼想，嘴上卻是不能示弱的，冷冷道：「算你命大！」

胡小天轉身出門，來到門外，卻聽一個柔弱的聲音叫道：「胡大哥留步！」

胡小天聽出是李無憂，停下腳步，微笑轉過身來，卻見裘元昌推著李無憂的輪椅出來，李無憂的手中仍然牢牢握著那份聖旨。

胡小天迎了過去，恭敬道：「不知無憂姑娘有何吩咐？」

李無憂輕聲道：「我剛才的話你應當聽到了，我娘在影月山莊，如果胡大哥願意……」

不等她說完，胡小天就點頭答道：「我自然願意。」

裘元昌向胡小天道：「勞煩王爺陪陪我家小姐，老奴這就去備車！」

李鴻翰在靈堂內望著外面正在交談的李無憂和胡小天，臉色氣得鐵青，可是當著眾人也不便發作，他悄悄叫來心腹武士，低聲叮囑道：「盯著他們，看看他們到底去了哪裡？」

霍格在一旁望著李鴻翰的舉動，心中暗自不屑，這廝心胸實在過於狹隘，李無憂只不過是一個雙腿癱瘓的女孩子，她又能起到什麼作用？

裘元昌將李無憂抱入車廂之中，胡小天幫忙將輪椅掛在車廂尾部的掛鉤之上，也去車廂內坐了。上車之前，看到慕容展靜靜望著自己，於是笑了笑道：「慕容統領不必擔心，先回去等我的消息。」

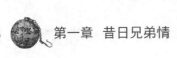

馬車離開帥府之後，李無憂展開聖旨看了看，黑長的睫毛隨著目光的遊移上下忽閃著，胡小天則在一旁靜靜望著李無憂，這是他第二次見到李無憂，李無憂看起來如此柔弱，可是他卻感覺到她內心的堅強。胡小天心中暗忖，她和夕顏究竟誰才是真正的李無憂？

裘元昌的聲音從外面傳來：「五小姐，後面有人跟蹤。」

李無憂合上聖旨，淡然道：「我這位兄長真是越來越沒有出息了！讓他跟著就是，若是膽敢進入影月山莊，格殺勿論！」

胡小天內心一驚，他想像不到這樣狠辣的話竟出自如此柔弱的李無憂口中。

馬車在影月山莊大門外停下，裘元昌停好了馬車，胡小天將輪椅取下，請李無憂坐好，李無憂擺了擺手道：「昌伯，你去料理事情，胡大哥推我進去就行。」

裘元昌點了點頭。

胡小天推著李無憂進入影月山莊，進入大門之後，李無憂指了指影月山莊最高處的觀景亭：「勞煩胡大哥推我上去。」

胡小天舉目望去，觀景亭雖然不算高，可是走到哪裡也需經過近二百步台階，不過台階旁邊專門修了坡道，顯然是為了方便李無憂的行動，胡小天推著輪椅向上走去，很快來到了觀景亭，站在觀景亭內可以看到西州內城的情景，帥府也在視野之中。胡小天惦記著面見李夫人的事情，可是李無憂先將自己帶到了這裡，想必一定有話對自己說。

李無憂道：「我娘病了，所以我不想任何人驚擾到她，」

胡小天這才明白，前來影月山莊只不過是李無憂自己的意思，並不代表李夫人。從靈堂李無憂和李鴻翰的對立開始，胡小天就改變了對她的看法，李無憂其實擁有著超人一等的堅強。

李無憂道：「我爹生前已經決定率部回歸大康，我爹遇刺之後，當初提議回歸的那些人在一夜之間都已入獄或者被害。」

胡小天對此已經有過一些瞭解，可是從李無憂口中說出更加可信。

李無憂道：「你受了大康朝廷的委託而來，是不是要澄清跟刺殺我爹並無關係的事情？」

胡小天點了點頭道：「就算站在旁觀者的角度，大康也沒有刺殺李伯父的可能，而且李伯父死後得到利益的並不是大康。」

李無憂道：「我爹決定回歸大康之後，就將代表至高軍權的虎符交給我保管，可是在他遇害之後，我發現虎符已沒有太多意義，軍中早已被楊昊然所控制。」

胡小天道：「就是那個出賣自己義父換取利益的楊昊然？」

李無憂道：「這件事很不尋常，我雖然沒什麼見識，可是也能夠看出其中的一些破綻，我爹去世之後，我們甚至連他最後一面都沒有見到，他的屍體就被焚化。

我本擔心西川軍隊內部會有變亂，可是一切卻出奇的穩定。」

胡小天道：「證明你哥哥還是有些本事的。」

李無憂搖了搖頭道：「實際操縱軍權的並不是他，而是楊昊然，你應該已經聽說天香國答應借糧給西川的事情了，西川和天香國之間素無交集，為何天香國肯在危難之時伸出援手？」她停頓了一下道：「我懷疑有人利用了我哥哥！西川的這場變動很可能和天香國有關。」

胡小天心中暗暗吃驚，如果真是如此，那麼自己剛剛建立起的金玉盟豈不是名存實亡？不對！龍宣嬌此前已經表現出足夠的誠意，究竟是什麼讓她又突然選擇背離？難道是胡不為起到了作用？

李無憂道：「胡大哥，我知道自己的要求有些過分，可是我身邊並無其他可信之人。」

胡小天道：「我也占去了西川的不少地方，你為何選擇相信我？」

李無憂道：「西川的歸宿並不重要，只要百姓能夠得到安寧的生活，在誰的治下還不是一樣？我只想查清我爹的死因，還他一個公道！」

胡小天望著李無憂堅毅的目光，心中暗暗欽佩，李天衡遇害，最後想著為他討還公道的竟然是身有殘疾的女兒。胡小天輕聲道：「你認不認得夕顏？」

李無憂眨了眨眼睛，唇角露出一絲笑意：「你見過她了？」

胡小天點了點頭。

李無憂道：「她是我最好的朋友，她要是在，一定不會發生那麼多的事情。」幽然歎了口氣道：「我好沒用，這種時候一點忙都幫不上。」

胡小天望著李無憂，心中對她充滿了愛憐和同情，伸出手去握住李無憂蒼白瘦削的手，低聲道：「我會幫你！」

李無憂的眼圈紅了，兩行晶瑩的淚水順著蒼白的俏臉滑落，她迅速轉過頭去，輕聲道：「我一直沒有哭！」

胡小天掏出自己的手帕遞給了她，李無憂悄悄擦去淚水，恢復平靜之後小聲道：「這裡有一份名單，是我爹生前認定忠誠的將領，這其中多半都已經遇害或者下獄，還有一些人，我特地標注出來，昌伯可以聯絡上他們。」

胡小天接過李無憂手中的那份名單，簡單流覽了一下，其中一個名字引起了他的注意，燕虎成，此人乃是張子謙的義子，也是西川年輕一代中最傑出的將領之一，後來因為攻打鄖陽落敗而被追責，原來他仍然還在西州。

胡小天小心收好了這份名單，低聲道：「有沒有辦法能夠聯絡上夕顏？」

李無憂搖了搖頭，美眸之中流露出擔憂之色，輕聲歎了口氣道：「其實我也在擔心她，或許你知道，五仙教一直和李家關係默契，可是不知為何產生了矛盾，攻打鄖陽之前，五仙教就和我方斷絕了關係，也就是從那時候我就再未見過夕顏。」

第二章

得而復失

胡小天的預感不幸應驗了，
天香國出兵紅木川，以迅雷不及掩耳拿下火樹城，
胡小天對火樹城一直採取以夷制夷的辦法，
讓紅夷族人自行管理，丐幫在暗中輔佐，
現在天香國突然反水，拿下紅木川易如反掌，
根本沒有任何的反抗。

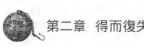

燕虎成蓬頭垢面地坐在城牆的拐角，烈日當空，早已將他的肌膚曬得黧黑，一雙虎目也似乎被曬乾了水分，毫無神采。郥陽戰敗之後，主帥李琰將所有的責任都推到了他的身上，雖然李琰最終承擔了主要責任，可燕虎成也沒有逃脫下獄的命運，直到三月前他方才被釋放。雖然恢復了自由之身，卻被免除了軍中所有職務，除了終日買醉，燕虎成不知道自己還能做什麼。

一道陰影遮住了他的面孔，燕虎成抬起頭來，看到一名年輕的乞丐站在自己的正前方，靜靜望著他，在那名乞丐身後不遠的地方還有六名乞丐站在那裡。燕虎成的第一反應就是可能是自己不小心占了對方的地盤，最近一段時間，尤其是西川地震之後，西州一帶乞丐數量激增，這些乞丐為了爭奪地盤，鬥毆事件層出不窮，燕虎成心中暗歎自己何時已經淪落到被別人當成乞丐了。他搖了搖頭，推開身邊已經喝光的酒罈，搖搖晃晃站起身來準備離去。

沒想到那年輕乞丐仍然擋住了他的去路，微笑道：「燕將軍，有人找！」

燕虎成聽到對方直接了當地叫出了自己的名字，不覺有些吃驚，自己這番頹廢模樣，居然還有人能夠認得出來？

那年輕乞丐說了地址之後率領同伴離去。

燕虎成望著這幾名乞丐的背影心中暗自奇怪，他們怎麼能夠找到自己？又怎麼知道自己一定會去？

每個人都有好奇心，燕虎成也不例外，尤其是他頹廢的生活已被酒精佔據，在他的心底深處也急於尋找一件事將自己從目前的狀態中擺脫出來，短暫猶豫之後，他決定去看看，哪怕是個圈套也好，至少能夠讓他知道這個世界上還有人惦記。

午後的星竹園十分寧靜，道路兩旁修竹成行，微風吹來竹葉發出沙沙聲響，這聲響非但不顯得聒噪，反而更顯幽靜，燕虎成走出竹林前方霍然開朗，看到綠竹掩映中有一大片空曠地帶，其間有一座竹製六角小亭，流角飛簷，工藝古樸而精緻，一位身穿淺灰色亞麻質地勁裝的男子坐在涼亭中喝茶，裸露出的雙臂肌肉飽滿而結實。相貌英武，氣宇軒昂，和萎靡不振的燕虎成明顯成了截然不同的對比。

燕虎成一眼就認出此人乃是胡小天，心中正在奇怪他怎麼敢在西州現身？

胡小天向他招手笑道：「虎成兄，怎麼這麼久才過來？」

燕虎成望著這廝一臉陽光燦爛的笑容，心中暗忖，我跟你很熟嗎？不過他仍然還是走了過去，沉聲道：「如果我沒看錯，你是大康鎮海王？」

胡小天笑道：「咱們又不是沒見過面，坐！」他做了個邀請的手勢。

燕虎成在他對面坐下，胡小天隔著老遠就已經聞到他身上濃烈的酒氣，拿起茶壺給他倒了杯茶，開門見山道：「虎成兄真不好找，幸虧有五小姐指點。」

燕虎成有些迷惑道：「五小姐？」

胡小天道：「大帥的小女兒李無憂！」

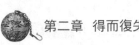

燕虎成越發糊塗了，雖然他知道李天衡的確有個小女兒叫李無憂，可是自己卻從來都沒有見到過，因何李無憂會知道自己？又會給胡小天指路？這一切究竟是真的，還是胡小天故意說謊？

胡小天從他的表情已經看出他並不相信，端起茶盞抿了口茶道：「你知不知道大帥遇刺之前已經決定率領西川回歸大康？」

燕虎成搖了搖頭：「我早已離開。」自從鄖陽落敗之後，他就被追責入獄，獲釋也不過只有三個多月，自從入獄以來從未見過李天衡，自然不會知道他的決斷。

胡小天道：「西川深陷泥潭，大帥不忍看到西川軍民陷入水深火熱之中，終於做出回歸大康的決定，然而卻遭遇了前所未有的阻力。」

燕虎成盯住胡小天道：「你究竟是為何而來？」

「我這次奉了大康朝廷之命，特地前來追謚大帥為王！」

燕虎成聽到這裡，拍案怒起道：「大帥乃是被大康殺手刺殺，你們貓哭耗子裝什麼慈悲？」桌面因他重重的一拍震動起來，桌上的茶盞在震動中跳離了桌面而傾覆，茶水灑在了桌面上。

胡小天的目光望著那傾覆的茶盞，唇角露出淡淡的笑意：「大康若是當真想趁虛而入，又何必派出使節那麼麻煩？直接揮師而入，你以為西川擋得住嗎？」

「大康派你來只不過是想一箭雙雕，利用西川軍民對大康的憤怒將你這個特使碎屍萬段！」

胡小天搖了搖頭：「大帥遇刺之後，以姚文期為首的幕僚、將領在短時間內受到了打壓，你能夠向我解釋其中的原因嗎？」

不等燕虎成回答，胡小天又道：「大帥屍骨未寒，李鴻翰就忙著將他的屍骨焚化，在缺少證據的前提下指證大康乃是背後的策劃者，又是什麼原因？」他目光盯住燕虎成的雙目，咄咄逼人道：「如果事實當真如此，為何五小姐會告訴我大帥生前最信任的那些將領的名字？又為何要冒著風險來幫助我？」他取出一份名單遞給了燕虎成。

燕虎成的目光顯得有些猶豫，可最終仍然接了過去，當他看到名單上的字跡已經可以確定這份名單的確是大帥親筆所寫。全部看完之後，燕虎成的眼圈居然紅了，他只是沒有想到李天衡的內心深處自己仍然是值得信賴的。

胡小天道：「根據我瞭解到的狀況，李鴻翰一直堅決反對回歸大康，在這件事上他可能和大帥產生了很大的矛盾，而且在大帥去世之後，他的行為極其反常。」

燕虎成低聲道：「你是說他害死了大帥？」

胡小天道：「沒證據的事我不會亂說，只是現在西川的情況非常奇怪，我們本以為大帥去世之後，西川軍隊內部或許會出現混亂，卻沒想到前所未有的平靜。」

燕虎成道：「西川現在軍中有大半將領連我都不認識。」他在婉轉地告訴胡小天，西川將領已經經歷了一次大範圍的更迭，鄖陽戰敗是一個引子，在鄖陽戰敗之後，李琰失勢，李天衡重用楊昊然，楊昊然和李鴻翰聯手對軍隊進行了大範圍的變革。正是這種變革導致了軍中如今的狀況。

胡小天道：「最近天香國和西川達成了協定，天香國願意無償借糧給西川渡過難關，據我所知，西川和天香國過去一向沒什麼聯繫，而天香國跟我卻達成了聯盟，他們和西川達成的這份協定等於是背離了我們聯盟的初衷。」

燕虎成緩緩坐了下來，目光審視著胡小天，他仍然在懷疑胡小天說這麼多還只是為了個人的利益在考慮，可天下間又有哪個人不是呢？

胡小天道：「天下間絕沒有白白付出的事情，若非可以從中得到巨大的利益，天香國又何至於做出如此的付出？」

「你是在懷疑天香國策劃了這件事嗎？」

胡小天微笑道：「誰策劃刺殺大帥我並不清楚，可是有件事我能夠斷定，李鴻翰必然知道內情，而且他也必然被人利用了。」他停頓了一下，向前湊近了一些，壓低聲音道：「西川的軍權實際上已控制在楊昊然手中，李鴻翰已經被架空。」

燕虎成抿了抿嘴唇，握緊了雙拳，周身的肌肉緊繃了起來，內心被憤怒充滿，如果胡小天的推測屬實，那麼李鴻翰絕對是個狼心狗肺的東西，為了權力害死親生父親，這種禽獸不如的事情也做得出來。

他提醒自己一定要冷靜，平復情緒之後，望向胡小天道：「你因何要來找我？我不知自己能夠幫到你什麼？」

胡小天道：「你雖然已經被免職，但是你在西川軍中仍然有不少的朋友和兄弟，想要探查情況一定比其他人要容易得多。」

「我為什麼要幫你？」

胡小天笑了起來：「不是幫我，而是幫你自己，同時也可幫助西川軍民百姓。西川如果落在楊昊然及其背後那些陰謀家手裡，百姓的日子勢必會悲慘許多。」

燕虎成道：「你還不是想將西川據為己有？」

胡小天道：「西川本來就屬於大康，落在大康的手裡，至少西川的百姓可以被平等對待。」

「你能保證讓西川百姓過上安樂的生活嗎？」

胡小天點了點頭，加重語氣道：「我能保證！」

周默歎了口氣：「我究竟是去還是不去？」他剛剛收到了胡小天的邀請，請他當晚去百草堂一聚。

蕭天穆的唇角浮現出一絲蒼白的笑意：「去，為什麼不去？我和你一起去！」

周默愣了一下，他本以為蕭天穆會選擇迴避。

蕭天穆道：「該來的始終都要來，我們之間是該有個了斷了。」

蕭天穆不請自來，顯然並非胡小天意料中的事情。相比較而言，蕭天穆心機深沉多智近妖，要比周默難對付得多，胡小天在和周默重逢的時候，能夠從他的眼中捕捉到來自於他內心深處的歉疚，而從蕭天穆的臉上他根本看不到任何表情，更何況他本來就是個瞎子。

蕭天穆輕聲道：「三弟，許久不見！」他的聲音平淡無奇，聽不出絲毫的歉疚和感觸，彷彿他們之間什麼事情都沒有發生過一樣。

胡小天笑了笑道：「二哥，的確有許多年沒見了，你的眼仍看不到東西嗎？」

蕭天穆聽出他話中有話，眼睛看不到，可是他的心中明白，微笑道：「只怕這輩子也看不到了，還好已經習慣了。」

胡小天意味深長道：「二哥眼睛雖看不到，內心卻比很多人要明白得多。」

蕭天穆笑了起來：「這個世界上往往活得越是明白就越是痛苦，要不怎麼會有難得糊塗的說法？」

周默自然能夠聽出兩人的話中暗藏機鋒，咳嗽了一聲：「二弟聽說三弟也來了西州，所以一定要跟三弟見上一面。」

蕭天穆道：「三弟不會怪我不請自來吧？」

胡小天笑道：「怎麼會？我們兄弟三個久別重逢，只當是同氣連枝，同生共死，說這種話就是見外了。」他邀請兩人坐下，又叫人送上一副碗筷。

將面前的酒杯滿上之後，胡小天端起酒杯道：「我們兄弟已經很久沒有坐在一起飲酒了，咱們先乾三杯再說話。」

周默點了點頭，端起面前的酒杯先乾為敬，蕭天穆也喝了，可剛喝了一杯就劇烈咳嗽了起來。

胡小天從他咳嗽的聲音聽出他很可能有肺部疾患，輕聲道：「二哥若是身體不方便，可以不喝。」

蕭天穆喘了口氣道：「這三杯酒無論如何都要喝下。」

周默憂心忡忡地望著蕭天穆，他知道蕭天穆的身體狀況最近一直都不好。

蕭天穆卻堅持喝完了三杯酒，捂著嘴咳嗽了幾聲道：「老毛病了。」

胡小天道：「有病就得治，不能一味耽擱，否則小毛病也會越來越嚴重，甚至無藥可醫。」

蕭天穆微笑道：「記得當年咱們兄弟在青雲相識的情景嗎？」

胡小天點了點頭道：「咱們兄弟之間發生的每一件事，我都記得清清楚楚。」

蕭天穆道：「三弟是不是有許多話想問？借著今天這個機會不妨都說出來。」

胡小天道：「現在說已經沒有意義了。」他給周默倒了杯酒，自己也斟滿，卻沒有給蕭天穆倒上，既然蕭天穆身體不方便也就沒必要勉強。他跟周默碰了碰酒杯道：「這杯酒，要謝謝大哥。」

周默端起酒杯，臉上的表情頗為尷尬。

胡小天喝了酒後方道：「如果沒有大哥幫忙，曦月也不會順利逃離大雍。」

周默的臉有些發熱，這件事正是他最對不住胡小天的地方。周默乾咳了一聲道：「三弟，其實這些年來我一直都想跟你說一聲對不起，我……」

胡小天打斷了他的話：「大哥不用這麼說，有些事我看得出來，你們做的有些事也是被逼無奈，」他越是這樣說，周默心中就越是覺得過意不去。

蕭天穆沒有說話，端起茶盞抿了口茶，多年不見，他們的這位小兄弟比起昔日要內斂許多，可這並不意味著他們今日的會面要一笑泯恩仇。胡小天將周默請到這裡，應該不是單純想要握手言和，周默性情耿直，對當年背棄胡小天之事始終內疚不已，如果胡小天知道自己也在西州，或許他不會設下這場晚宴。蕭天穆心中暗忖，這位小老弟應該是想從周默的口中打探他們來到西州的目的。

周默道：「總之是我對不起你……」

蕭天穆呵呵笑了起來，笑聲將周默的話再度打斷，蕭天穆道：「大哥的確不用太過在意，三弟胸襟廣闊，他既然願意和你我兄弟坐在一起，就證明已經放下了當年的事情，我們再提反而不好，再說，三弟和安平公主雖然好事多磨，但最後有情人終成眷屬，我們當年違心做過的錯事終究還是沒有釀成惡果，我們這兩個當哥哥的也終於可以鬆一口氣了。」

胡小天暗歎蕭天穆狡猾，原指望著從周默口中套出一些話，可今日蕭天穆的到來看來要讓自己的計畫落空。

胡小天道：「大哥這次代表天香國而來，聽說已經和西川方面達成了協定？天香國要無償借糧給西川？」

蕭天穆在桌下悄悄踢了周默一腳，提醒他不可隨便亂說話。周默猶豫了一下，終於還是點了點頭道：「不錯，確有其事！」

胡小天道：「大哥知不知道金玉盟的事情？」

蕭天穆搶先道：「自然聽說過！」

胡小天道：「你們或許也應該知道此前我以高於市價一成的價格從天香國購入糧食，太后也答應了我。」

蕭天穆道：「三弟很缺糧嗎？」

胡小天道：「這些糧食卻是為了解救湧入我領地逃難的西川災民，不然我的糧食儲備足夠百姓食用。」

蕭天穆道：「百姓乃國之根本，這句話幾乎每個人都知道，可是真正能夠理解其中意思的人卻沒有幾個，三弟這次接收了不少的難民，只要你幫他們渡過了這一次難關，這些難民以後必將成為三弟手中的一支巨大力量。」

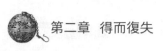

胡小天微笑道：「我解救他們可沒那麼多的機心，只是覺得百姓無辜，而西川內部動盪，又無法兼顧他們的事情，我若是不出手，還不知道要有多少西川百姓會死於這場天災。」

蕭天穆道：「三弟真是宅心仁厚。」

胡小天道：「可是貴國的做法卻讓一切都出現了變數。」他停頓了一下，目光盯住周默道：「借糧給西川的決定，是不是太后親口所下？」

周默有些不敢面對他的目光，正在猶豫是不是要回答這個問題的時候，蕭天穆道：「是！」

胡小天斷然否決道：「不可能，如果是太后做出的決定，她應該不會派大哥前來西川出使，而且她無償借糧給西川，等於背棄了當初和我定下的盟約。」

蕭天穆道：「什麼盟約？三弟所指的盟約就是和金玉盟合力拿下西川嗎？不對啊，剛才三弟不是說對西川並沒有野心嗎？」

胡小天並沒有回答他的問題：「我若是沒有猜錯，大哥此來西川乃是胡不為差遣，以我對太后的瞭解，她應該不會背棄金玉盟，也就是說只存在一個可能，太后已經被胡不為控制，如今天香國的權力已經落入了胡不為的執掌之中！」

蕭天穆和周默聽到這裡，心中同時讚歎，這位小兄弟在這些年的磨礪之中果然越發成熟了，他已經看到了問題的實質，推測出天香國內部的權力發生了變動。

蕭天穆道：「其實天香國並未有什麼實質性的改變。」

胡小天搖了搖頭道：「李天衡突然被刺殺，我想來想去都想不到背後的策劃者，現在終於有些明白了。」

蕭天穆道：「三弟以為是誰做的？」

胡小天道：「誰得到的利益最大，誰就在這件事上最為可疑。李天衡死後，李鴻翰繼承了他的位子，這個人心胸狹窄，眼高手低，原沒有這樣的魄力和手段，他的背後必然有人支持，李天衡死後，西川沒有發生任何的動亂，看來在李天衡死前早有人佈置好了一切，甚至悄悄將軍中骨幹將領全都撤換，最困擾西川的糧食問題，也由天香國出面解決，二哥以為這些事都是巧合嗎？」

蕭天穆搖了搖頭道：「這世上哪會有那麼多的巧合。」

胡小天道：「既然都是兄弟，我索性就胡亂說幾句。」

蕭天穆道：「那我們洗耳恭聽！」

胡小天將手中酒杯緩緩落下：「我還是忽視了胡大人，他的佈局比我想像中更深更廣，他的力量也比我預想中強大得多。他的勢力早已滲透天香國，外人只看到太后掌權的假像，其實是因為他還沒到行動的時候。至於西川，和你們兩人一樣的人還有許多，也許有很多人早已滲透到了西川的各個層面。」

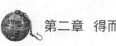

周默一言不發，端起酒杯一口飲盡。

胡小天道：「看來有人終於還是沉不住氣了，他認為到了出手的時候，控制天香國，拿下西川……」說到這裡胡小天的聲音戛然而止，他突然想到了一件極其可怕的事情，一個孤立的西川絕對起不到任何作用，如果一切全是胡不為在背後策劃，那麼他現在拿下西川等若是作繭自縛，很可能會被西川拖入泥潭，除非他有辦法打通西川的南向通路，將西川天香國連為一體，可是這兩者之間還隔著紅木川，紅木川卻是屬於自己的地盤。以胡不為的老謀深算，他應該不會忽略這件事。胡不為既然已經開始顯露崢嶸，逐漸走向前台，那麼他很可能會同時對紅木川下手。

一直沒有說話的周默道：「三弟，其實你沒必要留在這裡，既然已經完成了你的使命，為何不選擇離開？」

胡小天盯住周默的雙目道：「大哥是在提醒我嗎？」

蕭天穆道：「你得到了西川四分之一的土地，又何必為了大康冒險？反正你在這件事上也沒有太多的損失。」

胡小天道：「如果我堅持留下呢？」他一字一句道：「你們會不會出手對付我？」

周默有些痛苦地垂下頭去，兄弟之間的關係剛剛有所緩和，卻又要被局勢推向對立的兩面。

蕭天穆劇烈咳嗽起來，許久方才平復，他移開手帕，胡小天看到手帕上觸目驚心的血色，不由得皺了皺眉頭。

蕭天穆道：「三弟，你鬥不過他！」

胡小天知道蕭天穆口中的那個他指的就是胡不為，他淡淡笑道：「我這個人生性不服輸。」

蕭天穆道：「他是我們的恩人，如果沒有他，我們早已死了，我們對他盡忠，就只能對你不義！」

胡小天道：「所以結拜的時候你們的心中就是清楚的，你們只不過是被他派來監視我罷了。」

周默慚愧不已。

蕭天穆道：「假作真時真亦假，其實很多時候連我們自己也分不清什麼是真，什麼是假！」他居然自己給自己斟了一杯酒，端起那杯酒道：「天下無不散的宴席，喝了這杯酒，咱們還是各奔東西吧。」

胡小天的預感不幸應驗了，天香國出兵紅木川，以迅雷不及掩耳之勢拿下了火樹城，胡小天對火樹城一直採取以夷制夷的辦法，讓紅夷族人自行管理，丐幫在暗中輔佐，雖然紅木川這段時間極其安定，可其中的隱患也是不小，現在天香國突然反水，拿下紅木川易如反掌，根本沒有受到任何反抗。

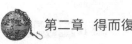

聽孟廣雄稟報完這一緊急事件之後，胡小天居然還能夠保持鎮定，其實剛才他在百草堂和兩位結拜兄弟喝酒的時候就已經想到了這件事，然而終究還是太晚，紅木川得而復失，他此前的一番心血付諸東流。也意味著胡不為已經將天香國、紅木川、西川連成一體，無論是版圖還是勢力都可以和大康、大雍抗衡。

胡小天低聲道：「丐幫的兄弟怎樣？」

孟廣雄道：「應該沒什麼事情，天香國軍隊入駐紅木川，幾乎沒有發生戰鬥，紅夷族人打開火樹城的城門列隊歡迎，這些蠻夷根本就是牆頭草。」他仍然為這件事感到憤憤不平。紅夷族人放棄反抗，丐幫也不會傻到要和天香國大軍硬拚，自然不會有什麼人員傷亡，只是胡小天損失了紅木川等於少了一塊西南的根據地。

胡小天微笑道：「紅木川原本就不是我的地盤，是太后送給公主的嫁妝！」

孟廣雄道：「這天香國太后也真是，明明送給了人家，現在又要了回去。」

胡小天道：「你以為她會做這種出爾反爾的事情？如果我沒猜錯，她已經喪失對朝政的實際控制權了。」

此時有人進來通報，卻是沙迦王子霍格到了，霍格深夜來此也是有原因的，他也聽說了紅木川被天香國佔領的事情，對胡小天而言，紅木川只是意外所得，最大的意義在於控制西川的南部門戶，現如今西川都已經落在了胡不為的掌控中，那麼紅木川事實上已經面臨腹背受敵的尷尬局面，胡小天再有本事，畢竟鞭長莫及，也很難保證將紅木川牢牢控制在手中，更何況他本身又沒有駐軍紅木川。如今被天香國兵不血刃地拿走，胡小天雖然有些失落，可算不上太大的打擊，他甚至沒有急著收回失地的意思，此時心中醞釀的無非就是譴責，不是認慫，而是對一件既成事實又無力改變的事情也只能如此。

而對霍格來說，這消息要比當事人胡小天更加的震撼，沙迦人攻打南越，如今已經侵佔了南越國大半地盤，更進一步就可以將南越滅國。他們的下一步就是拿下紅木川，可是天香國卻搶先一步，先於他們佔領了紅木川，這意味著切斷了沙迦繼續東進的可能。

霍格見到胡小天的第一句話就是：「兄弟，天香國背信棄義竟然搶了你的紅木川！」做出一副打抱不平義憤填膺的模樣。看到胡小天如此鎮定，他還以為胡小天並未得到消息，愕然道：「怎麼？你還不知道？」

胡小天點了點頭道：「知道了，可有什麼辦法？」

霍格道：「屬於自己的土地自然一寸都不能失去，天香國如此背信棄義，我們就應當聯手討伐！」

胡小天對霍格的這句話雖然認同，可是他對霍格的目的更加清楚，就目前的局勢而言，紅木川於沙迦比對自己的意義更加重大，即便是天香國不去攻佔紅木川，那塊地方也必然因為各方勢力角逐而成為燙手山芋，塞翁失馬焉知非福，一時的得失也非全部，更何況自己已經得到了西川東北的大片土地，面積十倍於紅木川，總體而言自己的損失並不大。

天香國的一系列行動讓剛剛成立的金玉盟已經名存實亡，胡小天開始反思自己的失誤，他此前過度相信龍宣嬌的能力，卻低估了胡不為的實力，一個一直隱藏在後台的人物，現在終於露出其真正實力的冰山一角，操縱天香國政權，掌控西川，佔領紅木川，這一連串的組合拳打得乾脆俐落，漂亮至極，以胡小天之能都產生了應接不暇的感覺。他不得不佩服自己的這位老爹，薑是老的辣！

可以推斷出，胡不為在天下間早已鋪開一張看不見的隱形大網，他的手下不乏周默、蕭天穆這樣的能人，而且他還和慕容展這種厲害角色擁有不為人知的合作關係。想要經營如此龐大的網路，必然要有雄厚的財力來支撐。胡小天不由得想起徐老太太在雲澤跟自己的那番深談，金陵徐家早已落入胡不為的實際掌控之中。有了富甲天下的徐家作為後盾，胡不為做任何事情自然遊刃有餘。

當年大康的宮廷政變發生得太過倉促，即便是胡不為也沒有做出充分的準備。西川李天衡也曾經是他的盟友，兩人意圖謀奪大康的江山，而姬飛花的橫空出世讓兩人原本的計畫破滅，方才有了李天衡的自立，人一旦嘗到獨攬大權的好處，自然就不再願意和他人共用，也是從那時起，李天衡和胡不為漸行漸遠。

逃離大康只是胡不為的第一步，在安然抵達天香國之後，胡不為開始了他一步步的反擊之旅，重新修補昔日的隱形網路，再度佈局西南，在大雍忙著對付黑胡，大康自顧不暇，而胡小天忙於在庸江流域發展地盤的時候，他終於迎來了反擊的絕佳時機。

霍格等了半天不見胡小天說話，忍不住道：「兄弟，你究竟是怎麼了？」

胡小天道：「此事發生得實在太過突然，我正在想應對之策。」

霍格道：「什麼應對之策，自然是以牙還牙，以眼還眼，換成是我，別人奪我一寸土地，我必搶他一尺。」

胡小天微微一笑道：「你們沙迦人和我們中原人大不相同，我們中原人講究以和為貴，讓三分風平浪靜，退一步海闊天空。」其實他心中並不是那麼想。

霍格聽他說得如此淡然，就猜到胡小天已經接受了眼前的現實，並沒有立刻反擊的打算，他歎了口氣道：「那不就是任人宰割？」

胡小天緩緩走了幾步，來到牆上懸掛著的那幅西南地圖前方，凝望那幅地圖，目光遊移了一會兒，最終落在了南越國的位置，低聲道：「聽說洪英泰也來了。」洪英泰乃是南越國六王子。

霍格道：「喪家之犬根本不值一提。」沙迦雖然還沒有將南越國全都拿下，可是侵佔的南越國土地已經超過了一半，現在的南越國防線向後回縮，用不了太久時間就會全線崩潰。

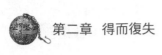

胡小天道：「他此次前來的目的應該不僅僅是弔唁。」

霍格皺了皺眉頭：「你是說……」胡小天顯然在提醒他南越國與天香國合作的可能，面臨滅國之危的南越很可能會求助於天香國，如果天香國答應幫忙，那麼局面或許會扭轉。

霍格的目光也落在那張地圖上，沙迦突入南越國佔領了不少的土地，可是如果天香國幫忙，那麼他們深入南越國的軍隊或許會面臨來自於天香國、西川、南越三方的圍追堵截，原本有利的局面很可能會發生逆轉。

胡小天道：「西川其實已經被天香國掌控。」

霍格不解道：「天香國何以會突然變得如此厲害？那楊隆景只不過是個窩囊廢罷了，真正的權力還不是被龍宣嬌掌控。」

胡小天微微一笑，霍格對天香國真正的局勢並不瞭解，他也懶得將胡不為的事情解釋給霍格聽。即便是說了，他也未必相信。胡小天道：「我幾乎能夠斷定，楊昊然也是天香國埋在西川的一顆棋子。」

霍格歎了口氣道：「想不到龍宣嬌如此厲害，居然早已在西川佈局。」

胡小天道：「不是我不肯和大哥聯手，而是目前時機並不成熟，西南的局勢已經成為定局，並不是短時間內能夠改變的。」胡小天在這一點上並沒有說謊，即便他已經成功控制了西川東北，可是那片區域因為地震而導致道路損毀，想要將道路完全打通也需要大半年的功夫。

霍格難以抑制心中的失望，沙迦入侵南越，真正的目的還是西川這塊肥肉，可現在西川被天香國搶先控制，想要拿下西川的難度又增加了不少。不過他內心中仍然存在著一絲僥倖：「就算岳父的死是天香國方面策劃，他們在短期內也不可能完全控制西川。」

胡小天道：「現在的天香國早已不是過去的那個，大哥，也許咱們首先考慮的應該是怎樣從這裡全身而退。」

洪英泰在西州並沒有做太大的動作，可是南越使臣郤幾乎在同時抵達了天香國的國都飄香城，覲見天香國國王楊隆景，並達成了盟約，南越主動要求成為天香國的屬國，而天香國派出大軍幫助南越國對付沙迦。

通過燕虎成的幫助，胡小天得到了不少西川軍中的內幕消息，在鄖陽兵敗之後，楊昊然成功取得了李天衡的信任，在他掌控軍權後，就開始著手於軍隊內部的換血，這種情況在李天衡死後越發明目張膽，借著查找兇手，清除內奸的名目，幾乎將西川的骨幹將領更換殆盡。

胡小天心中原本還存在著一線希望，在瞭解到全部狀況之後，心中已經明白，在目前的狀況下想要扭轉乾坤已經沒有任何可能了，西川的事情已經成為定局。他決定選擇離開，在離開西州之前，先去了一趟影月山莊與李無憂道別。

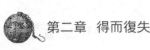

李無憂聽胡小天將所瞭解到的情況說了一遍，明澈的雙眸不見任何波動，她輕輕點了點頭道：「胡大哥辛苦了。」

胡小天苦笑道：「這件事上我沒幫上什麼忙，實在是抱歉得很。」

李無憂搖了搖頭道：「欲速則不達，他們精心佈局那麼久，又豈是我們能夠在短時間內可以扭轉局面的？」抬起頭來目光捕捉著空中悠悠蕩蕩潔白如棉絮的雲朵，美眸之中有晶瑩的淚光閃動。

胡小天的大手輕輕落在她的香肩之上：「無憂，我仍然會幫你。」

李無憂溫婉一笑：「其實連我自己都不知道應該怎樣做，得悉我爹遇害的那一刻，我第一個念頭就是要查出兇手為他報仇，可是現在事情越來越明朗，我卻猶豫應該怎樣做了。」

胡小天道：「你下不了手？」兇手幾乎可以鎖定在李鴻翰的身上，李無憂面對自己的親哥哥或許沒有斬殺他的決心。

李無憂道：「報復一個人並不一定要殺他，而是要讓他可恥地活著，在我心中他早已死了，無非是一具行屍走肉，被人擺佈，可悲可歎。」她停頓了一下又道：「就算我不動手，他也不會活得太久，一旦在別人眼中失去了利用價值，等待他的必然是死路一條。」

胡小天深有同感地點了點頭，他不由得想到了周王龍燁方的命運，今天的李鴻翰或許就是昨天的周王，而周王已經完成了他的使命，對胡不為而言，龍燁方早已沒有了任何利用的價值。胡小天道：「你以後打算怎麼辦？」

李無憂道：「留在這裡安安靜靜的生活，為我爹守孝，照顧我娘。」

胡小天從她堅毅的目光中卻看出她絕不會輕易放下這件事，他低聲道：「其實這裡也非久留之地。」

李無憂淡然笑道：「沒有人會對一個癱瘓女子的死活感興趣，在他們眼中，我的生命只不過是一顆塵埃。」

胡小天道：「如果你願意，可以選擇一片更安全的地方。」

李無憂伸出柔荑輕拍了他放在自己肩頭的手：「無論怎樣，我都要謝謝你。」

「謝我什麼？」

「謝謝你給我一個正常女孩子能夠擁有的幻想。」

胡小天的內心因李無憂的這句話而刺痛了一下，他不知為何會有這樣強烈的反應，一時間想到了他們曾經擁有的婚約，哪個少女不懷春，難道在李無憂的心中早已將自己當成了幻想中的愛人？

李無憂道：「我還想求你一件事！」

胡小天道：「你說！」

「按理說發生了這種事夕顏一定會過來，可是至今我都未得到她的消息。」其實胡小天心中和她抱有同樣的迷惑。

李無憂道：「我擔心她可能遇到了麻煩，五仙教做事向來不擇手段，所以我想請你幫忙找到她。」

胡小天苦笑道：「人海茫茫，想要找一個人可不容易。」

李無憂道：「我這裡有一張地圖，是夕顏留下來給我的，她說過如果有一天我遇到了麻煩，可以派可信之人前去找她。」她將早已準備好的地圖遞給了胡小天。

胡小天道：「這上面可是五仙教總壇所在？」

李無憂緩緩點了點頭道：「正是！」

胡小天展開地圖粗略流覽了一下，發現五仙教的總壇竟然位於青雲西北的崇山峻嶺之中，不由得想起過去黑苗人和五仙教之間的關係，其實他過去就應該想到，五仙教眾有不少來自黑苗族，他們的總壇自然距離黑苗人的聚居地不遠。胡小天和五仙教也打了多次的交道，夕顏自不必說，就連閻怒嬌也是五仙教元老級人物影婆婆的高足。至於五仙教主眉莊夫人，曾經在劍宮和任天擎聯手對付自己，此人的手段陰狠毒辣，詭計多端，絕對算得上胡小天有生以來遭遇過最棘手人物之一。

李無憂道：「五仙教擅長用毒，其教眾多是心狠手辣之輩，豢養形形色色的毒蟲，你此番前去一定要小心。」

胡小天心中暗忖，我還未答應你一定會過去，怎麼你就認定了我要去？

李無憂溫婉笑道：「你心中一定是非常喜歡夕顏的對不對？」

胡小天沒有說是也沒有說不是，雖然他心中的確喜歡夕顏，可是總覺得當著李無憂的面說出來有些殘忍，畢竟他們曾經有過婚約，現在雖然婚約早已取消，可胡小天對李無憂卻有種說不出的虧欠。

李無憂輕聲道：「胡大哥，若是能夠找到夕顏，你帶她離開五仙教，千萬不可讓她受到傷害。」

胡小天凝望李無憂明澈的雙眸，緩緩點了點頭道：「你放心，我答應你。」

李無憂的臉上浮現出一絲純淨的笑容。

胡小天又道：「我也不會讓你受到任何傷害。」

李無憂的笑容因他的話而變得羞澀，蒼白的俏臉之上浮起兩片紅暈，她轉過俏臉，迴避胡小天灼熱的目光，過了一會兒方才道：「沒有人會對我不利！」

胡小天選擇了不辭而別，既然短時間內改變不了西州的狀況，還是選擇暫時放一放，此去青雲，一來可以故地重遊，二來可以會會閻魁，至於閻怒嬌，她在上次前往雲澤參加婚禮之後就沒有返回天狼山，已經決定留在東梁郡常伴胡小天左右，閻魁對這個寶貝女兒的決定也是無可奈何。當然對胡小天最重要的事情還是想方設法找到夕顏，並將她從五仙教總壇帶出來。

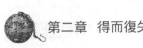

胡小天的離開並不代表著他對西川乃至紅木川大片區域的放棄，留下孟廣雄在西州繼續查探消息，燕虎成也在悄悄聯絡昔日李天衡座下的骨幹力量。拳頭只有縮回來再打出去才能發揮出更大的力量，做任何事都要留出一定的餘地，繃得太緊於人於己都沒有任何的好處。

天香國搶佔紅木川並和西川結盟的事情震驚天下，得到這一消息之後，周睿淵第一時間去見七七，西川是周睿淵的老家，論到對西川的熟悉，朝廷內沒有人能夠超過他。縱然如此，周睿淵仍然沒有預料到西川最終倒向了天香國。這件事關乎到整個西南的局勢，對大康乃至整個天下而言影響重大。

七七的臉色並不好看，從散落一地的瓷器碎片來看，她應該剛剛發過火，周睿淵自然知道這位小公主並不好相處，自從她掌權之後，文武百官都已充分領略到她殺伐果斷的威儀，雖然對外宣稱老皇帝仍然在世，可是宮內無人能夠見到太上皇一面，僅有的消息也都是通過永陽公主對外傳達，事實上她已經成為大康實際上的掌權者。周睿淵始終都有些納悶，他不明白何以天機局洪北漠這樣的人物因何會對七七言聽計從？

權德安使了個眼色，兩旁的小太監匆匆走過來將散亂一地的碎瓷片收拾乾淨，然後又以更快的速度退了下去，權德安恭敬道：「殿下，周大人來了。」

七七的目光才從奏摺上收了回來，掠過周睿淵的面孔，讓周睿淵的內心深處禁不住生出一股寒意。他躬身行禮道：「微臣參見公主殿下！」這種私下見面的場合，七七特許他無需行大禮。

七七淡然道：「賜坐！」

「謝殿下！」

七七道：「周卿家，知不知道本宮今天召你來做什麼？」

周睿淵謹慎回答道：「是不是因為西川發生的事情？」

七七道：「你怎麼看？」

周睿淵道：「事情發展到現在已經明朗，鎮海王成立的那個金玉盟無非只是一個形式罷了，禁不起任何的考驗已經土崩瓦解。」

七七鳳目閃爍，她並沒有打斷周睿淵的話。

周睿淵從金玉盟說起，也是有他自己的用意，他歎了口氣道：「微臣以為，表面上看西川發生巨變，可根源卻在天香國，公主殿下高瞻遠矚，想必已看出此番變動天香國、紅木川、西川已連成一片，而天香國已悄然崛起成為西南最大勢力。」

七七道：「是本宮疏忽了，一直都沒有將天香國放在心上。真是想不到，他們竟然出手如此雷厲風行，打了我一個措手不及。」

周睿淵暗自慚愧，別說七七疏忽，他們這些做臣子的何嘗不是如此，誰也沒有想到天香國竟擁有那麼強的實力，更讓人佩服的是他們把握機會的能力。他恭敬道：「是臣子們的不是，我等對天香國的實力缺乏正確的估計。」

七七道：「現在看來天香國做這一系列的事情必然是蓄謀已久，而且經過精密計畫，他們似乎對我們的一舉一動非常的清楚。」

周睿淵從她的話中聽出了端倪，心中暗忖，難道她懷疑朝廷內部有人跟天香國勾結？

七七道：「天香國無償借糧給西川，單靠他們的國力應該不太可能。」

周睿淵點了點頭道：「此前他們還答應賣給胡小天糧食，如此看來兩者不能兼顧，胡小天那邊勢必會面臨很大的危機了。」

聽到胡小天的名字，七七不由得心中為之一緊，她讓胡小天前往西川出使的時候，並沒有預料到會發生那麼多的狀況，不知胡小天現在究竟怎樣？他又應當如何應對眼前的局面？七七淡然道：「他是咎由自取，佔領了西川那麼多的地盤，怎麼都要付出一些代價。」停頓了一下又道：「我們的大軍已經在西川東南邊境集結完畢，隨時都可以攻入西川收復失地。」

周睿淵道：「公主殿下當真做好了打仗的準備？」

七七沒有說話，她還沒有做好足夠的準備，大康還沒有恢復元氣，更何況洪北漠並不贊同她發動戰爭，在他看來最重要的事情是皇陵。

周睿淵道：「公主殿下，我懷疑天香國的內部或許出了問題，龍宣嬌乃是金玉盟的發起者之一，答應賣糧給胡小天的也是她，這次改變實在太過突然。」

「你的意思是……」

周睿淵躬身行禮道：「臣以為，不必急於做出反應，可以繼續增強邊界的兵力，封堵西川難民逃亡的通道，靜觀其變，等搞清楚狀況再做決斷也不算遲！」

七七道：「不知為何，本宮總覺得這次的事態前所未有的嚴重。」

周睿淵道：「應該是蓄謀已久。」

七七道：「你覺得胡小天會不會早就知情？和天香國太后合謀上演了這樣的一齣好戲？」

周睿淵沉吟了一下方才道：「臣以為胡小天應該不會做這樣的事，這次的變故之中他失去了紅木川，紅木川雖只是彈丸之地，但其戰略意義極其重要，北扼西川，西控南越，東聯天香，南望大海，地理位置得天獨厚，胡小天當初為了得到紅木川也花費了不少心機，沒理由那麼便宜又送還給天香國。更何況他已經控制了西川東北部的地盤，坐擁紅木川，以後南北夾攻，就算將整個西川佔領也有可能。」

七七緩緩點了點頭道：「本宮也覺得他應該不會做這樣的事情。」

第三章

五仙教總壇

胡小天原本抱著悄然潛入而來，可是一路走到這裡，
不停地鬧出動靜，此前的目的已經完全落空，
既然事情已經到了這種地步，也沒什麼好怕，
胡小天道：「原來你也是五仙教的，大家都是教友！
當真是大水淹了龍王廟一家人，不識一家人！」

按照李無憂給他的地圖，胡小天前往五仙教總壇，途經青雲縣城的時候，胡小天特地去胡府轉了一圈，卻發現昔日富麗堂皇的宅院如今已經淪為了一片瓦礫，問過之後才知道，去年胡府失火，將這裡燒了個精光，至於胡府裡面的家人奴僕誰也沒有見到一個，據說是全都燒死在裡面了，可當時連一具屍首都沒有見到。

胡小天當然不會擔心須彌天會葬身在一場火災之中，而且他認為這場火災絕非意外，應該是須彌天有意縱火，大概是不想自己過來找她，問過時間，發生火災的時間剛好在自己離去後的那個月，他心中斷定此事跟自己有關。胡小天下意識地摸了摸胸前，當初和須彌天分手的時候，她曾經贈給自己半塊玉佩，約好三年之期，如今已經過去了大半，明年九月十六，她讓自己去斷雲山閑雲亭，想必應該可以見到她。

胡小天在青雲沒有找到須彌天，自然也沒有了在當地停留的必要，當即離開了青雲縣，出了縣城十五里，一路西行，來到黑石寨的時候，夜幕已經降臨。因為當初蒙自在曾經隱居在此，胡小天本想繞過黑石寨，儘量避免不必要的麻煩。

可是胡小天看了看地圖，卻發現地圖所指的道路必須要經過黑石寨，稍作考慮之後，終於還是決定從黑石寨經過，此次前來他提前進行了易容，以他現在的模樣就算連自己都不認得，只要不遇到蒙自在那種級數的高手應該不會出什麼紕漏。

進入黑石寨的大門，四名駐守寨門的黑苗壯漢將他攔住，為首一人甕聲甕氣道：「呔，你是何人？為何擅闖黑石寨？」

胡小天陪著笑臉道：「這位兄台，在下乃是行腳客商，剛好路過寶地，只是要借一條路走，沒有別的意思。」

四名黑苗漢子將他圍住，上上下下打量了一番，其中一人指著胡小天腰間的佩劍道：「拿來看看！」

胡小天原本經常攜帶玄鐵劍，這次並未帶來，主要是玄鐵劍太過顯眼，胡小天不想惹人注目，於是換了一柄，這柄劍在他的藏品之中自然算不上優秀，可是在普通人眼中也是不可多得的寶刃。胡小天也沒多想，直接抽出佩劍遞給了對方。

那黑苗漢子握劍在手，來回在虛空中劈砍了幾下，停下讚道：「好劍，好劍！」他稱讚之後卻沒有歸還胡小天佩劍的意思，另外一名黑苗人又指了指胡小天背後的包裹：「我們需要檢查一下。」

胡小天心中暗罵，這幫黑苗人當真是得寸進尺，自己如果答應他們，下一步該不是要搜身？他微笑道：「幾位大哥，我只是路過，還請你們不要為難我，那柄劍你們若是喜歡只管拿去，權當是我的過路錢。」

幾名黑苗漢子聞言同時大笑了起來，他們又向胡小天走近了一步，分明是要攔住他不讓他前行，其中一人伸手就抓向胡小天身後的包裹道：「這麼緊張，裡面究竟藏了什麼寶貝啊？」

胡小天此前來到黑石寨，感覺黑苗人為人熱情直爽，而且極其好客，這次怎麼一個個搞得跟攔路搶劫的強盜似的，若是無動於衷任由他們為所欲為，這幫人肯定會變本加厲，胡小天心中暗歎，只能選擇出手，在最短的時間內將這四人擊倒，正在他準備出手之時，卻聽到遠處傳來一聲怒喝：「你們做什麼？」

胡小天循聲望去，卻見過來的卻是黑石寨的寨主滕天祈，他身材高大，不過比起過去消瘦了許多，背脊也有些駝了。胡小天心中暗自鬆了口氣，還好寨主及時趕到，滕天祈身為寨主應該不會放任他的這些手下任性胡為。

那四名黑苗漢子果然停下對胡小天的圍堵，望著滕天祈，其中一人道：「原來是寨主啊！」

滕天祈一瘸一拐走了過來，胡小天這才發現他的右腳跛了，右臂夾著一根木拐杖，緩緩來到幾人面前，幾人迎了上去，其中一人道：「原來是寨主大人，您今天為何這麼大的火氣？」

滕天祈看了胡小天一眼，歎了口氣道：「人家只不過是一個過路的客商，你們又何必為難人家。」語氣竟透著商量的意思。

幾人連連點頭道：「寨主教訓得是。」

胡小天又發現滕天祈的衣服破裂了多處，而且佈滿污穢，心中暗自奇怪，以黑石寨主的身分，何以會如此不拘小節？

兩名黑苗漢子將滕天祈一左一右攙扶了，其中一人道：「寨主，我扶著您。」

滕天祈道：「不用，我也不是你們的寨主了。」

幾名黑苗漢子同時笑了起來，突然一人將滕天祈的拐杖抽去，一人繞到他身後，在滕天祈背後用力一推，滕天祈失去平衡，重重跌倒在了地上，不等他爬起，幾名黑苗漢子如狼似虎般衝了上去，對著地上的滕天祈拳打腳踢，憤憤然罵道：「不開眼的老東西，以為你自己還是寨主嗎？」

滕天祈被幾人打得沒有反手之力，唯有抱住頭面。

胡小天看到眼前一幕，心中方才明白滕天祈已然在黑石寨失勢，他生平最恨這種落井下石的小人，原本就對這幾名黑苗大漢惱火不已，看到他們如此對待一個殘疾老人，再也按捺不住心頭憤怒，豹子般衝了上去，拳腳齊發，以他的武功對付這幾人還不是易如反掌，幾乎出手就放倒一個，轉瞬之間，四人盡數被他擊倒在地。

胡小天撿起了自己的佩劍，然後又將滕天祈的拐杖撿起，來到他身邊將滕天祈扶了起來，關切道：「滕寨主，您有沒有事？」

滕天祈有些詫異地望著胡小天，他從未見過這張陌生的面孔，訝然道：「你認得我？」

胡小天笑道：「黑石寨寨主，這青雲一帶誰不認得呢？」

滕天祈歎了口氣，他已經淪落如斯，也不再是什麼寨主了，拄著拐杖，向地上的幾名同族看了一眼，發現他們已經被胡小天擊暈了過去，他向胡小天道：「你還是儘快走吧，一旦驚動了寨子裡其他的人，再走就來不及了。」

其中一名黑苗漢子手足動了一下，似乎又要醒來，滕天祈揚起拐杖照著那人的腦袋狠抽了一記，將他砸暈，然後向胡小天道：「跟我來！」

胡小天跟著滕天祈進入黑石寨，滕天祈雖然右腿殘疾，可勝在對寨子中的道路熟悉，他引著胡小天向西北而行，進入一條偏僻的小路，在灌木叢中蜿蜒行進，大約走了兩里路的光景，已經經過了黑石寨，滕天祈指了指前方道：「你一直向前，走到那棵榕樹之後轉向南行，向前走五里就上了大路。」

胡小天向滕天祈抱了抱拳，忍不住問道：「寨主發生了什麼事情？」

滕天祈擺了擺手道：「不必問，你走吧。」

胡小天道：「您女兒滕紫丹曾經有恩於我，寨主不必將我當成外人。」

滕天祈聽到女兒的名字，虎目之中竟然湧出了淚水，他歎了口氣道：「紫丹她已經不在了……」此時寨門的方向火光閃爍，粗略望去大概有幾十個，應該是黑石寨的其他人已經被驚動了。

滕天祈催促道：「快走，再晚就來不及了。」

胡小天倒不怕這黑石寨中人，即便是整個寨子傾巢而出，他自問也應付得來，他又有些擔心滕天祈會因為這件事招惹麻煩，內心有些猶豫。

滕天祈道：「你快走，不用管我，他們不會把我怎樣的。」

胡小天點了點頭，心中暗忖，滕天祈若是想走，早已走了，肯定是他割捨不掉黑石寨，所以才會選擇留下，胡小天向滕天祈抱了抱拳，快步向前方走去。

來到榕樹下的時候，胡小天轉身回望，卻見那片火光已經聚攏在剛才自己和滕天祈分手的地方，想必滕天祈又要因為私自放人而招來一頓折磨，這位昔日在黑石寨說一不二的硬漢如今卻落到這樣的下場，不禁讓人感歎。

黎明在鳥兒的鳴叫聲中悄然到來，胡小天睜開雙目，他躺在一張吊床之上，吊床的兩端繫在大樹的枝椏之間，舒舒服服伸了個懶腰，展開地圖，研究了一下路線，根據地圖上所標記，經過黑石寨之後向西南行進，進入大路行進三十里，然後就開始進入山地，胡小天所休息的這片樹林就在紫龍山的入口處。

昨晚他從黑石寨逃離之後一直來到了這裡，決定在這片林子休息一晚然後再繼續向紫龍山進發。

洗漱完畢，簡單吃了幾口乾糧，繼續向紫龍山的方向走去，抬頭望去，紫龍山算不上高，尤其是和周圍的群山相比，都矮上了一截，不過紫龍山山體的顏色在霞光中蒙上了一層淡淡的紫色，山頂也不像其他山峰那般陡峭，而是彷彿被人一劍削去，形成了一個平台。

進入紫龍山沒有多久，前方的道路就已經完全消失，地圖所標記的地點也不是十分詳盡，圖上顯示，五仙教的總壇所在應該是接近山頂的地方，胡小天爬到山頂，方才明白這座山為何會是平頂，原來是一座火山，山頂乃是火山口。

沿著火山口環形，終於找到了地圖上標記的仙人指路，這座石像也是熔岩堆積而成，根據石像所指的位置，胡小天一路下行，終於找到了一個小裂縫，裂縫外植被叢生，如果沒有這張地圖，很難發現茂密的植被叢中居然還隱藏著一道裂縫。

胡小天環視周圍，並沒有發現有人經過的足跡，如果這裡當真是五仙教總壇所在，應該有不少教眾出入這裡才對？只要有人經行就會留下相應的足跡，從植被瘋長的情況來看，這裡應該很少有人通行，至少可以判定最近一段時間並沒有人從這裡經過。

胡小天抽出佩劍斬斷裂縫前方的藤蔓和植被，從裂縫中走了進去，裂縫極其狹窄，只能側身行進，裡面幽深黑暗，清冷潮濕，胡小天本以為向裡面走一段距離會豁然開朗，可側身走了百餘步，仍然不見開闊的跡象，最狹窄的地方，必須利用易筋錯骨來縮小身體方才能夠從中通行，而且越走越黑，抬頭望去，上方已看不到天空，胡小天從腰間掏出夜明珠，照亮這狹窄黑暗的空間，看到前方岩壁全都是紅色，而且如波浪般蠕動，定睛望去，原來那貼附在岩壁上的都是一個個米粒大小的山螞蟻，和通常見到的黑色不同，那些山螞蟻通體赤紅，佈滿岩石殷紅如血。

胡小天暗叫不妙，若是這些山螞蟻全都湧上來，就算自己一身武功也只怕要被牠們給啃成一堆白骨的份兒。還好那些螞蟻沒有向胡小天繼續靠近，來到距離他兩尺左右的地方就止步不前，胡小天曾經吞下五彩蛛王的內丹，知道那顆內丹讓自己接近百毒不侵，這些螞蟻一定是嗅到了他身上的特殊氣味，所以不敢靠近。

胡小天嘗試著伸出手臂，果然手臂靠近的地方，螞蟻迅速向周圍散去，胡小天確信這些螞蟻不會傷害自己，這才壯著膽子繼續向前方擠去，所到之處，蟻群紛紛閃避，只顧著前方卻忽略了腳下，足下突然發出咔啪聲響，似乎踩斷了什麼，胡小天低頭望去，借著夜明珠的光華可以看到自己的腳下有一堆白骨，從骨骸的形狀來看應該不是人類，可能是誤入縫隙的動物，遭遇蟻群之後，被蟻群啃食一空。

再往前行縫隙稍稍寬闊了一些，不過更加潮濕，地面之上布滿青苔，和青苔同一顏色的毒蛇在地面蠕動，那一條條青蛇小色雖然不大，可是毒性卻是極強，昂首挺胸，不停吐著鮮紅色的信子。

胡小天從腰間取出水囊，灌了口水，然後向那群蛇噴了過去，毒蛇也紛紛向後閃避，胡小天啞然失笑，幸虧自己當初吞下了五彩蛛王的內丹，不然就算李無憂給了他地圖，他也不可能走進五仙教的總壇，這條應該是密道，五仙教教眾也很少人知道。

雖然那群毒蛇並未向胡小天發動攻擊，可是行走在蛇群之中，聽到青蛇絲絲不絕的吐信之聲，胡小天也有些毛骨悚然，儘管他認為自己已經百毒不侵，可凡事都有意外，總不能為了驗證自己百毒不侵就讓毒蛇咬上一口。

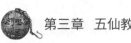

好不容易離開了毒蛇盤踞的範圍，前方又被藤蔓擋住去路，胡小天揚起手中劍劈斬藤蔓，從中開出一條道路，前方總算透入了一絲光亮。雖然是一絲光亮可總代表著離開這狹窄裂縫的希望，胡小天耐著性子慢慢向前方挪去，雖然看到了出口，可在這狹窄的縫隙中仍然騰挪了半個時辰，方才走到那裡，陽光刺眼，一股勁風撲面而來，胡小天伸手在額頭搭了個涼棚，定睛望去，發現出口處竟然在高崖之上，因為裂縫狹窄，再加上外面覆蓋藤蔓，處於懸崖上方，很難被人發現，可若是從裡面直接出去，也要被摔個粉身碎骨。

適應了強烈的陽光之後，胡小天舉目四望，發現這開口其實已到了火山口內，只是並未聞到硫磺的味道，看來這座火山十有八九已經成為死火山，而且火山口內也長滿了不少的植被，除了胡小天所在的這一面比較陡峭以外，其他的地方都有些坡度，在對面的岩壁之上，開鑿了不少的石梯，植被豐富，繁花處處，山風迎面吹來，送來陣陣花香，沁人肺腑，雖然是火山口，可所見都是一片生機盎然的景象，蝶舞蜂飛，色彩繽紛的鳥兒滑翔其間，不時發出悅耳的鳥鳴。陽光明媚，鶯歌燕舞。和胡小天剛才所經歷的又濕又潮，毒蟲遍佈的狹窄縫隙完全是兩個截然不同的天地，胡小天心中暗歎，真是想不到，這火山口內居然藏著一處世外桃源，五仙教選擇這裡設立總壇，不但風光秀美且位置隱蔽，看來他們的教主還是很有眼光的。

胡小天並沒有被眼前的美麗景色所陶醉，他頭腦中有個清醒的認識，這裡是五仙教的總壇，五仙教什麼地方，專門豢養毒蟲，煉製毒藥的所在，比起斑爛門的北澤老怪還要厲害，因為夕顏的緣故胡小天和五仙教並沒有發生過多少直接正面衝突，可是此前和斑爛門曾經多次交手，對斑爛門的下毒手段早有領教，在渤海國他差點死在北澤老怪的手裡。五仙教在用毒方面要比斑爛門更加高明，所以還是多加小心為妙。

此時胡小天剛好處於火山口的北側，正午的陽光直射這邊的岩壁，以他的輕功，經由岩壁攀援到對側應該不難，可是在這樣的狀況下前往，肯定容易暴露目標，過早被人發現恐怕會讓五仙教過早提防自己，反正已經找到了地方也就不急於一時。

胡小天乾脆在這裡停下來等到日落，順便觀察對面的地形和情況。讓胡小天納悶的是，整個下午竟沒看到一個人影出現，難道這張地圖有誤？

好不容易等到日薄西山，火山口內光線迅速黯淡了下來，胡小天離開裂隙，沿著陡峭的岩壁攀援，夜幕降臨之時，已經來到對面的位置，他目力強勁，擁有可以在黑暗中視物的本事，但見那條在石壁上鑿出的階梯沿著火山口螺旋向下，胡小天在石階的平台上稍做歇息，石階非常陡峭濕滑，寬度只有一尺，因為依山開鑿而成，另外一面就是深不見底的火山口。

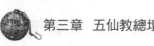

胡小天傾耳聽去，除了鳥獸的鳴叫，並沒有聽到任何的人聲。沿著石階繼續下行，方才走了幾步，就聽到頭頂傳來吱吱喳喳的聲音，抬頭望去，但見數十隻黃褐色的獼猴飛簷走壁向他聚攏而來，胡小天看到那獼猴一個個呲牙咧嘴兇相畢露，心中警示頓生，將佩劍抽了出來，利劍剛一出鞘，雨點般的石頭就向他砸落過來，那些獼猴也是非常的狡猾，沒有選擇馬上靠近胡小天，而是先發動遠距離的攻擊，胡小天揮動佩劍，一陣叮叮噹噹的響動，將砸來的石塊磕飛，在石階之上並無藏身之處，那些獼猴跟他也保持著一定的距離，只是利用石塊和野果進行攻擊。

這樣的攻擊自然對胡小天造不成任何的傷害，可是他卻擔心發出的動靜驚醒了五仙教的人。

獼猴攻擊了一會兒，已經沒有可以投擲的東西，牠們在山崖之上閃開，遠遠跟蹤著胡小天，卻並不急於靠近。

胡小天對牠們也是無可奈何，一時間也沒有徹底擺脫的辦法。

前方石階出現了中斷，因為風雨侵蝕，年久失修，中段約有三丈的距離發生了坍塌，胡小天回身看了看遠遠尾隨自己的那些獼猴，還劍入鞘，然後騰空而起試圖越過中斷處，落在對面，他的身體飛越中斷處的時候，下方響起撲啦啦的振翅之聲，但見一團黑色的煙霧升騰而上，乃是成千上萬隻蝙蝠組成的佇列，螺旋飛舞，不斷向上，這些蝙蝠和胡小天昔日所見不同，翼展在四尺左右，身軀如同兔子一般大小，露出寒光閃爍的獠牙，周身黑色毛髮在暗處泛起綠油油的光華。

胡小天還沒有落到對面的石階之上，那些蝙蝠就已在他前方形成了一道幕牆，胡小天無奈，只能內息外放，護體罡氣籠罩全身，硬生生撞擊在蝙蝠形成的屏障之上，蝙蝠雖多，可是仍然禁不住胡小天的這下撞擊，從中破開一個大洞，胡小天的身體鑽了出去，雙腳尚未落地，一道蝙蝠形成的黑色巨浪連續拍擊在胡小天的後背之上，因為有護體罡氣的防護，在胡小天的身體周圍已經形成了一個隱形氣罩，胡小天利用蝙蝠群集結而成的強大推力，借勢向前方騰飛而去，身軀宛如一隻大鳥般緊貼懸崖滑翔，平行於石階向下的角度，盤旋回轉，足足飛出三十餘丈，那些蝙蝠並沒有就此放過他的意思，在他身後窮追不捨，後方追兵不斷，前方又來阻截，蝙蝠故技重施，迂迴包抄到胡小天的前方，試圖阻擋他的去路。

胡小天被蝙蝠群惹得火起，如果不給牠們一點顏色看看還不知道要糾纏到什麼時候，身軀再度撞擊在蝙蝠形成的屏障之上，衝撞的剎那，體內龐大的內息驟然外放，無異於引發了一場爆炸，數百隻不及逃離的蝙蝠被氣浪波及，有的被迸射到崖壁之上，有的被摔落在石階上，還有的直接彈入虛空，在空中化為一團血霧。

可那群蝙蝠非但沒有害怕，反而越聚越多，宛如發瘋一樣向胡小天撲去，胡小天暗叫不妙，鬧出那麼大的動靜，只怕要驚醒五仙教的人。自己原本想無聲無息潛入五仙教的總壇的願望只怕要落空。

胡小天在峭壁石階之上施展馭翔術，騰空飛掠，幾個起落之後進入前方一個天然的石拱橋，說來奇怪，經過那石拱橋之後，那蝙蝠就不再跟來，似乎這裡面對牠們而言乃是禁地。

夜幕已經完全降臨，這天然的石橋橫跨在頭頂上方，石橋內草木越發旺盛，夜風輕拂，水汽氤氳，空氣清冷潮濕，胡小天暗自稱奇，本以為越是靠近火山口下方，植被越是稀少，卻想不到這裡草木繁茂，看來這裡應該是死火山，傾耳聽去，下方傳來淙淙水流之聲，火山口內居然還有水源，天地造化果然奇妙無窮。

前方石階坡度漸趨平緩，寬度也增加了許多，只是頭頂樹木遮天蔽日，藤蔓無處不在，以胡小天的身高行走其間，得不停彎腰方才可以順利經過。那空中藤蔓宛如一條條的長蛇，這種環境最容易滋生蛇蟲，更何況這裡是五仙教的總部，胡小天自然不敢大意。

再往前行，石階突然中斷，處處草木叢生，胡小天也不知應該朝哪個方向行進，向下望去仍然黑魆魆看不到底，不知這火山口究竟有多深，不過根據他行進的深度，應該已經接近了地平面。

在這樣的環境下，聽力往往要比視力更加重要，胡小天傾耳聽去，追尋著那淙淙流水聲前行。越來越接近的時候，前方突然傳來呼救之聲。

胡小天心中一怔，他一路走來可謂是意外不斷，不過這還是他第一次聽到人聲音，他也是藝高人膽大，循聲搜尋而去，果然在小溪邊的空曠地帶，看到了一個中年男子躺在那裡，男子一身粗布衣衫，肩上還背著弓箭，他躺在那裡，左腿的褲腳高高捲起，小腿高腫，膚色已經變成了紫黑，在他身邊不遠處還有一條已經死去的青蛇，一隻被射殺的梅花鹿。

看到胡小天的身影出現，那男子叫道：「英雄，救命，救命！」

胡小天心中暗自奇怪，在這荒山野嶺之中怎麼會突然出現一名男子？而且是在五仙教的總壇附近，此事大不尋常，他也沒有急於靠近，而是在距離那男子約有一丈處停下，關切道：「這位兄台，你怎麼了？」

那男子道：「英雄，我叫孫大根，乃附近的獵戶，今日追蹤一隻梅花鹿不意迷失了道路，好不容易才將獵物射殺，卻想不到草叢中突然躥出了一條青蛇，照著我就是一口，這裡四處無人，我求天天不應，叫地地不靈，本以為必死無疑，沒想到上天有好生之德，讓我遇到了英雄，英雄救我。」

胡小天聽他一口一個英雄叫著自己，嘿嘿笑道：「你別叫我英雄，我可不是什麼英雄。」抽出佩劍挑起那條已經死去的青蛇，辨認出只不過是尋常的毒蛇，於是從身上取了一顆洗血丹拋給孫大根：「你服下，應該能夠幫你解去蛇毒。」

孫大根看了看洗血丹，又湊在鼻子上聞了聞，雖然是細微的動作，胡小天卻察覺到有些不尋常，故意道：「你害怕有毒？」

孫大根笑道：「我和恩公無怨無仇，您怎會害我？」這才將洗血丹塞入口中。

胡小天轉身作勢欲走，那孫大根又叫道：「恩公不可將我一人丟在這裡。」

胡小天道：「我還有要事在身，你放心，你的毒性很快就能清除，等我回來再陪你一起離開。」

孫大根道：「恩公可是要去五仙教？」

胡小天緩緩轉過身來，故作驚詫道：「你也知道五仙教？」胡小天何等頭腦，眼前這個孫大根疑點不少，想用這種苦肉計騙過自己哪有那麼容易。

孫大根道：「恩公忘了，我是這一帶的獵戶，當然對這邊的地形極其熟悉。」

胡小天道：「你可知道五仙教的總壇究竟在什麼地方？」

孫大根道：「恩公扶我起來，我將道路指給你。」

胡小天聽他說來說去仍然想將自己騙到他身邊，唇角現出一絲淡淡笑意：「你在這裡說也是一樣。」

孫大根歎了口氣道：「恩公的疑心也太重了，我若是當真想害你，又何必花費那麼多的周折？」

胡小天笑道：「害人之心不可有，防人之心不可無，你又怎麼能夠斷定我一定就是好人？」

孫大根道：「面有心生，看恩公相貌堂堂，一身正氣，怎麼都不像是壞人，更何況您剛剛還給我解藥。」

胡小天哈哈大笑：「你又怎能確定那顆不是毒藥？這裡是五仙教總壇，你不怕我是五仙教的人？外人擅闖五仙教總壇是什麼後果，難道還要我向你說明嗎？」

孫大根搖了搖頭道：「你不可能是五仙教的人！」

「何以如此斷定？」

「因為……」孫大根話沒有說完，接下來用動作向胡小天解釋一切，他抽出腰間的斧子，將那頭業已死去的梅花鹿斬成兩段，從梅花鹿的腹部嗡地飛出一團黑煙，那黑煙卻是無數吸血牛虻組成，迅速在空中散開，向胡小天包圍而去。

胡小天唇角現出冷笑，自己果然沒有猜錯，這孫大根根本就是故布疑陣，想要引自己上鉤。

孫大根此時噗地將含在口中的洗血丹吐了出去，一道綠光猶如弓弩發射向胡小天面門呼嘯而來。

胡小天足尖一點，身軀向後方射去，凌空飛掠，身軀在虛空中一個轉折，雙腳在早已選好的落點一棵合抱粗的柏樹樹幹之上一頓，然後猶如羽箭一般反射回來，他的速度太快，在月光之下形成了一道灰色光華，遠遠望去猶如一柄出鞘的巨劍。這柄劍所向披靡，吸血牛虻雖密集如雨，可是撞擊在胡小天周身的護體罡氣上根本興不起半點波瀾。

孫大根本以為胡小天會選擇逃入密林，卻想不到胡小天的撤退只是為了更好地發動進攻，不由得目瞪口呆，看到胡小天如此威猛凌厲的攻勢，他的反應也是迅速之極，身軀陡然一沉，竟然憑空從胡小天的眼前消失。

胡小天也沒料到孫大根逃得竟如此迅速，舉目望去，卻見孫大根剛才躺過的地方現出一個地洞，孫大根就是從這地洞裡鑽了進去不見蹤影。此時孫大根的聲音從遠方傳來，他的身影出現在那小溪之中，剛才還躺在那裡不動，如今已經傲然站立，神氣十足。

胡小天哈哈笑道：「你這人演戲也太不專業。」

孫大根陰惻惻道：「小子，知不知道擅闖五仙教總壇的後果？」他這麼說等於已經承認了自己隸屬於五仙教的事實。

胡小天原本抱著悄然潛入的目的而來，可是一路不停地鬧出動靜，此前的目的已完全落空，既然事情已到了這種地步，也沒什麼好怕，胡小天道：「原來你也是五仙教的，大家都是教友！當真是大水淹了龍王廟一家人不識一家人！」

孫大根道：「既然都是一家人，那麼你過來咱們親近親近。」望著那片吸血牛虻雖然在胡小天身體周圍縈繞不退，但是並無一隻膽敢靠近，孫大根不禁心中暗暗稱奇，這小子究竟是什麼來路？

胡小天道：「我可不敢，誰知道你又會放出什麼毒物來對付我？」

孫大根冷哼一聲道：「同門之間連起碼的信任都沒有嗎？」

胡小天笑道：「那你走過來咱們親近親近。」他心中提防著孫大根，孫大根心中何嘗不是提防著他。

孫大根歎了口氣道：「年輕人怎地如此多疑，你若不過來可千萬不要後悔。」

胡小天此時聽到身後傳來窸窸窣窣的聲音，他轉過身去，卻見數千條五彩斑斕的毒蛇從四面八方向他聚攏而來。胡小天苦著臉搖了搖頭道：「何苦呢，何必呢，想要殺我，你親自過來動手就是，何必讓這些小可愛過來送死？」

孫大根冷笑道：「連五仙教的萬仙陣都不知道，還敢冒充我們五仙教的人，小子你認命吧！」

胡小天看到那些毒蛇來到距離自己周圍一丈處就止步不前，知道這些毒蟲不會攻擊自己。

孫大根也留意到這不同尋常的狀況，心中也不禁有些猶豫起來，難道這小子當真是教中之人，不然何以能夠操縱毒蛇不讓牠們發起進攻？

胡小天緩步向孫大根走去，完全無視四周蜂擁而至的毒蛇，他走近的時候，那些毒蛇紛紛向兩旁讓出道路，孫大根看到眼前一幕，內心實則震駭到了極點。

胡小天卻突然停下了腳步，因為他看到遠處一個身影顫巍巍向這邊走了過來，卻是一個老太婆，那老太婆一身黑衣，身軀微駝，拄著一根青藤拐杖，一張面孔千溝萬壑飽經風霜，赫然正是在紅木川所遇的影婆婆，影婆婆乃是五仙教元老級的人物，也是閻怒嬌的師父。當初在火樹城曾經和胡小天聯手挫敗了聖女彤雲的陰謀。可此一時彼一時，那時候他們擁有著共同的利益，影婆婆乃是為了紅夷族的利益才選擇跟胡小天合作，如今自己來到五仙教的總壇，再說又經過易容，她應該認不出自己。

影婆婆喉頭發出古怪的咿呀之聲，原本潮水般圍攏在胡小天四周的毒蛇迅速向周圍林中散去，短時間內已經消失得乾乾淨淨，只剩下滿地銀亮色的黏液。

影婆婆歎了口氣道：「你這沒用的東西，是友是敵都分不清楚，居然用這種拙劣的手段攻擊我們五仙教的貴客，信不信老身將你投入鱷魚潭？」她雖然說著狠毒的話，可語氣卻是充滿了慈和，彷彿一位慈祥的老奶奶在教訓不聽話的小孫子，胡小天倒沒有覺得什麼，孫大根卻是不寒而慄。

影婆婆將手中的拐杖頓了頓道：「還不快滾！」

孫大根聽到她的這句話如釋重負，慌忙轉身就走。

影婆婆一雙深邃的眼睛盯住胡小天，胡小天自問現在改頭換面的功夫已經爐火純青，影婆婆也應該看不出破綻，微笑望著影婆婆。

影婆婆道：「胡小天你當真是膽大包天，居然敢獨闖五仙教！」

胡小天聽到她直接就叫出了自己的名字，心中不由得一怔，產生的第一個念頭就是影婆婆可能是故意詐自己，按理說自己不應該那麼容易被識破。於是揣著明白裝糊塗道：「老人家，您在跟我說話嗎？」

影婆婆歎了口氣道：「在我面前你又何必隱藏？」她吸了吸鼻子：「一個人的身材樣貌可以通過武功改變，可是卻很難改變自身的味道，老身只要見過一面就能夠記住一個人身上的味道。」

胡小天暗自佩服，昔日和北澤老怪交手的時候，老怪也有這樣的本事，沒想到影婆婆的鼻子居然這麼靈，現在看來生有一個靈敏的鼻子倒也不錯。

影婆婆又道：「下次易容的時候記住不要輕易發笑，你這幅笑容實在是太容易露餡了。」

人家把話說到這個份上，胡小天再遮掩也沒有任何意義，再說本身行藏已經暴露，索性堂堂正正現身，也沒什麼好怕。胡小天咧嘴笑道：「影婆婆真是高明，當真是什麼事都瞞不過您！」

影婆婆道：「真是佩服你的膽子，當真不知道這是什麼地方嗎？」

胡小天笑道：「知道，不過我也不是外人，您的寶貝徒弟是我老婆，一日為師終生為母，事實上您跟我丈母娘也差不多呢。」

影婆婆知道這廝牙尖嘴利，論到口才自己可不是他的對手，可這句話他倒是沒有說錯，閻怒嬌是自己的徒弟，雖然胡小天沒有把閻怒嬌明媒正娶，可他們兩人也早就生米做成熟飯。

影婆婆道：「你來這裡做什麼？」

胡小天道：「受人之托，特地前來捎個信。」

影婆婆道：「把信給我，老身幫你轉送。」

胡小天笑道：「多謝婆婆美意，不過這件事還得我親力親為，敢問貴教教主在不在？」他之所以沒有說要見夕顏，是因為現在行藏暴露，想見夕顏必然要過五仙教主那一關，索性直接提出來。此前他在劍宮的時候，曾經聽秦雨瞳說過，眉莊夫人就是五仙教主，如果當真如此，那麼他還是有辦法應對的。

影婆婆道：「你當是什麼人都能隨隨便便見到教主的？」

胡小天道：「你只需告訴她我來了，想跟她談一筆關於《天人萬像圖》的買賣！」

影婆婆聽到《天人萬像圖》，雙目不由得一亮，低聲道：「你跟我來！」

胡小天知道影婆婆已經被他說動，心中暗喜，跟隨影婆婆向前方走去，他們沿著小溪蜿蜒而行，溪水乃是溫泉水噴湧匯流而成，仍然冒著熱氣，溪邊不時可以看到跳動的彩色蛙類，有的赤紅如火，有的藍如寶石，有的晶瑩碧綠。胡小天知道這些蛙類往往色彩越是豔麗，毒性就越是強烈，自己還是不要輕易觸碰為好。

影婆婆道：「近三十年來，你還是第一個進入我們總壇的外人。」

胡小天聽她仍然以外人稱呼自己不禁想笑，岔開話題道：「影婆婆有沒有聽說紅木川的事情？」

影婆婆點了點頭，輕聲道：「紅木川歸你也罷，歸天香國也罷，都無關緊要，最重要的是紅夷族人能夠安安穩穩地生活。」她自己就是紅夷族人，當然不希望族人陷入戰火之中。

胡小天道：「西川的事情，婆婆也聽說了嗎？」

影婆婆道：「五仙教地處西川，西川發生的事情自然會知道。」說話間已經帶著胡小天進入山洞之中，那山洞入口極其狹窄，僅僅能夠容納一人出入，可是走入之後馬上就變得寬敞起來，沒走幾步，前方就現出一片地下湖泊。胡小天雖然見多識廣，也從未見過山腹藏著一面湖水的奇景，內心中歎為觀止，小湖岸邊已經一艘獨木舟在等候，那獨木舟兩頭彎起，像極了新月，船上一位穿著黑苗人服飾的駝背老者負責操槳。

影婆婆做了個邀請的手勢，胡小天跨入舟內，影婆婆隨後也躍上小舟，她雖然年邁，可是身手依然矯健，宛如一片枯葉輕盈落在甲板之上，然後坐了下去，胡小天和她對面坐下，那黑苗人划動手中船槳，獨木舟宛如一支離弦之箭向湖心行去。湖面之上螢光點點，卻是無數的螢火蟲在洞中浮動，此情此境無比浪漫，可惜

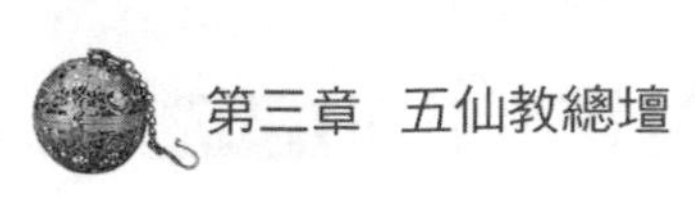

和自己同舟的卻是一位鶴髮雞皮的老太婆，實在有些大煞風景。影婆婆望著螢火蟲，目光迷惘若有所思。

胡小天坐在船內有些無聊，將右手探入水中感受著湖水的溫度，湖水溫暖，應該是溫泉水匯流而成。如果不是還有其他人在場，胡小天甚至想脫光衣服跳進去好好洗個澡。

影婆婆陰惻惻道：「換成是我，絕不會像你那麼做，小心你的手指頭會被魚兒吞掉。」

胡小天經她提醒已經感覺到右手周遭水波蕩動，舉目望去，卻見一道梭形黑影向自己飛速而來，胡小天慌忙將手抽了回來，雖然抽手及時，一條兩尺長度的大魚已經從水下騰躍而起，那條魚雙鰭很長有若生出了兩隻翅膀，張開大嘴，露出一口鋸齒般的牙齒，胡小天再晚一些縮手，恐怕就要被這魚咬住。胡小天化掌為拳，照著那條大魚的腦袋就是一拳，將那條魚砸得橫飛了出去，足足飛出十丈方才落入湖水之中，那條魚如何當得起他這一拳，落入湖水之中的時候已經死了，落水的地方湖水突然沸騰了起來，卻是有成百上千條魚圍攏過去爭食那條魚的屍體。

胡小天看到眼前情景，也感到毛骨悚然，這五仙教的總壇果然處處透著詭異。

影婆婆道：「弱肉強食，萬事萬物原本就跳脫不出這個道理。」

胡小天道：「聽君一席話，勝讀十年書，影婆婆的見解總是那麼深刻。」

影婆婆道：「當了鎮海王，溜鬚拍馬的本事仍然不減當年，難怪這麼多女孩子會心甘情願的被你哄，果然會討好女人。」

胡小天微笑道：「看影婆婆現在的樣子風韻猶存，想必年輕時也是一位傾國傾城的大美女，當初愛慕您的人一定不少吧？」這話說得就有點違心了，影婆婆現在的樣子怎麼也聯繫不到傾國傾城上，可千穿萬穿馬屁不穿，誰不喜歡聽人誇讚。

影婆婆居然沒有反對，而是長歎了一聲道：「我年輕時是什麼樣子，甚至連自己都不記得了。」

胡小天道：「影婆婆還有家人嗎？」本來是一句關切的問候，卻想不到居然觸碰到了對方的逆鱗，影婆婆目光一凜，臉上籠上一層嚴霜，厲聲尖叫道：「干你什麼事情？」

胡小天也沒有料到這句話居然會戳到她的痛處，有些尷尬地笑道：「婆婆勿怪，我只是隨口一問，其實我和怒嬌都是您的家人。」

影婆婆當然不會相信他的話，輕聲道：「等你見到教主，千萬別胡亂說話，教主她可沒有老身那麼好的脾氣。」

胡小天差點沒笑出聲來，她也算好脾氣？剛才的樣子差點沒把自己給撕了。

獨木舟已經駛近湖心島，碼頭處早有一名藍衣男子站在那裡等待。

胡小天雖然沒有見過那名男子，不過看他的身形和體態有些熟悉，總覺得在哪裡見過，仔細回想，猛然想起這男子很像當初解救夕顏的那一個。那藍衣男子向影婆婆行禮道：「婆婆，因何帶外人來此？」

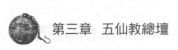

影婆婆道：「他有要事求見教主。」

男子道：「教主正在修煉，今晚任何人都不見。」

影婆婆皺了皺眉頭，來到那男子身邊以傳音入密跟他說了幾句。

胡小天雖近在咫尺，可他也沒本事聽到影婆婆說話的內容，那藍衣男子向胡小天多看了幾眼，胡小天心中暗忖，影婆婆十有八九是將自己的身分向對方說明了。

影婆婆說完話，她向胡小天道：「你的事情都交給榮石去安排，教主正在修煉，就算是見你也要到明天上午了，今晚你就住在這裡，老身先行告辭了。」她轉身又上了獨木舟。

胡小天就這樣被她交給了藍袍男子榮石。

榮石上下打量著胡小天道：「胡公子何不以本來面目相見？」

胡小天笑道：「還是這個樣子方便些。」

榮石點了點頭，引著他向島上走去，這座湖心島並不大，長寬各有二十餘丈，島上共有五座建築，全都用白色漢白玉堆砌而成，四周的四座建築稍矮，都是同樣格局的三層小樓，正中的建築共有七層，頂層一直連通到上方的岩層，與其說是一座小樓，更像是一座高塔。

胡小天指了指正中的建築道：「榮兄，教主是不是住在裡面？」

榮石並沒有回答他的問題，而是問道：「你此番前來是為了找夕顏吧？」

胡小天聽他一語就道出了自己的目的，心中也頗感好奇，除了李無憂之外，並沒有其他人知道自己這次前來的目的，榮石何以會知道？十有八九應該是蒙的，五仙教這些人不但手段毒辣，而且一個個心機深沉。

胡小天當然不會將自己前來的目的和盤托出，他淡淡笑道：「我是來跟貴教教主談大事。」語氣極盡輕描淡寫之能事。

榮石引著他來到東南角的小樓一層右首第二間房內，小樓全都用漢白玉雕砌而成，甚至連其中的桌椅板凳，壁龕床榻也都是利用玉石製成，榮石道：「胡公子今晚就暫時在這裡歇息吧，明日等我稟報師尊之後馬上領胡公子去見她。」

胡小天微笑道：「有勞榮兄了。」

榮石轉身出門，隨手將房門帶上，臨行之前又叮囑胡小天，絕不可私自出門，不然出了什麼意外狀況，大家都不好看。

胡小天表現得頗為配合，等榮石走後，他來到桌前，感到口渴，拎起茶壺倒了杯水，看到茶水是黑色，於是揭開壺蓋向裡面看了看，裡面竟然泡著蠍子蜈蚣之類的毒蟲，胡小天皺了皺眉頭，又將茶壺放下，拿起自己的水囊，還好有半袋存貨，灌了幾口水，他四處看了看，除了床對面牆壁上掛著一幅五仙爭鼎圖之外，再也沒有多餘的裝飾。

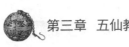

來到床邊坐下，那張玉石床觸手微涼，從手感和質地來判斷應該是寒玉製成，胡小天四仰八叉地躺在床上，雖然已經來到了五仙教的老巢，可是前途未卜，無法預知接下來會發生什麼。想了一會兒，他從床上下來，吹熄了燭火，然後來到窗前，悄悄拉開窗簾的一角，從窗格中向外望去，外面並沒有一個人影。

仔細傾聽了一會兒，確信房屋周圍並無動靜，這才初步斷定五仙教並沒有派人在他的住處周圍監視。

胡小天重新回到床上躺下，可能是身處異境的情況下，始終無法入眠，乾脆坐了起來，不經意間抬頭望去，看到牆上的那幅五仙爭鼎圖居然發出淡藍色的光暈，想來繪圖的顏料中摻雜了白磷之類的物質，胡小天重新點燃燭火走了過去，有些好奇地掀開那幅畫軸，畫軸的後方就是玉石牆壁，不過牆壁之上竟然有一個掌印。

胡小天看了看自己的手，然後抬起來在掌印之上比劃了一下，發現大小居然差不多，猶豫了一下，終於還是將手掌印了上去，掌心貼在掌印之上冰冷異常，這塊玉石質地和那張寒玉床不同，似乎更冷一些。而且胡小天的手掌貼上去之後，那掌印竟然迅速變成了紅色，胡小天看到如此詭異，擔心有毒，又將手收了回來。

此時聽到物體滑動的聲音，他轉身望去，只見那張寒玉床已經向一旁移位，下方露出一個黑乎乎的洞口。

胡小天無意之中竟然發現了一個隱藏的機關，他來到洞口處向下望去，那洞口有階梯向下，不知通往何方？胡小天心中暗忖，榮石明知這裡有機關，為何還要安排自己住在這裡？難道他故意設下這一系列的圈套，想讓老子自投羅網？胡小天轉身再看那牆上的掌印，此時掌印的鮮紅顏色漸漸褪去，胡小天轉身看了看寒玉床，發現那床並沒有復位。

胡小天等了一會兒，仍然不見那床有半點動靜，此時有人聲從地洞之中隱約傳來，聲音雖然很小，可是胡小天卻聽得清清楚楚。

「師父，你為何如此狠心！」

胡小天湊近地洞，那聲音竟然像極了夕顏，牆上的掌印已完全消失，地洞依然如故。夕顏的聲音再度傳來，胡小天幾乎可以斷定從榮石將自己引入這房間開始，所有一切的佈局都是圈套。

相隔不遠處的七層玉樓之上，眉莊夫人盤膝坐在蓮台之上，白衣如雪一塵不染。榮石恭敬站在下方，將剛才的事情詳細向她稟報了一遍。

眉莊夫人呵呵笑道：「榮石，你將他安排在傷心樓入住，究竟是什麼目的？」

榮石微微一笑道：「胡小天擺出一副要跟師父討價還價的架勢，顯得有恃無恐，所以徒兒決定先給他一個教訓，挫挫他的銳氣，讓他知道這裡是什麼地方。」

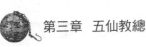

眉莊夫人一雙長眉微微揚起：「你以為他會那麼容易中了你的圈套？」

榮石道：「弟子已經做好了萬全的準備。」

「你所謂的萬全，對胡小天恐怕起不到任何的作用。」

榮石道：「是人都會有好奇心，更何況他來總壇的目的就是為了見師妹，只要他察覺到任何關於師妹的蛛絲馬跡，就會探查個究竟。」

眉莊夫人深邃的雙眸看了他一眼，意味深長道：「你該不是要公報私仇？」

榮石道：「師父，弟子跟他可沒什麼私仇！」

眉莊夫人道：「既然來了，那麼剛好查查他的底，看看他到底有什麼寶貝來跟我談條件！」

榮石布下的這個局騙不了胡小天，他可以斷定下面傳來的呼救聲也絕非夕顏，五仙教擅長易容之道，臨摹別人的聲線也是一絕，胡小天就親眼見識過夕顏神乎其技的易容術和變聲術，既然夕顏可以模仿別人，別人一樣可以模仿她。

胡小天本不想理會這聲音，可是轉念一想，如果五仙教主當真有誠意和自己見面，也不會故意迴避，既然設局，一旦她的計畫成功就會主動現身，倒不如將計就計。胡小天也是天生膽大，而且他的性格向來喜歡兵行險招。在一番斟酌之後，決定還是要下去一探究竟。

拿定主意，從那地洞走了進去，沿著斜行向下的台階走了二三十步，聽到頭頂傳來物體移動的聲音，胡小天看都不用看就知道那寒玉床已重新歸位了。他並不認為那牆上的掌印可以啟動機關，想必是有人在暗中操縱，說不定那個人就是榮石。

黑暗的地道中突然散射出淡黃色的柔和光芒，卻是胡小天掏出了夜明珠，夜明珠照亮兩旁的牆壁，可以看到石壁之上雕刻著形形色色的毒蟲，這其中有胡小天見過的，也有他叫不出名目的。

沿著台階走到了最下方，前方是一條長長的甬道，又走了十多步，發現周邊的石壁已經變成了無色透明的水晶質地，周圍遊魚來回穿梭，竟然已經來到了水下世界，看來這條甬道直接通到了湖底，五仙教的總壇果然不同尋常，單單是這湖心島的建築已經稱得上巧奪天工了。

胡小天伸手在水晶牆壁上拍了拍，單從回饋來的力量判斷，這牆壁的厚度要在四尺以上，不過他有光劍在手，這水晶牆壁也沒什麼好怕，完全可以利用光劍將之切開，然後從容游入湖水之中脫身，正在思量退路時，十多條張牙舞爪的大魚紛紛向他聚攏而來，正是剛才他在獨木舟內擊斃的那種，那大魚應該擁有夜視的能力，紛紛用頭撞擊水晶牆，可是卻無法將水晶牆撼動分毫，更證明了水晶牆的厚度。

胡小天又在牆壁上輕輕拍了拍，繼續向前方走去，經過這段長約二十丈的水晶通道，兩旁又變成了岩層，看來已進入了湖底。此時再也聽不到夕顏的聲音，胡小天也不心急，既來之則安之，仔細觀察著周圍狀況，兩旁石壁之上換了另外一番景象，先是看到一條長龍在吞噬一名女子，湊近一看卻不像長龍，乃是一條巨大的蜈蚣。後面的畫面也都是和毒蟲有關，有狀如公牛般的癩蛤蟆，有戰車大小的蠍子，至於壁虎、毒蛇更是大得不可思議，那條壁虎分明就是一條大蜥蜴，至於毒蛇，看起來跟亞馬遜森蚺差不多大小。

胡小天本以為這都是藝術的想像和誇張，可再往後看就感覺有些不對了，壁畫上一人騎在大蜥蜴的身上，正在接受一幫信眾的頂禮膜拜，那人體型魁偉，頭部特大，看起來像極了他在大康皇宮龍靈勝境內看到壁畫中的那些天外來客。胡小天心中暗忖，難道當年的那批逃走的天外來客，也有一人輾轉逃到了這裡，在這裡創立了五仙教？可五仙教的歷史源遠流長，應該不止一百五十年的時間。

胡小天仔細看了看那騎在蜥蜴上的男子，哼了一聲道：「裝神弄鬼！」他揚聲道：「裡面有人嗎？」

他的聲音在地洞中迴盪，胡小天搖了搖頭，自語道：「設下那麼多圈套，把老子騙下來，有什麼手段你只管拿出來！」借著夜明珠的光芒向前方望去，發現前方的地面已經有水波蕩漾。

第四章

化骨牢

胡小天望去，前方出現一具骨骼，
從骨骼的形態來看應該是一條蜥蜴，骨骼潔白如玉，
胡小天想起剛才北澤老怪所說的化骨牢，
果然是名副其實，連蜥蜴在這裡都變成了一堆白骨。

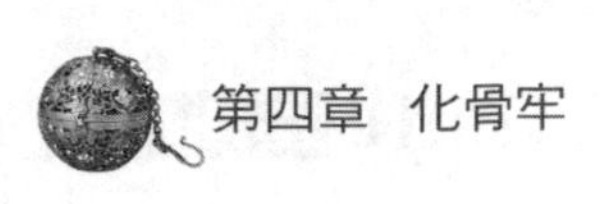

胡小天俯下身去，仔細觀察那水中，卻見水中佈滿了細小蟲子，小米粒大小，如果大意就會疏忽。胡小天心中暗忖，這五仙教處處陷阱步步驚心，凡事還是小心為上。他不敢輕易去碰那些小蟲，抬頭望去，看到石壁之上雖然濕滑，可畢竟沒有毒蟲出沒，胡小天施展金蛛八步，緊貼牆壁，宛如蜘蛛一樣攀附其上，向前方攀援而去，石壁濕滑，不停有水滴落下，叮咚之聲不絕於耳。再往前行十餘丈，水色變幻，磷光浮掠，五彩繽紛，煞是好看，那些都是喜好在黑暗中生活的浮游生物。

胡小天手足並用迅速通過了這片水域，再度落下的時候，腳下鬆軟，和先前堅硬的岩石質地完全不同，全都是淤泥，這種地貌狀況下容易滋生毒蟲。胡小天正在猶豫要不要繼續前行的時候，卻聽到裡面傳來一聲痛苦的嚎叫，那聲音撕心裂肺，不過應該是來自於一名男子。

胡小天吸了口氣，飛掠而起，中途在淤泥地輕輕一點，再度凌空飛起，瞬間已經掠過近二十丈長度的淤泥地帶，前方洞府變得寬闊，頭頂有光芒透入，抬頭望去，但見頭頂全是大片的水晶穹頂，穹頂之外就是湖水，月光透過湖水投射到地洞裡面，波光浮動，美輪美奐，只是耳邊再度響起慘叫之聲，胡小天無暇欣賞眼前美麗變幻的光影。慘叫聲從地下傳來，在胡小天前方一丈左右的地方，有一個地洞。

胡小天湊了過去，躬身向下望去，借著夜明珠的光芒可以看到這地洞約有三丈深度，直徑也在一丈，下方密密麻麻爬滿了飛蛾，在地洞的中心有一堆東西，從外形依稀可以看出是一個人，慘叫聲就是他所發出。

夜明珠的光芒吸引了那些飛蛾，宛如爆炸一般，飛蛾幾乎在同時啟動，形成一道棕色狂潮向胡小天席捲而來。

胡小天心中一驚，馬上就明白了原因，將手中的夜明珠直接扔到了地洞之中，那群飛蛾又追逐著夜明珠飛回了地洞。

地洞內一個瘦削乾枯的身影緩緩站了起來，揚起面孔，一雙陰冷的雙目望著上方，他的目光和胡小天相遇，兩人幾乎在同時認出了對方，這地洞中的老者竟然是斑爛門門主北澤老怪。

胡小天曾在渤海國天星苑重創北澤老怪，還殺了他豢養的寵物五彩蛛王，吞了蛛王內丹。

北澤老怪和胡小天相見，真可謂是仇人相見分外眼紅，他咬牙切齒道：「胡小天，還我內丹！」

北澤老怪狂吼一聲，從地穴之中倏然躥升而起。

胡小天並不怕他，上次在天星苑自己的武功還沒有完成突破，那時候就可以擊敗北澤老怪，現在他不但服下了五彩蛛王的內丹，而且從劍魔東方無我那裡學到了破天一劍，更從不悟和尚那裡撿到了虛空大法的下半部，已經悟到了如何將體內的異種真氣慢慢消化吸收為自身所用，這段時間胡小天雖然進展很慢，卻是一個重塑內力的過程，一旦完成這一過程必將破繭成蝶，武功大進。

胡小天深諳搶佔先機的道理，不等北澤老怪從地洞中跳出，就一劍劈了出去，一道無形劍氣徑直劈落。蓬的一聲將紛飛而起的飛蛾群劈成兩半，然而北澤老怪的應變也是快到了極點，身軀竟然可以躲過胡小天劍氣的劈砍，宛如一條泥鰍一般來到了地洞的另外一側。

他的身體外佈滿了飛蛾，看起來如同一個褐色塑像。早在天星苑交手的時候，胡小天就已經領教過他的蟲甲，不過那時北澤老怪身外纏繞的是鐵線金剛蟲，這褐色的飛蛾卻是從未見過，胡小天心中暗忖，難道這些飛蛾是鐵線金剛蟲的成蟲？

北澤老怪隔著地穴冷冷注視這胡小天，飛蛾在他的身上層層疊疊，只有雙目處留下一對孔洞。

胡小天不屑笑了笑道：「想不到斑斕門的宗主竟然淪為五仙教的走狗，說出去也不怕被人笑掉大牙。」

北澤老怪冷哼一聲：「是眉莊那賤人設計將我困在這裡，你還不是一樣！」

胡小天是故意激他，北澤老怪果然上當，從他的這句話中不難判斷，北澤老怪和眉莊夫人應該不是狼狽為奸，他也只是被困在了這裡。得悉了北澤老怪出現在地洞中的真相，胡小天心中不免一動，雖然他和老怪有仇，可畢竟現在大家都處在同一條船上，兩人之間還是有著合作的可能，他笑道：「大家同坐一條船，何必忙著自相殘殺白費力氣，不如想辦法先離開這裡再說？」

北澤老怪似乎被他說動，緩緩點了點頭道：「也好！」

胡小天心想這北澤老怪還不算死腦筋，識時務者為俊傑，在共同的敵人面前暫時放下彼此間的仇恨乃是最明智的做法。就在此時，北澤老怪卻陡然發難，雙臂一張，身上的飛蛾宛如暴風驟雨一般向胡小天籠罩而去。

胡小天雖然提議聯手，可面對這冷血殘忍的老怪物他也不敢有一絲一毫放鬆警惕，北澤老怪剛一出手，他就已經警覺。

讓北澤老怪沒有想到的是，胡小天居然主動跳入了地穴之中。北澤老怪心中大喜過望，這小子看來是被飛蛾嚇昏了頭，居然自投羅網，進入地穴就意味著完全處於被動的位置，以為這樣就可以躲開飛蛾的進擊？

成千上萬隻飛蛾向地穴中繼續撲去，北澤老怪也合身撲入地穴。

就在這時，胡小天的身形衝天而起，跳入地穴只是為了獲得喘息調整的時間，一旦調整完畢，胡小天就施展出必殺一招，破天一劍！一股凜冽的劍氣宛如雨後春筍般從地穴底部冒升而起，劍氣所及，瘋狂湧入的飛蛾被刺殺殆盡。

北澤老怪原本想要進入地穴和胡小天貼身肉搏，可是身體剛一撲入地穴就感到這龐大無匹的凜冽劍氣，他頓時意識到哦不妙，身軀迅速團縮成了一個球，劍氣破開他體外的飛蛾，刺中那滴溜溜旋轉的圓球，劍鋒和圓球摩擦竟迸射出無數火星，胡小天看得真切，原來在飛蛾的內層還有一層鐵線金剛蟲貼附在北澤老怪的身體外形成蟲甲，正是這層蟲甲讓北澤老怪僥倖逃過一劫。

圓球滴溜溜旋轉，在劍氣的撞擊下飛到地穴之外，然後又迅速舒展開來，從圓球中探出四肢頭顱，北澤老怪胸前的蟲甲裂開一道尺許長度的縫隙，縫隙之中有鮮血滲出，不過很快蠕動的鐵線金剛蟲就將這縫隙填補。

胡小天已經樂呵呵出現在地穴的另外一邊，飛蛾雖然仍在他身體周圍盤旋，可是並沒有再次向他發起攻勢。

北澤老怪點了點頭，一隻隻飛蛾向他周身聚攏，他在剛才的偷襲中受了傷，胡小天的武功已經超出了他的想像之外。如果選擇和胡小天決一勝負，恐怕死的那個會是自己。

胡小天歎了口氣道：「何必呢？鷸蚌相爭漁翁得利，你難道不清楚別人正在背後看著咱們？」

北澤老怪道：「那又怎樣？以為你走得出去嗎？」

胡小天道：「既然能夠走進來，就一定能夠走出去。」

一個冷酷的聲音傳來：「想要走出去，就交出天人萬像圖！」

胡小天聽出是棨石的聲音，舉目四望，卻沒有看到棨石的身影。他哈哈大笑道：「棨石，我抱著和你們談判的誠意而來，你們卻設下這等圈套害我！五仙教還要不要臉？」

「你自己走進來又怨得誰來？」榮石的聲音從四面八方傳了過來，以胡小天之能也分辨不出他的聲音究竟來自何方。胡小天四處尋找榮石藏身處的時候，耳邊傳來北澤老怪不屑的聲音：「別白費力氣了，你找不到的。」

胡小天以傳音入密向老怪道：「這裡是什麼地方？」

「五仙教的化骨牢你都沒有聽說過？」

化骨牢，進入這裡，早晚都會化為一堆白骨。

胡小天望著北澤老怪：「你在這裡待了多久？」

北澤老怪沒有說話，抓了一把飛蛾塞入嘴巴裡，咀嚼得格格作響。胡小天看到他如此情形，感覺內心一陣噁心，看來北澤老怪在這化骨牢內全靠這些蟲子才存活下去。

北澤老怪道：「日出日落，已經整整一年了！」偷襲胡小天失敗之後，他暫時放下了攻擊胡小天的打算，繞過地洞和胡小天擦肩而過。

胡小天跟著他的腳步向裡面走去，北澤老怪無論走到哪裡都有一群飛蛾相隨，看在眼裡非但沒覺得恐怖反而覺得有些好笑，這些蟲子跟著北澤老怪也算倒楣，不但要給他擋槍，還要負責為他充饑。

北澤老怪停下腳步，胡小天舉目望去，卻見前方出現了一具骨骼，從骨骼的形態來看應該是一條蜥蜴，骨骼潔白如玉，胡小天想起剛才北澤老怪所說的化骨牢，看來果然是名副其實，連蜥蜴在這裡都變成了一堆白骨。

經過蜥蜴的骨骼之後，前方出現了一個寬大的廳堂，大堂內橫七豎八地擺放著累累白骨，有動物的，也有人的，粗略估計至少有百具之多，這化骨牢果然是貨真價實的地下墳場。胡小天抬起頭來，上方是一個巨大的水晶穹頂，穹頂遊魚歷歷可數，光線明顯比此前明亮了許多，胡小天心中暗自奇怪，按理說這小湖乃是在石洞內，為何上方會有光線？

北澤老怪似乎猜到了他心中所想，低聲：「每日我都在這裡看日升月落，想要知道黑夜白晝，這裡是最好的地方。」

胡小天道：「這化骨牢內只有你一個？」

北澤老怪搖了搖頭，繼續向前走去，沒走幾步就看到一具通體漆黑的骷髏，他歎了口氣道：「此人死於半年之前。」又走了幾步，看到兩具骷髏相擁在一起，從頭頂遺留的毛髮來看應該是兩個女人。

北澤老怪又道：「這兩人死於三月之前。」

胡小天暗自心驚，卻不知夕顏有沒有被困在這裡？她是不是還活在這個世上。

北澤老怪陰惻惻道：「你不在東梁郡逍遙自在，來到這西北邊陲之地作甚？莫非是活得不耐煩所以才主動尋死？」

胡小天笑瞇瞇道：「我若是說專門來救你，你信是不信？」

北澤老怪冷哼了一聲，自然不信，這廝難道將自己當成傻子嗎？

胡小天道：「我是來和五仙教主談一筆交易，只是沒料到這女人全無誠意。」

北澤老怪桀桀笑道：「你那麼狡猾，居然也中了那女人的圈套。」語氣中充滿了幸災樂禍。

胡小天心想你都慘到這份上了居然還嘲笑我？他看著滿身蟲子，體型如熊的北澤老怪：「你很久沒吃過肉了吧？」在化骨牢內待了一年，除了蟲子哪還有其他的東西可吃。

北澤老怪咧開嘴，露出污穢不堪的牙齒，陰森森道：「你沒看到剛才的那三具骷髏嗎？」

胡小天本來想嘲諷他一下，卻想不到反而被老怪噁心到了，以這老怪物的性情他什麼都敢吃。

北澤老怪上下打量著他，目光開始變得灼熱，他可不是故意裝出這個樣子給胡小天看，他最想吃的就是胡小天，要知道五彩蛛王的內丹被這小子給吞了，如今早已融入這廝的血液之中，過了這麼久，不知道內丹的藥力失效了沒有，不過只要把他的血給飲盡，想必還是能夠有些效用的。

胡小天當然知道這老怪心裡在想什麼，乾咳了一聲道：「如果不儘快離開這裡，早晚這裡會多一具骷髏。」

北澤老怪點了點頭。

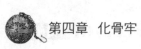

胡小天的目光被前方的一物所吸引，仍然是骨架，不過不屬於人類，從骨架的形態來看應該是一隻蹲著的大蛤蟆。這隻大蛤蟆如果活著，至少有一人多高，不過最奇特的還不是牠的大小，而是這隻大蛤蟆的骨骼竟是通體晶瑩透明的藍色。胡小天呆呆望著這骨架，過了一會兒方才伸出手去觸摸了一下，這骨骼絕對是真的，他不由得想起在大康皇宮龍靈勝境所見到的骷髏，

北澤老怪低聲道：「是不是很神奇？」

胡小天喃喃道：「看起來就像假的一樣。」

北澤老怪道：「剛開始見到的時候，我也以為是假的，可是仔細觀察方才發現，這東西就生得如此巨大，你有生以來從未見過那麼大的蛤蟆吧？」

胡小天點了點頭道：「比這大的我也見過。」

北澤老怪瞪了他一眼，這小子牛皮能夠吹破天。

胡小天又捏了捏那大蛤蟆的骨骼，感覺骨骼居然還有些彈性，有點類似橡膠的質地。

北澤老怪道：「別看彈性十足，可是極其堅韌，尋常刀劍根本無法傷及牠分毫，別看牠的骨架這麼大，可是重量極輕。」或許是為了證明自己說的話，北澤老

怪伸出手去抓起大蛤蟆的骨骼，輕輕鬆鬆一隻手就拎了起來。

胡小天道：「前輩飯量真是不小，這麼大一隻蛤蟆都讓你給吃光了。」他是故意這樣說，從此前在龍靈勝境發現藍色骷髏來看，這蛤蟆想必也有歷史了，不知死了多久，他想起剛才在壁畫上所見，本來還以為是黑苗人的藝術誇張手法，可見到眼前這具骨骼，心中已經明白那些壁畫根本就是寫實。這些物種十有八九都是當年的天外來客帶到這個世界上來的，只是不知道現在是否還有這樣的生物存活？

北澤老怪指了指右側，胡小天順著他所指的方向望去，卻見水晶牆壁後方一條長達十丈的大蛇盤踞在那裡，比起他此前幹掉的紫電巨蟒還要大上許多。那巨蟒通體赤紅，兩隻眼睛幽藍，不過趴在水中一動不動，不知道是死是活。

北澤老怪道：「已經死去多年了，被泡在水裡面。」

胡小天拍了拍水晶牆，那大蛇仍然紋絲不動。

北澤老怪道：「想不到五仙教居然豢養了一批這麼厲害的毒物，還好這些東西未能繁衍生長，應該都已絕種了。」

胡小天心中暗忖，這些生物如果都是天外來客所帶來的，應該是面臨著和天外來客同樣的問題，牠們無法繁衍，牠們的生命結束之後，就意味著物種在這一世界完全滅絕，浸泡這巨蛇的液體應該是防腐劑之類，化骨牢也並非都是骨骼。

前方已經到了道路盡頭，北澤老怪望著胡小天道：「你有什麼法子逃出去？」

胡小天道：「天機不可洩露。」

此時北澤老怪身上的飛蛾已經飛走，只剩下鐵線金剛蟲形成的蟲甲還在防護著他，證明北澤老怪雖然放鬆了警惕，可是仍然不敢完全放低防範。

胡小天打了個哈欠，找到一塊乾燥的地方，直接躺了下去：「你不睏，我還睏呢，天塌下來有我頂著，等明兒睡醒了再說。」

北澤老怪實在是哭笑不得：「什麼叫天塌下來有他頂著？這廝究竟有沒有辦法？」他還想追問，胡小天居然發出了輕微的鼾聲。

北澤老怪盤膝坐下，一雙眼睛牢牢盯住胡小天，這廝究竟是真睡還是假睡？

這一夜北澤老怪都無法安寢，不過胡小天卻睡得酣暢淋漓，直到陽光透過湖水映照在這湖底深處的化骨牢內，胡小天方才大聲打了個哈欠，緩緩坐了起來。

北澤老怪就在對面靠牆坐著，直愣愣望著胡小天，鐵線金剛蟲在他的身上爬來爬去。

胡小天向他笑了笑道：「早！昨晚睡得好嗎？」

北澤老怪冷哼了一聲，他壓根就沒睡過，將胡小天的這句話理解為對自己的嘲諷。

胡小天道：「我做了個惡夢，夢到你趁著我熟睡的時候下手害我！放好多毒蟲咬我。」

北澤老怪怪眼一翻，氣鼓鼓沒有說話，心中卻在暗歎，老子辛辛苦苦培育出的五彩蛛王被你殺了，內丹被你吃了，你現在根本就是百毒不侵，哪有什麼毒蟲敢靠近你？

胡小天伸了個懶腰道：「其實想想你好歹是前輩高人，像你這種一派宗師肯定會自重身分，不會做這種見不得光的事情對不對？」

北澤老怪哼了一聲，兩隻眼睛望著頭頂蕩漾的水光，他不是不想殺掉胡小天，這一夜腦子裡反反覆覆在考慮，要不要趁著胡小天睡著的時候偷襲他？可是此前的交手已經讓他意識到，自己根本不是這小子的對手，他最擅長的就是下毒，而面對胡小天這個百毒不侵的傢伙，自己還真是沒有半分優勢可言，更何況現在兩人同坐在一條船上，即便是殺了胡小天，自己也沒辦法從這化骨牢內逃脫出去。北澤老怪已經完全冷靜了下來，冷靜之後就恢復了理性，當前唯有暫時和胡小天聯手，或許能夠找出一條離開的通路。

北澤老怪低聲道：「你是不是有辦法從這裡逃出去？」

胡小天搖晃了一下脖子，故意不理會他，然後慢慢站起身來，踢腿彎腰，活動一下肢體。

北澤老怪冷笑道：「我看你也沒什麼辦法。」

胡小天不禁笑了起來，北澤老怪居然用上了激將法，老傢伙還是狡猾狡猾的。

他指了指上方道：「這外面就是湖水吧，只要打破這水晶穹頂，咱們就能夠游入湖中，豈不是就可以脫困？」

北澤老怪聽他居然提出了這個方法，滿臉不屑道：「你知不知道這堵水晶牆有多厚？至少有兩丈的寬度，而且堅逾金石。」他向胡小天借來長劍，騰空飛掠而起，照著那水晶穹頂就是全力一劈，噹啷一聲，水晶穹頂絲毫無損，那柄長劍卻因為無法承受這巨大的撞擊力，劍鋒變鈍。

北澤老怪將長劍還給胡小天，胡小天接過長劍，看了看劍鋒，接觸水晶牆的部分已經捲邊，北澤老怪並沒有誇大其詞。胡小天心中暗忖，即便是這水晶牆有兩丈厚度，自己利用光劍也一樣可以打出通道。

不過不到最後一步胡小天不會採取這樣的做法，今次前來五仙教總壇，他拋出的誘餌就是天人萬像圖，五仙教主眉莊夫人當初在劍宮和任天擎聯手，想要奪走天人萬像圖，雖然最後功虧一簣，可胡小天仍然認為他們不會就此放棄。

榮石將自己誘入化骨牢內，究竟是五仙教主的授意還是出於私怨目前還無法確定，不過胡小天認為他們絕不會將自己困在化骨牢內不聞不問，五仙教主早晚還會現身。

胡小天將捲邊的長劍扔到了一邊，輕聲道：「有些餓了。」

北澤老怪道：「這裡沒有水，沒有食物，你若是想嘗嘗飛蛾的味道，我倒是可以幫你弄來一些。」

胡小天笑了起來，至少從北澤老怪的這句話中聽出了他合作的誠意，他搖了搖頭道：「那些還是留著你自己吃吧，我可吃不慣。」

北澤老怪表情怪異地望著胡小天的背影，如果不吃不喝就算這廝再大的本事也沒有幾日可活，難道他已經有了逃出生天的辦法？

榮石的聲音從四面八方傳來：「胡公子，這一夜過得還安穩吧？」

胡小天哈哈大笑道：「托您的福，這一夜我睡得不知多麼快活，還有一位前輩高人為我守夜，真是要謝謝你了。」

榮石也笑了一聲道：「昨晚只是開始，如果你不交出天人萬像圖，那麼你這輩子就和前輩高人作伴吧。」

胡小天道：「榮石，就算是交出來，我也得親自交給五仙教主，如果我將那幅圖交給了你，焉知你不會中飽私囊，據為己有？」

榮石道：「我給你三天的時間考慮，若是你不肯交出那幅天人萬像圖，就再也不會有機會。」

一切重新歸於寂靜，北澤老怪湊到胡小天的身邊：「天人萬像圖？什麼天人萬像圖？」

胡小天瞪了他一眼道：「干你屁事啊？」

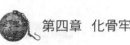

若是換成以往的時候，北澤老怪必然暴跳如雷，甚至不惜和胡小天性命相搏，可現在他算是想明白了，在這裡跟胡小天拚命毫無意義。居然能夠耐得住性子，陰惻惻笑道：「年輕人的火氣別那麼大，還說什麼同舟共濟，做人一點都不坦誠。」

胡小天差點沒被北澤老怪引得笑起來，他歎了口氣道：「不是不跟你說，連我都搞不清楚這天人萬像圖究竟是什麼東西。」

北澤老怪道：「不如讓我看看？」

胡小天笑道：「你以為這麼重要的東西，我會隨身帶著？」

北澤老怪倒吸了一口冷氣，雖然他也不知道天人萬像圖為何物，可是從榮石剛才的那番話也能夠聽出些許端倪，五仙教一定是想從胡小天的手中得到那幅圖。換句話來說，胡小天如果沒將那幅圖帶在身上，豈不是就沒有了討價還價的餘地，臉上不禁浮現出失望的表情。

胡小天以傳音入密道：「咱們在這個地方，好像一切都在他們的監視範圍內，有沒有什麼地方可以躲過他們的視線？」

北澤老怪點了點頭，同樣以傳音入密道：「外面的甬道應該可以，我練功的那個地穴也可以。」

胡小天道：「咱們去地穴中說話。」

兩人向地穴走去，來到地穴內，胡小天方才想到了一個問題，這地穴究竟是如何形成？問過之後方才知道，原來是北澤老怪剛剛被困在這裡的時候，利用鐵線金剛蟲鑽開岩層，可是鐵線金剛蟲鑽到這個深度之後，岩層變得堅硬無比，再也無法前進分毫，由此可見北澤老怪也是花費很大心思想要逃離的，可最終所有的手段全都落空。

胡小天蹲下去伸手在地穴底部拍了拍，感覺質地非常奇怪，應該不像岩石，借著夜明珠的光芒望去，底部呈現出灰色。從敲擊的回聲來看，下面應該是中空的，好像不是太厚。

胡小天將自己的發現告訴了北澤老怪，北澤老怪道：「我早就發現了，還以為可以將之擊穿，可是所有的辦法都試過了，仍然無法將之擊穿，甚至連絲毫的痕跡都無法留下，我過去從未見過如此堅硬的材質，即便是烏金玄鐵也無法達到這樣的程度。」

胡小天道：「你見過比牛犢子還要大的蛤蟆？見過如同長龍一樣的大蛇？」

北澤老怪經他一問不由得沉默了下去，在被困化骨牢之前，北澤老怪也以為自己見聞廣博，尤其是在毒蟲的使用方面，天下無人可出其右，直到他被困在這裡方才發現，斑斕門和五仙教相比只能是小巫見大巫。別的不說，單單是在這化骨牢內所見的毒物，很多都是他過去未曾見過，甚至聞所未聞的。不禁頹然歎了一口氣道：「老夫這才意識到一直以來我都是坐井觀天。」

胡小天搖了搖頭道：「不是你坐井觀天，而是有些東西根本就不該存在於這個世界上。」

北澤老怪道：「他給了你三天時間考慮，如果你不能滿足他們的要求，恐怕三天之後他們會採用極端手段來對付咱們。」不知不覺中，他已經和胡小天抱定了同仇敵愾之心。

胡小天道：「所以咱們不能坐以待斃。」

北澤老怪心想這廝只會空口白話，他們被困在這化骨牢內，根本無法離開這裡，除了坐以待斃哪還有其他的辦法？本想譏諷幾句，可話到唇邊也覺得沒有任何意義，低聲建議道：「如果你將天人萬像圖帶在身上，不妨假意答應將那幅圖給他們，要求跟他們當面交換，然後趁著交換的機會，咱們衝出去。」

小天道：「我沒帶，就算帶了也不打算跟他們交換。」他從腰間掏出光劍的劍柄，微笑道：「不如咱們並肩從這裡殺出去怎樣？」

北澤老怪望著他手中那光禿禿的劍柄，心中暗忖就憑這劍柄？這小子莫非是來搞笑的？

胡小天擰動劍柄，一道藍白色的光芒從劍柄中透出，在北澤老怪詫異至極的眼神下形成了一束三尺長度的光刃。北澤老怪用力眨了眨眼睛，幾乎無法相信眼前所見，可一切卻又是真實發生。

胡小天握住光劍緩緩向下方刺去，幾乎沒有花費太大的力量，光劍就已經刺入地穴底部，被北澤老怪視為無法突破的岩層，在光劍面前輕薄如紙，胡小天毫不費力地在上面畫出了一個直徑三尺的圓圈，其邊緣仍然紅光閃爍，胡小天抬起腳來，輕輕一踩，兩人的面前出現了一個黑乎乎的洞口。

胡小天收好光劍，向北澤老怪得意地揚了揚頭。

北澤老怪驚詫莫名，內心中對胡小天越發敬畏，就算胡小天沒有這把光劍，他也不是胡小天的對手，如今胡小天殺器在手，無堅不摧，自己想要戰勝胡小天根本沒有任何的可能。

胡小天已經率先從那切開的洞口中跳了下去。

北澤老怪低頭望去，從切開的齊整邊緣可以看出，他們立足的地方厚度要在一尺左右，這樣的厚度，如此堅硬，竟然被胡小天切豆腐一樣切開，他手中光劍的威力可見一斑。

下方傳來胡小天的聲音：「喂！老先生你下不下來啊！」

北澤老怪搖了搖頭，這才從洞口中跳了下去，跳下去之後，裡面卻是一個奇怪的房間，胡小天正拿著夜明珠照亮四處搜尋著什麼。四周的牆壁之上嵌入了許多密封的水晶瓶，瓶內裝著形形色色的生物，這其中大都是他們常見的物種，北澤老怪不明就裡，實在想不明白為何會在這裡儲存那麼多的小動物。

胡小天一眼就看出這些東西全都是搜集的樣本，他不由得想到了當初從大康棲霞湖逃走的那些天外來客，他們現在所處的地方或許就是其中的一架飛行器。

胡小天的猜想很快就得到了印證，沒過多久他就找到了圓形的艙門，艙門上的鎖他從未見過，唯有採用光劍暴力破拆。

看到胡小天挖牆掘洞舉重若輕，北澤老怪只有羨慕的份兒，同時心中重新燃起了逃脫牢獄的希望，只要緊跟胡小天的步伐，逃離化骨牢應該輕而易舉，他忍不住道：「你的這柄劍我從未見過。」

胡小天笑了笑，沒有理會他，心想你沒見過的東西還多著呢。

北澤老怪又道：「或許可以嘗試用它挖開水晶牆。」

胡小天道：「如果想離開，我早就離開了，既然來了不妨好好查探一下，難道你不覺得這裡的一切都非常新奇嗎？」

北澤老怪點了點頭，跟著他的腳步從剛剛切開的洞口中走了進去。

雖然房間內佈滿了奇形怪狀的設備，可是胡小天仍然輕易判斷出這間應該是飛行器的駕駛艙，他來到飛行器的駕駛位坐下，座椅的包容性居然很好，隨意按下上面的圓形按鍵，並沒有任何的反應，看來這座飛行器的能源已經完全耗盡。

北澤老怪抑制不住內心的好奇，東摸摸西碰碰，看到桌上一個懸浮在虛空中的藍色小球，心中頗為奇怪，伸手將小球抓住想要看個究竟。想不到卻在無意中啟動了機關，在駕駛艙正中間的部位顯出一個隱形的圓形洞口。

胡小天瞪了他一眼，北澤老怪一臉的無辜：「我什麼都沒碰過！」他鬆開手，那小球重新懸浮起來，剛剛打開的洞口緩緩關閉，原來這小球是啟動底艙的開關。

胡小天走過來將藍色小球抓住，重新將艙門打開，低頭看了看，感覺一股冷氣撲面而來，他沿著垂直的舷梯進入底艙。底艙非常的狹窄，只有四個平方左右，僅可供一個人勉強轉身，在胡小天的右側看到一個豎立的玻璃艙，艙門之上有一道狹長的裂縫，裡面躺著一具藍色的骨骼，胡小天判斷出這玻璃艙應該是低溫冷凍艙，裡面的藍色骨骼應該是天外來客中的一個，也就是鬼醫符刓口中的天命者，他或者是她一定是想將自己低溫冷凍起來，應該是冷凍之後，冷凍艙意外破裂，從而失效，此人就死在了裡面，皮肉早已腐爛，只剩下藍色的骨骼。骷髏頭仍舊完好無損，胡小天打開艙門，那具骷髏頓時散落了一地，大出常人一倍的頭骨嘰哩咕嚕地在地上翻滾。

胡小天撿起頭骨，北澤老怪從上方探進來一個腦袋，看到那顆碩大的頭骨，也不禁好奇地瞪大了眼睛，什麼人的腦袋能這麼大？而且居然骨頭都是藍色透明的。

胡小天將這顆頭骨扔了上去，北澤老怪一把接住，入手卻是極輕。甚至比正常人的顱骨都要輕上許多，如果不是親眼所見，北澤老怪幾乎無法相信這是真的。

在冷凍艙旁邊還有一個櫃子，胡小天用光劍切開櫃門，裡面放著一套外甲，狀如龍鱗，通體漆黑，伸手摸了摸極其堅韌，但是質地很輕。胡小天憑直覺認為此外甲絕非凡品，他將外甲取下，櫃中還有一個一尺見方的背包，背包和外甲的後背部分有契合的介面。胡小天換上外甲，感覺輕盈舒適，拎著背包走了出去。

北澤老怪看到他又得了一件寶貝，心中又是羨慕又是嫉妒，好奇道：「這是什麼？」

胡小天道：「我也不清楚到底是什麼。」他將背包背起在身後，活動了一下手腳，這才發現左側手臂之上有五個按鍵，依次按下，毫無反應。在腰間有個位置剛好可以懸掛光劍，胡小天將光劍插入其中，卻想不到劍柄之上異彩流光，卻是光劍自動向護甲補充能量，胡小天又在手臂上的按鍵下摁了一下，卻想不到身後的背包自行打開，一雙翼展達到四米的黑色金屬羽翼從他的後方舒展開來。

別說北澤老怪嚇了一跳，連胡小天自己也被嚇得不輕，看來今天是撿到寶了。

胡小天又按下一個按鍵，一股無形的托舉力從後背傳來，如同一隻無形的大手抓住他的身體，將他狠狠向上方甩去，胡小天眼看著腦袋就要撞在艙頂，雙手護住面孔，手臂在艙頂一撐，然後身體又直墜而下，這股無形的推力推著胡小天火箭一般向前方撞去，北澤老怪慌忙跳開，免得被他殃及，胡小天知道一定是誤碰了飛行鍵，急忙摁下第三個，不摁還好，這一摁，身軀宛如陀螺般旋轉了起來，腦袋已經重重撞在牆上，撞得胡小天頭昏腦脹。

還好他沒有被撞糊塗，也沒敢繼續摁下去，急中生智，一把將光劍從腰間抽了出來，這套翼甲的能量乃是光劍所提供，只要清除了翼甲的能量來源，自然就可以停下這瘋狂的折騰。

果不其然，光劍拔出之後，雙翼迅速收攏合併，自動納入背包之中。

北澤老怪嘖嘖稱奇：「我曾經見過翼甲，不過全都是金屬打造而成，這樣的翼甲我卻沒有見過。」

胡小天心中暗忖，別說你沒見過，老子也沒見過，能夠被這幫天外來客珍藏在飛行器中的東西，顯然是重要的高科技裝備，雖然自己被摔了個灰頭土臉，多少也知道了這套翼甲的一些作用，飛行器內過於狹窄，肯定施展不開，等他脫困，找個寬敞的地方好好演練一下。

北澤老怪自然是一臉的羨慕，同時心中又有些後悔，自己剛才應該先他一步進入底艙的，先到先得，這件寶貝豈不是就屬於自己了，看到胡小天穿上翼甲之後身材更加健美挺拔，怎麼看都比自己的蟲甲要氣派許多，北澤老怪更是懊悔，低頭望著自己手中拿著的那顆碩大頭骨，有種被胡小天戲耍的感覺，隨手將那顆頭骨扔在了地上，心想這玩意兒有個屁用。

胡小天卻上前將頭骨撿了起來，瞪了北澤老怪一眼。

北澤老怪不屑道：「無非是一個怪胎頭骨，你留他作甚？」

胡小天道：「你見多識廣，這裡面的東西你過去可曾見過？你有沒有見過有誰長著那麼大的腦袋？」

北澤老怪搖了搖頭，的確沒有見過，可嘴上仍不服氣：「我看這根本不像骨頭，或許是有人用藍色水晶石雕刻而成。」

胡小天道：「虧你還是斑斕門的門主，你見過誰家的水晶石質地如此輕盈？」

北澤老怪被他搶白的老臉通紅，嘴上仍然不肯服輸：「或許是一種我們過去並未見過的材質。」

胡小天道：「你過去的確未曾見過，這化骨牢內的壁畫你應該看到過，既然那些巨型蛇蟲都是真的，為何這頭骨不可能是真的？」

北澤老怪啞口無言，這世上的確有太多他未曾見過的東西，自己沒有見過並不代表那些東西不存在。他岔開話題道：「咱們還是想辦法儘快離開這裡。」

胡小天道：「咱們既然在他們的監測之中，他們很快就會發現咱們已經逃出了化骨牢。」

北澤老怪點了點頭道：「不錯，可能他們現在已經發現了。」

胡小天道：「五仙教應該不知道這裡的存在，否則這裡面的東西不可能保持到現在。」

北澤老怪繼續點頭，胡小天分析得絲絲入扣，他自然贊同。他低聲道：「壞了，可能他們已經過來追擊咱們了，還是儘快離開這裡再說。」

胡小天笑瞇瞇道：「看來你真是被五仙教嚇怕了！」

北澤老怪老臉通紅，呸了一聲道：「我會怕他們？他們只要敢過來，老夫剛好報他們把我困在這裡的大仇。」

胡小天道：「咱們不妨多點耐心，這化骨牢內說不定還藏著許多不為人知的秘密，咱們若是不出去，他們必然會生出疑心，早晚都會派人過來搜尋，到時候咱們自然就有了逃出去的法子。」

北澤老怪道：「如果他們根本就沒想過放咱們出去呢？」

胡小天道：「真要是那樣，咱們就破開水晶穹頂，讓湖水倒灌，然後從這裡逃出去。」

北澤老怪心中有些不解，胡小天明明現在就能破開穹頂，為何不走？這小子莫非另有打算，他環視了一下周圍道：「這究竟是一間怎樣的房子？」

胡小天也沒有向他解釋，只是低聲道：「你問我，我去問誰？有這個功夫，不如花點心思看看，這裡還有沒有其他的通路。」

榮石匆匆來到眉莊夫人的面前，低聲將最新的狀況告訴了她，胡小天估計的沒錯，五仙教果然在暗中監視著化骨牢內發生的一切，只是已經整整一天一夜了，完全失去了兩人的蹤跡。

眉莊夫人道：「他們就算天大的本事也逃不出化骨牢。」

榮石道：「師尊，化骨牢內的任何角落都逃不過我們的監視，可是他們竟然在我們的眼皮底下失蹤了一天一夜。」

眉莊夫人道：「老怪物不是在其中挖了一個地洞？或許他們躲在了裡面。」

「我們要不要派人下去看看？」

眉莊想了想搖了搖頭道：「他們之所以躲起來，目的就是想要製造失蹤的假像，引誘我們進去，我們若是派人進去搜尋，他們就會趁機將我們的人制住，尋找出口奪路而逃。」

榮石雖然承認她所說的有道理，可仍然心中不安：「就算他們兩人再好的耐性，也不至於在地洞中待上一天一夜。」

眉莊道：「這兩個人都不是尋常人物，想比耐性，好啊！就讓我看看，咱們究竟誰更能沉得住氣。」

胡小天已經將這架飛行器每一個角落都搜索了一遍，發現這飛行器的主要部分都已經遭到了毀滅性的破壞，根據種種跡象推斷，飛行器的主人應該是當年天外來客中的一個，在飛船墜入大康棲霞湖之後，他們乘坐小型飛行器逃生，有兩人被大康將士當場擒獲，視為妖孽，將之斬殺，而其餘成員僥倖逃脫。其中的一個人輾轉逃到了這裡，應該是和五仙教發生了重要的關係。在底艙發現的藍色骷髏就應該是那人的遺骨，按照當年鬼醫符刓的說法，他們的生命畢竟有限。

這名天命者在感到自己命不長久之時，對逃生的這艘飛行器的關鍵部分進行了破壞，他的初始目的應該是將自己冷凍休眠在密封艙內，可是中途卻產生了差錯。在天命者進入休眠狀態後不久密封艙出現了裂縫，天命者就這樣在休眠中死去，永遠也無法醒來。

五仙教方面居然能夠沉得住氣，在胡小天和北澤老怪消失在地穴之中一天一夜之後仍然沒有派人前來搜尋。北澤老怪認定胡小天的盤算落空，歎了口氣道：「看來他們果然是想將我們困死在裡面。」

胡小天並沒理會他，仍然閉目打坐，雖然他內力渾厚，可是這麼久時間沒有進食，也感到饑腸轆轆，他可沒有北澤老怪那麼好的胃口，可以吃那些飛蛾和毒蟲。

北澤老怪道：「難道你打算一直都在這裡等下去？」

胡小天懶洋洋睜開雙目道：「你都等了整整一年，為何現在連等一天的耐性都沒有？」

北澤老怪道：「明知沒有希望，又何必再等下去？」

胡小天笑了起來，北澤老怪之所以表現得如此迫不及待恰恰是因為重燃了逃生的希望，原本一如止水的心境因為希望而改變，他將那顆藍色透明頭骨拋給北澤老怪，輕聲道：「既然他們肯上鉤，咱們只能出動誘餌了。」

北澤老怪望著手中的那顆藍色頭骨道：「你是說用這東西當誘餌？」

胡小天點了點頭。

榮石再次向眉莊夫人稟報，胡小天和北澤老怪果然耐不住性子，再次出現在化骨牢內，只不過這次他們的手中多了一件東西。

眉莊夫人聽榮石說到那顆碩大的頭骨之時，霍然睜開雙目，驚聲道：「你說什麼？他們手中有一個頭骨？」

榮石點了點頭道：「不錯，有正常頭骨的兩倍大小，藍色透明，看樣子應該是手工雕琢而成。」

眉莊夫人聽到這裡已抑制不住內心激動，她站起身來：「走，帶我去看看！」

北澤老怪百無聊賴地將那顆藍色頭骨在手中拋來拋去，按照胡小天的計畫，他拿著這顆誘餌在化骨牢內展示了半天，可仍然不見五仙教有人現身，目光落在對面胡小天的身上，這廝仍在閉目養神，北澤老怪心中暗忖，這小子此番前來還不知有什麼目的，若是能夠得到他的翼甲和光劍，自己脫離五仙教還不是易如反掌。可是他也沒有從胡小天手中搶回那些東西的把握，正在盤算之時，卻見胡小天突然睜開了雙目。

北澤老怪以為自己的心思被他看破，有些心虛地將目光垂落下去。

卻聽胡小天道：「好像有聲音。」

果不其然榮石的聲音迴盪而起：「胡小天，我師父答應給你們一條生路。」

胡小天懶洋洋道：「又想什麼花樣？」

榮石道：「我師尊答應放你們其中的一個離開這裡，不過兩人只能活一個。」

北澤老怪充滿警惕地望著胡小天，雖然他一聽就知道這是五仙教想要分化他們的計策，可是在生機面前，難免胡小天不會動心。

胡小天呵呵笑了起來：「榮石，你幫我告訴她，我沒打算走，這化骨牢內有那麼多的寶貝，那麼多的秘密，在我們沒有完全挖掘出來之前，我們是不會離開的。至於我們兩人的死活，不用你們擔心，我既然能夠走進來，就能夠走出去。」他站起身來，悄然按下左腕上的按鍵，一雙金屬羽翼緩緩舒展開來，想要引誘眉莊夫人現身看來還需要加一些料。

胡小天道：「我給她一個時辰下來跟我見面，親自將我們迎出化骨牢，不然，我就毀了這顆頭骨，還有這牢裡其他的寶貝。」

榮石頓時沉默了下去，北澤老怪卻鬆了口氣，從胡小天的這番應答來看，他應該沒有加害自己的意思。

沒過多久，一個冷漠的聲音響起：「胡小天，你知不知道這個世界上要脅過我的人都是什麼下場？」

胡小天笑道：「正主兒總算捨得現身了，我不知道，也沒興趣知道，真想殺我，你只管放馬過來。」

眉莊夫人道：「殺了你豈不是太便宜你了，你不要忘了，夕顏還在我的手裡，我可以將對你所有的怨恨全都施加到她的身上，讓你眼睜睜看著她被折磨得死去活來，卻無能為力，到時候，你所承受的痛苦要比死了還難受。」果然是五仙教主，她知道胡小天的弱點所在，以彼之道還施彼身。

胡小天歎了口氣道：「既然如此，你不妨試試，咱們拚個魚死網破，她若是死了，我讓你五仙教所有人為她陪葬，還有你的老相好任天擎，包括你們五仙教每一條狗，每一隻蛤蟆我都要斬盡殺絕。」

眉莊夫人冷笑道：「你以為我不敢？」

胡小天道：「你不是不敢，是你還沒有蠢到那種地步。」

眉莊冷冷道：「我讓榮石去接你。」北澤老怪聞言大喜過望，胡小天果然很有一套，逼迫得眉莊不得不選擇退讓。

胡小天道：「我哪兒都不去，就在這裡等你，你若是不肯來，一個時辰之後，我就將這顆頭骨銷毀。」

眉莊怒道：「你休要得寸進尺！」

胡小天道：「對了，順便將夕顏帶過來，如果我見不到她，一樣會將這顆頭骨毀掉。」

北澤老怪心中暗歎，這小子果然是衝著女人過來的，為了一個女人竟然深入五仙教總壇，冒著這麼大的風險，真是不值。可他又不得不佩服胡小天的膽色，連五仙教主這種狠角色都不得不選擇讓步。

時間一分一秒過去，眼看約定的一個時辰就要過去了，胡小天已聽到遠方傳來的動靜，密密麻麻如同落雨，北澤老怪臉上表情倏然一變，低聲道：「有毒蟲！」

胡小天鎮定如故：「毒蟲你來對付，其他的交給我。」

北澤老怪點了點頭，將手中的透明頭骨遞給胡小天。

胡小天道：「人和人之間總得有些信任，你拿著吧。」他看出北澤老怪始終對自己抱有疑心，將藍色頭骨留在他的手中也是要向他證明自己的確誠心跟他聯手，暫時不會有加害之心。

北澤老怪抿了抿嘴唇，心中暗忖這廝果然精明，他要通過這種方式取信於我。

那如同落雨般的聲音越來越近，兩人舉目望去，卻見前方道路之上爬行著如同拳頭大的黑色甲蟲，北澤老怪道：「噬金蟲，這東西極其邪門，可以吞噬鋼鐵。」

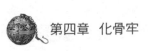

胡小天道：「這是要準備將咱們碎屍萬段嗎？」

遠方宛如黑色浪潮般蔓延而來的噬金蟲在距離兩人還有五丈左右停下了腳步，三道人影緩緩而來，他們行經之處噬金蟲紛紛避讓，散開一條三尺寬度的狹窄小道。為首一人正是眉莊夫人，在她的身邊左側是弟子榮石，右側是五仙教元老影婆婆。

胡小天並沒有找到夕顏的身影，心中暗自失望，他冷冷望著眉莊夫人道：「教主好像忘記了我的條件。」

眉莊妖媚一笑，一雙鳳目審視著胡小天，看到胡小天身上的黑色翼甲，目光灼灼生光，輕聲道：「胡公子還真是不客氣，這套翼甲乃是我們五仙教鎮教之寶，你直接穿在了身上，有沒有問過主人？」

胡小天微笑道：「先到先得，天經地義的事情。」

眉莊夫人並未看到那藍色頭骨，目光又向北澤老怪望去，卻見北澤老怪身上已經被鐵線金剛蟲覆蓋，形成了一層堅韌的蟲甲，她歎了口氣道：「想不到名震天下的斑斕門門主居然甘心給一個後輩小子當跟班，你難道忘了，你的多少弟子都是死在他的手中。」

北澤老怪知道她在故意挑起自己對胡小天的仇恨，乾脆裝聾作啞一言不發。

胡小天道：「教主還真是伶牙俐齒，咱們還是開門見山吧，你將夕顏還給我，我把頭骨給你。」

眉莊夫人呵呵笑道：「你有什麼資格跟我談條件？」

胡小天道：「我沒有跟人討價還價的興趣，既然你不交人，我唯有將頭骨毀去。」他向北澤老怪使了個眼色，北澤老怪亮出頭骨，雙手抓住頭骨，作勢要將之捏碎。

眉莊夫人驚呼道：「且慢！」

第五章

影婆婆

胡小天從沒見過陰沉冷酷的影婆婆表現的如此激動，
看她的樣子必然是認識李雲聰的，
胡小天想起李雲聰和不悟兩人，同歸於盡前說過的話：
李雲聰和不悟和尚這對兄弟的仇恨源於一個女人。
那女人應該是不悟的老婆，李雲聰的嫂子虹影，
難不成影婆婆就是虹影？

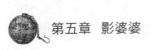

胡小天心中暗笑，看來果然抓住了她的七寸，眉莊夫人定然知道這頭骨的重要性，根據胡小天的瞭解，這些頭骨之中都遺留了豐富的資訊，可是唯有真正的天命者才能讀懂，在胡小天目前所知道的人中，姬飛花和七七都擁有這樣的能力，可這世上肯定還有其他這樣的人在。眉莊夫人縱然不是天命者，想必也和天命者有著極其密切的關係。

眉莊夫人揮了揮手，縈石向穹頂彈出一顆磷火彈，那顆磷火彈觸及穹頂頓時從龍眼大小的紅色光芒擴展成為一丈直徑的光圈。胡小天和北澤老怪擔心他們有詐，同時屏住呼吸。

胡小天暗忖，他們投鼠忌器，應該不會輕舉妄動，這顆磷火彈應該是起到了信號彈的作用。果不其然，沒過多久就看到有數道人影遊到了穹頂的上方，卻是四名穿著灰色水靠的蛙人，他們分別扯住漁網的一角，漁網內籠罩著一個直徑一丈的透明圓球，圓球內一位百合花般美麗的少女正在酣睡，四名蛙人手中的夜明珠照亮了少女的傾世容顏，不是夕顏還有哪個。

北澤老怪望著穹頂的情景，心中暗歎，難怪胡小天會不顧危險獨闖五仙教總壇，這少女的確生得禍國殃民，自己若是年輕幾歲想必也會心動。

眉莊夫人道：「胡小天，你看到了，我已經把人帶到了你的面前，現在到你兌現承諾的時候了。」

胡小天道：「夫人當我是三歲孩童？我若是現在就將頭骨給了你，你只要發出信號，他們馬上鬆開漁網，那顆大球就會即刻浮上去，我豈不是人財兩空？」

眉莊夫人冷笑道：「我是何等身分，豈會做出爾反爾的事情？」

胡小天道：「你是什麼人我不清楚，只是知道你做事毫無底線，水性楊花，勾三搭四。」

眉莊夫人怒喝道：「放肆！」

胡小天笑道：「當年是誰勾引周睿淵，又是誰害死了秦瑟？」

眉莊夫人臉色倏然一變，她厲喝一聲，右手一抖，一道寒光向胡小天的眉心直射而去，胡小天不慌不忙，腳步變幻，躲狗十八步施展開來，數道虛影之後，他已經和眉莊夫人又拉開兩丈的距離。

眉莊夫人射出的冰針自然落空，在遠處震裂開來，化為細小的冰霧，冰霧乃是毒素凝結而成。

胡小天卻發現影婆婆臉上呈現出錯愕萬分的神情，不過這表情稍閃即逝，雖然短暫，仍然被胡小天看在眼中，胡小天心中暗忖，那天在劍宮聽秦雨瞳和眉莊夫人理論，秦雨瞳的母親應該是眉莊夫人的師姐，換句話來說秦瑟也和五仙教有著密不可分的關係。

胡小天躲開眉莊夫人的毒針之後，已經抽出佩劍，閃電般向榮石劈出一劍，他認為三人之中應該是榮石的武功最弱，正所謂柿子撿軟的捏，挑選最弱的一環進行擊破。

榮石早有準備，雙手張開，從他的長袖之中，兩團黑蜂密密麻麻捲起兩道黑煙向胡小天鋪面迎去。

一旁響起北澤老怪的冷哼之聲：「米粒之珠也放光華！」從他背後飛蛾衝天而起，猶如一道龍捲迎擊黑蜂群，飛蛾與黑蜂交戰，在雙方陣營之間糾纏不清。

胡小天的身軀在空中一個反折，筆直向穹頂飛去。

眉莊夫人不屑望向這小子，以為他打算後撤之時，卻見胡小天自腰間抽出一柄光劍，旋動劍柄，一道綠色光刃倏然出現，然後整個人撲向穹頂，人劍合一，全力向水晶穹頂斜行刺去，胡小天的這一招正是劍魔東方無我教給他的破天一劍，可謂是集東方無我畢生武功精華之大成，再加上光劍被他旋到二擋，能量在瞬間聚集到最大，竟然將兩丈厚度的水晶穹頂直接穿透。

眉莊夫人看到胡小天手中的光劍陡然劍芒增長，心中已經感到不妙，可是她仍然心存僥倖，胡小天手中光劍威力雖然巨大，可畢竟這水晶穹頂的厚度接近兩丈，而且硬度奇高，胡小天就算將之損壞，也無法一劍擊穿，然而事情終於發展到最壞的一步，胡小天凝聚全力的一劍，竟然刺穿了水晶穹頂，在刺穿水晶穹頂的剎那，胡小天擰動劍柄，瞬間將能量又提升了一個檔位。

藍色的光芒在水晶穹頂內部擴展開來，有若在其中引爆了一顆炸彈，水晶穹頂竟然被光劍刺出一個兩丈寬度的大洞，上方的湖水突然找到了一個宣洩的洞口，宛若驚龍般向化骨牢內噴湧而去。

這突如其來的變故並不在其他人的計畫之中，五仙教方面過去始終認為化骨牢堅不可摧，以北澤老怪之能，都無法從這裡逃出去，胡小天竟然一劍就將之擊破。

四名牽拉漁網的蛙人甚至來不及逃離就已經被這股強大的吸力吸入化骨牢內，他們幾乎同時放開了漁網，那顆困有夕顏的透明大球向上浮去。

飛蛾和黑蜂都感覺到了危險的前兆，牠們紛紛停下廝殺，四散而逃，可是這化骨牢深處湖底，這些毒蟲又能逃到什麼地方，水流幾乎在瞬間就已經淹沒到了腰間，化骨牢內的這五人全都是頂尖高手，可是沒有人顧得上在這種時候主動發起攻擊，他們心中所想的是，要在水流充滿化骨牢內的時候從破開的穹頂游出。

胡小天比他們中的所有人更加急切，夕顏並沒有被水流衝入化骨牢內，正在迅速上浮到湖面之上，這裡是五仙教的總壇，眉莊夫人為了這次的交易必然做足了準備，十有八九還有人在湖面進行接應。

水流以驚人的速度灌入白骨洞，水面已經淹沒了他們的身體。水下的某處地方閃爍著藍色的光芒，卻是北澤老怪所在的地方，他拿著的那顆藍色頭骨灼灼生光。

兩道身影分從左右向北澤老怪飛速靠近，一個是眉莊夫人，另外一個乃是榮石。北澤老怪此時方才明白胡小天將這顆頭骨交給自己的真正用意，這廝可不是為了表達對自己的信任，而是要利用這顆頭骨吸引五仙教的注意，讓自己成為眾矢之的。北澤老怪雖然心中懊惱，可是又不捨得將這寶貝就此丟棄。北澤老怪身為一派宗主自然也不是尋常人物，右臂一抖，一團鐵線金剛蟲集合成一條黑色長索，在水底猶如一條長鞭向兩人橫抽而去。

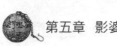

在眾人都將目標瞄準了藍色頭骨的時候，胡小天已經竭力向那穹頂的洞口游去，水流仍然沒有將化骨牢灌滿，洞口處水流衝擊力奇大，以胡小天之能想要在湖水沒有將這裡灌滿之前衝出化骨牢，進入湖內機會也不到萬一。

剛剛衝入那水柱之中，就感覺一股巨力從上方向下壓了下來，就算能夠衝入水柱，可是想要逆流而上也是分外艱難。

胡小天在水中依次摁下左臂翼甲之上的三顆按鍵，展翼、飛行、旋轉一氣呵成，他的身軀在水中急速旋轉，竟然頂著狂湧怒噴的水流逆流而上。

胡小天利用翼甲強勁的衝力，脫離這道旋轉的潛流，進入湖中，於水中抬起頭來，卻見那顆透明的圓球就在自己頭頂上方緩緩向上浮起，心中不由得大喜過望，夕顏果然還在其中，正準備向上追逐的時候，卻感到身軀一震，舉目望去，乃是數條大魚尖銳的牙齒同時咬在自己的那雙金屬羽翼之上，胡小天再度旋轉起來，將幾條饑不擇食的大魚遠遠甩開，同時身軀迅速上浮，追上那顆大球。

透明的大球浮出水面之際，胡小天的頭也從水下露了出來，外面陽光正好，前方百丈左右的地方就是黑色的石灘，胡小天推著大球向岸邊游去，四處張望並沒有看到五仙教的門徒，他這才放下心來。

帶著那顆大球來到了岸邊，將大球滾到了黑色的石灘之上，這些石頭全都呈蜂窩狀，質地很輕，一看就是火山石。胡小天輕輕拍了拍那顆大球，彈性十足，裡面夕顏仍然在酣睡，俏臉緋紅，睡姿極其安祥，她根本不知道此前發生了什麼。

胡小天本想用光劍將大球刺破，可是又怕大球爆炸傷到了夕顏，在大球周圍仔細找了一遍，卻沒有發現任何的縫隙，就在胡小天考慮應該用何種方法將之打開的時候，裡面的夕顏悠然醒來，一雙美眸望著外面的胡小天，流露出錯愕的光芒。

胡小天又驚又喜，大聲道：「我應當如何將你從裡面放出來？」

夕顏咬了咬櫻唇，一雙晶瑩的美眸淚光蕩漾，顯然是感動萬分，她取下髮簪，照著球壁刺去。

髮簪接觸到外面的球體凸出一個尖角，然後看到彼此接觸的地方開始變成綠色，一道道彎曲的綠色筋脈以髮簪為中心向周圍輻射蔓延，胡小天心中暗自奇怪，卻聽到波的一聲，籠罩在夕顏身體外周的那個大球彌散開來，化為無可計數的綠色小蟲，這小蟲鋪天蓋地般向胡小天籠罩了過去，胡小天意識到不妙，想要躲避的時候已經來不及了。

綠色小蟲密密麻麻將胡小天的周身覆蓋了起來，胡小天以護體罡氣籠罩周身，試圖真氣外放將這些小蟲全都震死，卻想不到這小蟲組合在一起宛如牛皮糖一樣黏附在他的身體周圍。

夕顏的雙眸藍光隱現，再也看不到絲毫的淚光，剩下的只有冷酷和殺機，她望著被小蟲籠罩的胡小天，表情木然。

胡小天伸出右手想要去摁下左臂上的翼甲按鍵，卻發現手臂和身體被小蟲黏在了一起。

夕顏冷冷望著胡小天，彷彿從來都沒有見過他一樣，緩緩舉起手中尖銳的髮簪，試圖向胡小天刺去。

胡小天有生以來還從未遇到過如此詭異的狀況，這小蟲聚合在一起如同黏膠，別說控制翼甲，現在甚至連挪動一下手足都已經沒有可能，而且小蟲越來越多，層層疊疊將胡小天的身體覆蓋其中，現在看來胡小天就像是穿了一層厚厚的棉衣，而且厚度在持續增加。一個人若是深陷泥潭縱然有撼天神力也無法施展出來，這些蟲子集合而成形成了類似於黏膠一樣的壁壘，胡小天的處境更加的窘迫，他能夠斷定夕顏必然是意識被人操縱，否則這妮子又怎會害自己，記得她曾經對自己說過的話，這世上對自己最好的始終都是她。

夕顏手中的髮簪就要刺到胡小天胸膛的時候，卻聽身後傳來一個威嚴的聲音：

「且慢！」

卻是眉莊夫人出現在岸邊，夕顏的目光頓時變得迷惘，呆呆站在那裡，彷彿失去了靈魂。

眉莊夫人緩步來到胡小天的身前，看到胡小天已經被小蟲覆蓋幾乎成為了一個圓球，不由得呵呵笑了起來，笑聲中充滿了得意。

影婆婆和榮石兩人也先後從湖水中走了上來，影婆婆手中抓著那顆藍色透明的頭骨，顯然是剛剛從北澤老怪手中搶來。

眉莊夫人轉向夕顏，輕聲歎了口氣，揮袖拂過她的面孔，夕顏一雙美眸合上，然後軟綿綿倒在了地上。榮石目光落在夕顏的身上，流露出不忍之色。

眉莊夫人輕聲道：「身為五仙教聖女居然為情所困，今日之下場完全是你咎由自取。」

影婆婆來到她的身邊，將手中透明頭骨遞了過去，眉莊夫人接過頭骨，雙手托起，望著那顆頭骨，輕聲道：「師父彌留之際曾經告訴我，祖師爺的遺骨就埋藏在總壇內，想不到卻是被埋在化骨牢內。」

影婆婆道：「化骨牢被水淹了，一時間無法展開搜尋。」

眉莊夫人道：「這世界上的事情不可能十全十美，總會有所缺憾。」她頓了一下又道：「老怪物呢？死了沒有？」

榮石歉然道：「徒兒無能，終究還是未能將他截下，讓他逃了。」

影婆婆一旁為榮石開解道：「此事怪不得榮石，那老怪物實在太過狡詐，是他利用頭骨引開了我們的注意。」

眉莊夫人冷笑一聲並沒有說話。

影婆婆的目光落在胡小天的身上：「教主打算如何處置這小子？」

眉莊夫人道：「他武功高強，又百毒不侵，所以唯有用黏影蟲將他困住，胡小天，你雖詭計多端，可終究還是年輕了一些，以為武功高強就代表了一切？以為百毒不侵我就沒辦法對付得了你？什麼虛空大法？在我面前也是毫無用處。」

影婆婆聽到虛空大法四個字的時候，低垂的雙目中閃過一絲痛楚的光芒。

眉莊夫人道：「榮石，你將他送到赤焰洞內。」

「是！」榮石抱拳領命。

影婆婆愕然道：「教主要殺了他？」

眉莊夫人冷冷道：「不可以嗎？」

影婆婆道：「可是他手中還有天人萬像圖，還可能知道造化心經的秘密。」

眉莊夫人淡然笑道：「這些東西對我而言並不重要。對了，榮石你把夕顏一起送進去。」

榮石聽到她的命令，英俊的面龐上頓時流露出震駭莫名的表情。

眉莊夫人陰惻惻笑道：「她就算活著也只是一具行屍走肉，不如圓了她的心願，讓他們活著無法同眠，死了可以同穴，也算是我這個做師父的成全了她。」

榮石咬了咬嘴唇：「師父……」

眉莊夫人臉上的笑容倏然收斂：「難道你還讓我重複第二遍？」

胡小天聽得清清楚楚，可是苦於被黏影蟲所困，根本無法動彈，集腋成裘，聚沙成塔，宛如沙塵一般大小的黏影蟲聚攏起來竟然產生了這麼神奇的力量。若非自己以護體罡氣封閉在肌膚周圍，恐怕此刻這些蟲子已經開始吞噬他的血肉。

榮石召來四名手下，利用碩大的黑布袋將胡小天連同黏影蟲全都裝了進去。

胡小天感覺被人抬了起來，應該是要將自己帶往什麼赤焰洞，他雖然看不到任何東西，可是憑感覺能夠意識到先是上行然後下行，路面也是崎嶇不平，大約過了半個時辰，終於停了下來，有人將他放在了地上。

榮石來到胡小天的面前，抬起腳來猛然一腳將黑布口袋踢了下去，胡小天現在身體不受控制，猶如一個圓球向下嘰哩咕嚕地滾了下去。

夕顏再次被籠罩在那透明的圓球內，美眸緊閉，酣然沉睡。榮石望著夕顏，雙目中流露出不忍之色，他用力抿了抿嘴唇，終於還是點了點頭，黯然道：「師妹，你不要怪我……」他輕輕推動圓球，將圓球滾下前方的洞口。

胡小天越滾越快，他沿著一個傾斜向下的洞口，而且在滾動的過程中感覺身體越來越熱，胡小天不禁心中駭然，赤焰洞！顧名思義，這洞中十有八九遍佈烈焰，他忽然想起五仙教總壇所在的地方恰恰是一個火山口內，難道五仙教的這幫人竟然將自己直接扔入了火山口內，不然何以會越來越熱，胡小天一顆心跌到了低谷，自己空有一身武功，卻無法施展出來，什麼翼甲，什麼光劍，全都被這黏影蟲困得死死的，難不成自己就要活活被燒死在這裡？不可以！還有那麼多的紅顏知己等著自己回去，還有那麼多的兄弟等著自己引領。自己翻山涉水來到五仙教總壇還沒有來得及將夕顏救走，這讓胡小天怎能心甘？

就在胡小天以為今天必死無疑的時候，卻感覺觸到了一個韌勁十足的東西，阻擋住了他的繼續下行，上下盪動一會兒方才停歇，還沒有完全平靜，裝有夕顏的那個圓球也滾落下來，撞在裝著胡小天的黑布袋上，兩個大球同時盪動起來，原來是一張巨大的蜘蛛網阻擋住了他們繼續滾動的勢頭。

胡小天驚魂未定，內心中的慶幸稍閃即逝，他馬上就意識到自己身下一股股熱浪向上襲來，如果繼續被困在這裡，用不了多久自己就會變成烤肉，胡小天暗歎，什麼百毒不侵，看來這五彩蛛王的內丹也不過如此，遇到尋常的毒物或許可以讓牠們避之不及，遇到這種黏影蟲卻是一丁點辦法都沒有。

生死關頭胡小天忽然想到了一個問題，自己一直都用護體罡氣在身體周圍形成隱形的防護罩，是不是也隔絕了體內的氣息，如果自己撤去護體罡氣，這些黏影蟲會不會知難而退？身下熱浪一陣陣襲來，胡小天感覺周身灼熱無比，他應該撐不了太久的時候了，左右都是一死，不如大膽一搏，抱著這樣的想法，胡小天緩緩撤去護體罡氣，任憑黏影蟲進攻自己。

兵行險招卻起到了意想不到的效果，那些黏影蟲在胡小天撤去護體罡氣之後非但沒有繼續向他的肌膚上爬行，反而迅速向周圍撤離，對胡小天畏如蛇蠍，黑色布袋開始膨脹起來，終於下方被突破了一個洞口，黏影蟲宛如流水般向下方墜落，落在蛛網之上，沿著蛛絲迅速爬走，黏影蟲在黑色布袋內從綠色變成了黑色，一旦攀上蛛絲又迅速變成了無色透明。

胡小天感覺手足重獲自由，他第一時間扯爛了布袋，眼前紅彤彤一片，低頭望去，在下方百丈深處，有一面熔岩湖，紅黃色的岩漿正在咆哮沸騰，源源不斷的灼熱氣浪就是那裡傳來。

胡小天的身下是一張巨大的蜘蛛網，若非這張蛛網，他肯定直接墜入下方的熔岩湖內，在他右側，一個透明的球體黏在蛛網之上，裡面正是熟睡的夕顏。

蛛絲之上彷彿有東西在流動，胡小天定睛望去，發現那全都是改變顏色的黏影蟲，這些黏影蟲可以根據環境變幻自身的色彩，胡小天顧不上多想，眼前最重要的事情是離開赤焰洞，他不敢冒險將夕顏從那球中救出，她現在神智喪失，焉知她不會做出更加離譜的事情。

胡小天暗自吸了一口氣，先向周圍望去，尋找岩壁上可以落腳的地方，按照他的想法，先找到落腳的地方，然後托起圓球，帶著夕顏一起脫離險境。

就在胡小天四處張望的時候，一道銀色的絲條從側方射出，正中夕顏所在的那顆透明圓球，黏上圓球之後，迅速縮回，帶著圓球向右側的岩壁飛去。

胡小天第一時間反應了過來，他怒吼一聲摁下左臂的按鍵，翼甲帶著他向上飛起，胡小天對翼甲的操縱還很生疏，他雖然武功高強但是僅憑著自身的力量脫離蛛網飛起也很難做到，翼甲的衝力可以幫助他擺脫蛛網的束縛，等他向上飛升數丈之後，馬上關閉翼甲的動力，憑藉馭翔術，在赤焰洞的空間內滑翔，以內力精準地控制自己的身體，有了兩隻羽翼的幫助，胡小天的馭翔術無異增強數倍，此時那顆圓球已經被拖入了側面的一個黑漆漆的洞口。

胡小天豈能眼睜睜看著夕顏從自己的面前被人擄走，收起雙翼，身軀跟著那顆圓球俯衝進入洞口之中。

剛一進入洞口就感到冷風嗖嗖，幽蘭色的光華下，影婆婆鬼魅般站在那裡，鬼爪一樣的右手扼在夕顏雪白的咽喉之上，望著胡小天陰惻惻道：「我們五仙教數十年搜尋不到的異寶竟然被你得到，小子，你的運氣果然不錯。」

胡小天笑道：「影婆婆，您若是喜歡，我將這套翼甲送給您就是。」

影婆婆呵呵冷笑了一聲，然後目光垂落到夕顏吹彈得破的俏臉之上，尖銳的指甲輕輕在夕顏的頸部滑動。

胡小天內心暗自捏了一把汗，影婆婆的指甲隨時都能劃破夕顏嬌嫩的肌膚，破了倒不怕，最怕她指甲之中藏毒。

影婆婆歎了口氣道：「什麼翼甲？你當我貪圖你的東西嗎？」

胡小天道：「影婆婆乃是前輩高人，當然不會看重這些東西。」

影婆婆道：「休要甜言蜜語，小子，你的虛空大法究竟從何處學來？」

胡小天笑道：「影婆婆不要聽眉莊胡說八道，我哪會什麼虛空大法。」他擔心影婆婆對虛空大法產生覬覦之心，甚至以夕顏性命為要脅，讓自己交出虛空大法。

影婆婆道：「你最好老實說給我聽，不然我就當著你的面捏斷她的脖子。」

胡小天道：「是一個太監！」

「太監？」影婆婆臉上的表情充滿了迷惘，她的目光充滿了質疑。

胡小天道：「是大康皇宮中的一個叫李雲聰的太監交給我的。」

影婆婆道：「李雲聰？我從未聽說過這個人。」

胡小天心中暗笑，李雲聰藏身大康皇宮那麼多年，你又怎麼會聽說，反正李雲聰已經死去，他自然也沒有了隱瞞的必要，於是道：「他是為了躲避仇家的追殺方才藏身大康皇宮之中，真名其實叫做穆雨明！」

影婆婆聽到這裡，整個人變得異常激動，周身都顫抖了起來：「你說什麼？你說什麼……」

胡小天還從來沒有見過陰沉冷酷的影婆婆表現出如此的激動，看她的樣子必然是認識李雲聰的，胡小天忽然想起李雲聰和不悟兩人以命相搏，同歸於盡之前說過的那番話，李雲聰和不悟和尚這對兄弟的仇恨源於一個女人，那女人應該是不悟的老婆，李雲聰的嫂子虹影。難不成影婆婆就是虹影？就是導致不悟和李雲聰手足相殘的紅顏禍水？

看眼前這位雞皮鶴髮的老太婆，無論如何也想像不出她年輕時候的模樣，可據胡小天所知，李雲聰年輕的時候也是風流倜儻英俊瀟灑的美男子，而且這貨不但有外表還有內在，按照不悟所說，這廝的命根子是超級大，這樣的魅力男喜歡的必然是一位絕代佳人，面前的影婆婆只能讓人感慨紅顏易老了。

胡小天道：「是穆雨明教給了我虛空大法。」

影婆婆好不容易方才控制住激動的情緒：「你知不知道他在何處？」

胡小天本想將李雲聰的死訊說出，可話到唇邊卻改變了主意，看影婆婆剛才的情緒如此激動，如果讓她知道老相好已經死了，指不定會幹出什麼喪失理智的事情，胡小天不怕影婆婆發瘋，就怕她發瘋了殃及夕顏。於是點了點頭道：「過去他一直都藏身在大康皇宮之中，可是後來他的仇家找上門來了。」

影婆婆聽到這裡已經迫不及待：「他的仇家是誰？」其實她心中已經猜到是

誰，可仍然想從胡小天的口中得到確認。

胡小天道：「不悟和尚！」

影婆婆又是一怔，她當然不可能知道一個被天龍寺囚禁數十年的和尚。沉聲道：「不悟和尚的俗家名字是什麼？」

胡小天搖了搖頭道：「不清楚，我只是知道他對李雲聰恨之入骨，對了，他恨的應該是穆雨明，我也不知道他們因何會結仇。」

影婆婆道：「你知不知道他們在哪裡？」

胡小天道：「我最後一次見到李雲聰還是在大康皇宮，當時洪北漠、任天擎、慕容展三人聯手對付我，幸虧我師父幫我，我才逃過一劫，也是在那時，不悟現身，原來是任天擎將我師父的真正身分告訴了他，我師父為了逃避不悟，所以離開了大康皇宮，自從那次的事情之後，我再也沒有見過他。」在這件事上胡小天半真半假，當著影婆婆的面提起這件事，是想影婆婆愛屋及烏，如果眼前的影婆婆當真是昔日穆雨明的老相好，那麼她興許會看在自己是李雲聰徒弟的份上手下留情。

影婆婆道：「他們三個居然會聯手？」

胡小天道：「任天擎的真實身分其實就是蒙自在，難道影婆婆不知道？」

影婆婆眉頭緊皺，她開始漸漸相信了胡小天的話。

胡小天又道：「年初之時，任天擎和眉莊夫人聯手將秦雨瞳抓住，他們想要利用秦雨瞳從我這裡得到天人萬像圖。」

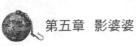

影婆婆似乎對天人萬像圖並不感興趣，追問道：「你剛才說教主害死了秦瑟？」

胡小天點了點頭道：「此事我也是聽說。」

「聽誰所說？」

「大康丞相周睿淵的女兒秦雨瞳！」

影婆婆道：「她又怎會知道那麼久之前的事情？」

胡小天道：「當時她們爭吵的時候，我剛好在場，我聽說秦雨瞳的母親秦瑟、任天擎還有眉莊夫人他們原本是師兄妹，他們的師父派秦瑟前去大康，接近周睿淵試圖搞清大康內部的一些事情，可是沒想到秦瑟居然喜歡上了周睿淵，後來還嫁給了周睿淵，婚後不久就有了身孕。」

影婆婆聽到這裡不由得歎了口氣道：「的確有這回事，只不過她和周睿淵尚未成親，就已經有了身孕，是在懷上周睿淵的骨肉之後方才成親。」

胡小天心中暗歎，想不到周睿淵和秦瑟也是先上車後買票。他繼續道：「於是他們的師父就派眉莊前去勾引周睿淵，離間他們夫妻的感情。」

影婆婆緩緩搖了搖頭道：「不可能，秦瑟是秦教主的親生女兒，她又怎麼忍心殺她？而且周睿淵才高八斗，年少有為，看到女兒有了那麼好的歸宿，教主又怎麼忍心去破壞？」

胡小天心中一驚，影婆婆應該不會撒謊，如此說來是眉莊夫人撒謊，是她害死了秦瑟。

影婆婆黯然道：「秦教主得悉秦瑟自盡，悲痛欲絕，突然失蹤數年，等到再度得到她消息的時候，已經是七年之後，教主死在雪崇嶺。」

胡小天道：「她是怎麼死的？」

影婆婆咬牙切齒道：「被人暗害！」她緩緩放開了夕顏，慢慢站起身來。

胡小天看到機會難得，悄悄來到夕顏身邊，將她抱在懷中，探了探她的鼻息，確信夕顏仍有氣在。

影婆婆背朝胡小天道：「這些年來，老身一直都在查教主的死因，可兇手做得實在是太過隱秘，根本無從查起，我只知道教主死後，隨身的兩樣寶物不見了。」

「什麼寶貝？」

影婆婆沉默了一會兒方才道：「一樣是《造化心經》，一樣是鳳凰甲！就算是我們現任教主眉莊夫人也沒有得到造化心經的全部。」

胡小天已經明白了，難怪秦雨瞳會懂得《造化心經》，她擁有的那件藍色內甲想必就是影婆婆所說的鳳凰甲。不用問，五仙教上任教主秦教主就是秦瑟的母親，也就是秦雨瞳口中的師父，事實上的外婆。若非有這樣親密的關係，秦教主又怎會將這麼重要的兩樣東西傳給她？

胡小天道：「這兩樣東西都在秦雨瞳那裡。」

影婆婆緩緩點了點頭道：「這老身倒是沒有想到，秦雨瞳拜在任天擎門下，以任天擎的智慧居然沒有發現她擁有五仙教的至寶。」

胡小天心中暗讚，秦雨瞳的頭腦果然聰穎過人，她明白越是危險的地方就越是安全的道理，於是想出了拜任天擎為師的辦法，在玄天館內，任天擎想必用盡一切辦法從她哪裡探察鳳凰甲和《造化心經》，卻不知秦雨瞳是如何蒙混過去的。胡小天道：「是眉莊害死了秦瑟，她親口承認過。」

影婆婆長歎了一聲，眉莊既然害死了秦瑟，那麼已經接近事實的真相，上任教主也是眉莊和任天擎聯手所害。影婆婆咬牙切齒道：「老身絕饒不了這對賤人。」

胡小天聽她這麼說不由得大感安慰，影婆婆顯然是忠於上任教主的，得知事情的真相之後，她或許不會助紂為虐，興許還會倒戈站在自己的一邊。

胡小天道：「影婆婆，夕顏究竟是怎麼了？」

影婆婆的目光在夕顏臉上掃了一眼，冷冷道：「你們當真以為自己命大嗎？如果不是老身事先佈置蜘蛛在赤焰洞內結網，此刻你們兩人早已化為灰燼。」

胡小天這才知道自己今日獲救絕非偶然，原來影婆婆在聽到胡小天說出眉莊害死秦瑟的事情之後，就產生了從胡小天口中得知真相的想法，於是趕在縈石將胡小天和夕顏投入赤焰洞之前佈置好了一切。

胡小天已經明白影婆婆是友非敵，懸著的心總算稍稍放下，可是看到沉睡不醒的夕顏，仍然一籌莫展。

影婆婆道：「她乃是被眉莊控制了心神，解鈴還須繫鈴人，除非眉莊出手，其他人是不可能將她喚醒的……」說到這裡她又停頓了一下道：「除非，有人懂得造化心經。」

胡小天心中一亮，秦雨瞳懂得造化心經，應該比眉莊懂得更多一些，如果她在身邊，自己一定可以說服她救醒夕顏，可是遠水解不了近渴。眉莊夫人雖然能夠治好夕顏，可以這妖婦的秉性，應該是不會出手幫忙的。

影婆婆道：「此地不宜久留，你若想救她，還是儘快離開這裡，如果被眉莊發現，只怕你們插翅難飛。」

胡小天點了點頭道：「勞煩影婆婆指一條明路給我。」

影婆婆道：「你跟我來，我帶你們出去。」她轉身在前方引路，胡小天抱起夕顏緊跟在她的身後。

胡小天道：「影婆婆可知道那藍色頭骨是什麼人？」

影婆婆道：「據說是祖師爺。」

胡小天道：「婆婆可見過有人的血液是藍色的？」

影婆婆的腳步停頓了一下，不過很快就繼續向前走去：「修煉造化心法的確可以改變血液的顏色。」

胡小天心中暗忖，向她繼續解釋也是無用，影婆婆自然不會相信五仙教中的一些人和那些天外來客有著千絲萬縷的聯繫，他提醒影婆婆道：「任天擎和眉莊勾結，那個人很不簡單，婆婆最好多多提防那個人。」

影婆婆沒有說話，只是加快了腳步。跟著影婆婆在黑暗的洞穴中行進。沒過多久就來到一個直上直下的孔洞之中，胡小天抬頭望去，距離上方約有三十餘丈。

孔洞四壁全都爬滿了蝙蝠，影婆婆轉向胡小天道：「上得去嗎？」

胡小天點了點頭，可看到石壁上密密麻麻的蝙蝠，心中也不禁有些躊躇，看來要將夕顏綁在自己的身上，一點點攀爬上去了，爬上去並不困難，可是要從蝙蝠群中開闢一條道路不知道會不會遭到蝙蝠的圍攻。

影婆婆呵呵冷笑了一聲，然後道：「送佛送到西天，老身再送你們一程。」她取出一支小笛吹了起來，胡小天並沒有聽到任何的聲息，猜測或許這小笛能夠發出超聲波。

那蝙蝠聚攏起來，圍繞他們不停旋轉，沒多久就形成了一股強大的旋風，旋風托起他們三人的身軀緩緩向上升騰而起。

影婆婆道：「不必驚慌，只管放鬆就是。」

他們三人隨著蝙蝠群來到了上方，影婆婆又吹起小笛，蝙蝠脫離他們散去，重新飛入那洞中。這直上直下的豎洞乃是蝙蝠洞，是蝙蝠棲息之所，即便是五仙教內也很少有人知道蝙蝠洞和赤岩洞相通。

影婆婆指向前方道：「你一直前行，一里之後可以看到三個洞口，你進入最左邊的一個，一直走到盡頭就會出去了。」

胡小天向影婆婆抱了抱拳，大恩不言謝，此刻多說也沒什麼意思。他背著夕顏快步向前方走去，可是身後卻突然傳來撲啦啦的振翅之聲，卻是剛才飛入蝙蝠洞的那些蝙蝠重新飛了出來，再看前方，榮石率領四名五仙教毒師出現在通道之前，在他們的身邊黑色甲蟲宛如潮水般向這邊狂湧而至。

一個冷酷的聲音從他們的頭頂響起：「影婆婆，真是想不到你居然是個吃裡扒外的老東西！」

胡小天循聲抬起頭來，卻見上方數十丈高度的頂壁之上，一道身影緩緩向下滑落，五仙教主眉莊夫人的動作優雅和舒緩，一眼看去似乎並不符合正常的重力規則。胡小天目力強勁，一眼就看到眉莊夫人的身後有一根纖細的蛛絲。

影婆婆看到自己終究還是暴露了，她呵呵笑道：「老身既不忍看到我的徒兒成為寡婦，又不忍看到聖女就這樣死去，這是在積德行善，可不是什麼吃力扒外。」

眉莊夫人格格笑道：「真是會往自己的臉上貼金，你以為剛才你的表情我沒有看到？你們都是如何在我面前發誓的，背叛本教的後果是什麼，難道你這位元老都不清楚？」她身體緩慢下降的同時，一隻隻大小不等的蜘蛛也墜落而下。

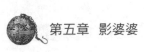

影婆婆道：「天絕地滅戮仙陣！出動那麼大的陣仗，看來果然是想將我們趕盡殺絕了。」

眉莊夫人笑靨如花：「這些毒物並非是用來對付你的，你不是一向認為自己驅馭蟲豸的本事在五仙教內當為第一嗎？現在就讓我看看你還有多少本事！」

影婆婆以傳音入密向胡小天道：「這是五仙教最厲害的陣法，滎石那邊應該是最弱的一環，一旦他們發動攻擊，你就奪路而逃！」

胡小天心中暗忖自然要逃，不逃難道留下來給這些毒物當點心？

眉莊夫人又道：「五彩蛛王並非毒中之王，不要以為吞下一顆五彩蛛王的內丹就能夠百毒不侵，胡小天，你對夕顏如此，也算是至情至聖，這妮子為你死了也算值得了。」

胡小天笑道：「眉莊，我本不想殺你，可你一再相逼，就別怪我不客氣了。」

他確信已經將夕顏的身體綁好，這才從腰間抽出光劍，擰動光劍，藍色光刃透柄而出，先下手為強，只有在最快時間內斬殺眉莊，方才能破去她的陣法，胡小天右手摁在左臂的按鍵之上，身軀以驚人的速度彈射而起，在空中展開雙翼，然後向眉莊夫人全速衝去，手中光劍揮舞，一道長達一丈的光刃以雷霆萬鈞之勢向眉莊劈去。

在胡小天啟動攻擊的同時，一道弧光以迅雷不及掩耳之勢橫亙在他和眉莊夫人之間，護住眉莊夫人，擋住了光劍志在必得的一擊，兩道藍白色的光芒相撞，發出蓬的一聲巨響，整個洞穴在兩股強大衝擊力的對撼之下猶如地震般搖晃了起來，光芒大盛，衝撞中心迸射出讓人目眩的白光，光劍的光芒筆挺，擋住光線的卻是一道宛如新月的弧光。

胡小天內心無比震撼，對方竟然可以擋住自己的全力一擊，而且光劍在和對方兵器的對抗中光芒似乎暗淡了不少。

一個高傲的身影懸浮在虛空之中，正是玄天館主任天擎。他靜靜望著胡小天，臉上表情木然，看不出他的喜怒哀樂。

與此同時，影婆婆的腳步也開始啟動，她攻擊的目標鎖定在眉莊的身上，雙手一張，數十道黑色閃電筆直射向眉莊的身體，卻是她在揮袖之間射出了見血封喉的凝血神針。

眉莊夫人的身軀在空中陀螺般旋轉，蛛絲將她的身體包裹起來，遠遠望去猶如籠罩上了一層銀色的外殼，凝血神針雖然厲害，卻無法攻破她用蛛絲和護體罡氣構成的外甲，身體在旋轉中急速下降，成千上萬隻蜘蛛鋪天蓋地般向對手籠罩而去。

第六章

金玉其外
敗絮其中

影婆婆匍匐在地上，雙手捂著面孔，極度痛苦身軀瑟瑟發抖。
胡小天要過去幫忙，卻聽影婆婆道：「不要過來，不要過來……
我中了那賤人金玉其外敗絮其中的奇毒。」
金玉其外敗絮其中，乃是五仙教奇毒之一，
只有身為教主的眉莊夫人方才掌握了這種下毒的方法，
中毒者的肌膚會呈現出黃金一般的顏色，
而內臟卻會慢慢腐爛，所以才得名。

看到任天擎現身，胡小天豈敢保留絲毫的實力，手中光劍一揮，破天一劍勢不可擋向任天擎刺去，這一劍一氣呵成，光劍和胡小天融為一體，胡小天整個人融入到這霸道無匹的劍氣之中。

真正的高手超然的感知力還要在視聽之前，任天擎感覺到一股凜冽的劍氣自下而上向自己直刺而來，這股劍氣竟然有開天裂地的磅礡威力。任天擎此時方才意識到自己對胡小天的實力缺乏準確的估計，他並沒有想到胡小天已經練到了人劍合一的地步。真正的人劍合一，人既是劍，劍既是人，人賦予劍生命和活力，而劍意融入人心，讓人成為一柄脫殼而出的利劍，鋒芒畢露，所向披靡。知道這個道理的人無可計數，可是真正能夠領悟並達成的屈指可數，以玄天館主任天擎見識之廣，有生之年也只不過見過三人，而此前面對的對手，在他的記憶中仍然是人，可是眼前的胡小天卻已經變成了一柄鋒芒畢露的大劍。

任何人都不敢輕視已經達到這樣級數的對手，更何況胡小天手中拿著的是光劍。不過胡小天的攻擊並非毫無弱點，他的背後還背著一個人，而這個人恰恰無法融入他的劍意之中，成為他的最大破綻。

任天擎手中的孤月斬弧旋飛了出去，在空中高速旋轉，和孤月斬同時飛出的還有任天擎的身體，確切地說他是要躲開胡小天威力龐大的這一劍，連他也沒有足夠的把握可以接住胡小天的這次攻擊，身軀螺旋形飛出，躲過胡小天勢不可擋的破天一劍，然後他的雙腳踏在了孤月斬之上，孤月斬在飛旋之中光芒大盛，藍白色的光芒完全變成了白色，宛若烈日當空。

胡小天的攻擊夠快，可是任天擎快如閃電般的身法仍要稍勝一籌，破天一劍終於還是落空，胡小天舉著光劍直刺上方，劍芒刺入岩洞頂部，深達五尺的岩層被劍芒穿透，以此為中心，向四周迅速擴展龜裂，碎裂的岩石宛如落雨般向下方墜落。

任天擎的身體隨著孤月斬已經旋轉成為了一道弧光，孤月斬的光暈擴展成為一個半徑可達一丈的圓形光環，這道光環以驚人的速度向胡小天迫近。

胡小天在虛空中調整好身體，雙手擎起光劍，向那飛來的光環一劍劈下，他對光劍的運用已經得心應手，已經將光劍視為自己身體的一部分，內力在劈落的剎那彙聚達到巔峰。

兩大高手的決戰，旁觀者只看到一柄光劍和一道光環，彼此的能量都已經達到極致，光芒變白，白得耀眼奪目，在接觸的剎那，發出了一聲沉悶的嗡聲，有若惡魔的呻吟，光劍的光芒再度黯淡了下去，孤月斬卻在瞬間光芒大盛，胡小天是第一次用光劍和任天擎正面交戰，他並不知道任天擎的孤月斬可以從光劍中奪取能量。兩次短兵相接，內心不由得一驚，光劍和孤月斬的對抗中竟然居於弱勢。

在碎裂岩石有若漫天落雨的時候，岩洞頂部數以萬計的蜘蛛向下方落去，指揮蜘蛛大軍發起進攻的正是五仙教主眉莊夫人。

影婆婆一聲冷喝，身後蝙蝠洞內蝙蝠鋪天蓋地迎了上去，蝙蝠吞噬著蜘蛛，影婆婆瘦小枯乾的身軀被蝙蝠籠罩在其中，蝙蝠群形成一道黑色漩渦，影婆婆的身軀凌空而起。

宛如黑潮澎湃湧起的蝙蝠群在影婆婆的指揮下撲向眉莊，可是沒到她的近前，就已經撲在了蛛網之上，蝙蝠一旦被蛛網縛住，就無法逃脫，一隻隻蜘蛛張牙舞爪地衝上去將之殺死。

榮石望著眼前的大戰，臉上的表情並無懼色，他從腰間抽出一隻玉笛，吹奏起來，笛聲淒厲，黑色甲蟲攀上四名蟲師的身體，那四名蟲師體魄看起來大上了一倍都不止。

影婆婆攻擊眉莊受阻，果然調轉目標，指揮蝙蝠大軍向榮石發動攻擊。

四名外披黑色甲蟲的蟲師行動一致，幾乎同時躍起，從四個不同的方位撲向影婆婆。

影婆婆猶如一道黑色龍卷，突入其中，伴隨著蝙蝠群的高速旋轉，四名蟲師外披的蟲甲不斷脫落，轉瞬之間已經一個不剩，蝙蝠蜂擁而上，撲向蟲師，抽吸著他們身上的血液。

榮石身邊的黑色甲蟲突然拱起，成為一個高約一丈的蟲丘，隨著笛聲一轉，蟲丘最上方如同沸騰一般，甲蟲紛紛向兩旁滾落，正中出現了一隻身軀長達三丈的黑色蜥蜴，一道火紅的閃電從蜥蜴的口中射出，直奔包裹影婆婆的黑色龍卷而去。火紅的閃電正是這巨蜥劇毒無比的長舌，長舌射入蝙蝠群中。猶如甩鞭，所波及的範圍，蝙蝠簌簌而落。

影婆婆的身軀脫離蝙蝠群向後方退去，以她的能力仍然不敢和這五仙教鎮教神獸抗衡。

影婆婆逃離蝙蝠群的剎那，一面白色的蛛網向她兜頭罩下，影婆婆揚手彈出一顆磷火彈，遇到蛛網瞬間燃燒起來，綠色磷光將蛛網燒了個乾乾淨淨。巨蜥猶如一道黑色閃電，看似笨拙的身軀啟動無比迅速，從側方撲向影婆婆，影婆婆的局勢頓時變得凶險了起來，局勢變成了巨蜥、榮石、眉莊夫人三人聯手攻擊她的場面。

而胡小天現在的處境也不太妙，因為背著夕顏，行動難免要受到一些影響，而狡詐的任天擎恰恰把握到了這一點，幾乎每一次致命的攻擊都是針對夕顏而發。

胡小天已經意識到任天擎才是眼前這幾人中最厲害的對手，如果自己只是單獨一個，應該可以脫身，可是他還帶著夕顏，想要從這些人的重重包圍中逃脫實在是希望渺茫。

身後傳來一聲悶哼，巨蜥的尾巴橫掃在影婆婆的肩頭，影婆婆的身軀猶如斷了線的紙鳶一般向一旁飛去，眉莊夫人抓住這難得的時機，彈出一顆彈丸，在影婆婆身前炸裂開來，演變成一團金色雨霧，將影婆婆周身籠罩。

影婆婆發出一聲淒厲的慘叫，徑直向剛才離開的蝙蝠洞中投去。

胡小天幾乎和她想到了一處，既然無法突破對方的圍追堵截，留在這裡反倒不如退回蝙蝠洞更加安全，他虛晃一劍，緊隨著影婆婆的腳步進入蝙蝠洞。

任天擎豈肯看著他從眼前逃脫，全速追趕上去，胡小天從腰間掏出一物隨手向眉莊夫人扔了過去，口中大聲道：「天人萬象圖！」

任天擎聽到天人萬象圖不由得心中一怔，雖然他也懷疑胡小天是在虛張聲勢，可心神仍然不免被擾亂，腳步自然停頓了一下，對胡小天而言，對方的片刻猶豫已經給自己足夠的機會。

胡小天成功從任天擎的手下逃脫，背著夕顏重新退回了蝙蝠洞內。

雖然這裡是五仙教總壇，眉莊夫人貴為教主，可是她也無法做到對這裡的每一處地方都瞭若指掌，她雖然知道蝙蝠洞，但是並不知道蝙蝠洞和赤焰洞相通，她也從未進入過蝙蝠洞內，望著黑乎乎的蝙蝠洞，眉莊夫人咬牙切齒道：「這老賤人，竟敢背叛我！」

任天擎默默撿起胡小天剛剛丟下的東西，的確是一幅畫，可展開一看，上面畫著一幅山水，根本不是什麼天人萬象圖。心中哭笑不得，明知胡小天使詐，自己終究還是被他給影響到了，這小子實在太狡猾。

眉莊夫人道：「這蝙蝠洞應該是和赤焰洞相通，老賤人中了金玉其外敗絮其中的奇毒，她活不久的，至於胡小天他對這裡的情況不熟悉，只要我們守住赤焰洞和這裡，他必然插翅難飛。」

任天擎淡然道：「世事無絕對！或許赤焰洞還有另外的出口也未必可知。」

眉莊夫人知道任天擎對自己的信心產生了動搖，說話間不由得帶上了些許的怒氣：「你若是信不過我，大可親自下去查。」

任天擎微微一笑，他對這位師妹的乖戾性情瞭解頗深，知道自己剛才的那句話讓她多想了，目光落在那條巨蜥身上，輕聲道：「我還以為這東西早已死絕了。」

眉莊夫人道：「牠的生命遠比人類要長得多，只可惜這世上也只剩下那麼一隻，也不可能再有後代了。」言語中頗多遺憾。她轉向榮石道：「榮石！」

「弟子在！」

「你率人將洞口封住，將他們活埋在其中。」

「是！」榮石領命之後趕緊去安排了。

胡小天進入蝙蝠洞內，卻見影婆婆匍匐在地上，雙手捂著面孔，因為極度痛苦身軀瑟瑟發抖。

胡小天正要走過去幫忙，卻聽影婆婆道：「不要過來，不要過來……我中了那賤人金玉其外敗絮其中的奇毒。」金玉其外敗絮其中，乃是五仙教奇毒之一，只有身為教主的眉莊夫人方才掌握了這種下毒的方法，中毒者的肌膚會呈現出黃金一般的顏色，而內臟卻會慢慢腐爛，所以才得名。

胡小天道：「有什麼法子可以解毒？」

影婆婆搖了搖頭：「除非我死！」她從腰間摸出一個玉瓶，從中倒出一顆黑色藥丸塞在嘴裡嚼碎咽了下去，這藥丸擁有鎮痛的作用，影婆婆服下之後疼痛開始緩解，只是頭頂傳來動靜，應該是有重物落地。

胡小天和影婆婆連忙進入橫向的洞口，他們剛剛藏身到洞口之中，就聽到巨石墜地的聲音，一聲接著一聲，蝙蝠群也因為這一顆顆從天而降的巨石驚慌嘶叫起來，胡小天聽得真切，低聲道：「壞了，他們想要把洞口填上。」

影婆婆抬起頭來，一張面孔已經變成了黃金般的色彩，雙目緊閉道：「眉莊這賤人當真毒辣。」

胡小天關心的並不是眉莊毒辣與否，而是想著如何才能從這裡逃出去。

影婆婆道：「赤焰洞那邊也一定被他們堵上了，按照五仙教通常的做法，先用石塊將洞口塞住，然後再向其中倒入熔化的鐵水，將之融合為一體，縱然你有神兵利器也無法挖開洞穴。」

胡小天聽到這裡不由得倒吸了一口冷氣，被活埋在這裡他可不甘心，低聲道：「影婆婆，看來咱們唯有硬闖了。」

影婆婆緩緩搖了搖頭道：「老身是闖不出去了，你本來還有希望，可是帶著這個累贅，只怕也沒機會了。」

胡小天將夕顏解下來抱在懷中，望著夕顏精緻的俏臉，想起她昔日對自己的諸般好處，縷縷柔情湧上心頭，他柔聲道：「她不是我的累贅，她是我的妻子。」

影婆婆長歎了一口氣道：「你還真是一個情種，雖然花心，可是對每個女孩子倒也稱得上真心，別的不說，單單是在生死關頭不捨她而去，這一點天下間就已經很少有男人可以做到了。」

胡小天微笑道：「影婆婆，這裡一定還有其他的通道對不對？」

影婆婆並沒有回答他的問題，而是問道：「你究竟知不知道穆雨明……不，李雲聰他在那裡？」

胡小天望著影婆婆的樣子，知道她應該命不長久，臨死之前仍然對李雲聰念念不忘，可見影婆婆對此人用情至深，他又有些不忍心將真相告訴她，輕聲道：「影婆婆，我曾經將五彩蛛王的內丹吃下，我的血應該可以解毒，不如……」

影婆婆打斷他的話道：「沒用的，你回答我就是！穆雨明他是不是死了？」

胡小天抿了抿嘴唇，終於下定決心，將李雲聰和不悟和尚兩人同歸於盡的事情說了出來。

影婆婆聽到這個消息，先是哭了起來，然後又哈哈大笑，狀若瘋癲。胡小天一旁看著心中不禁有些發毛，早知道這件事對影婆婆會有那麼大的刺激還不如爛在肚子裡。

過了好一陣子影婆婆的情緒方才平復下來，她歎了口氣道：「無論怎樣，我總算知道了他的下落，可是我卻永遠無法見到他了。」

胡小天安慰她道：「其實這世上本沒有什麼十全十美的事情，比如說我，年輕輕的不一樣要死？」

影婆婆道：「你死不了，你剛剛問我，這裡是不是還有其他的通道，有！」

胡小天聽到這裡心中不禁大喜過望。

影婆婆又道：「不過這條通道一旦打通，整個五仙教的總壇就會面臨覆滅之虞。」她的聲音中充滿了不忍。

胡小天心想都到了這種地步，當然是保住自己的性命要緊，就算毀掉整個五仙教的總壇又有何妨，當然這種話只能憋在肚子裡，斷然是不能說給影婆婆聽的，畢竟影婆婆是五仙教元老，對五仙教有著很深的感情，看得出她仍然在猶豫。

影婆婆道：「你可不可以答應我一件事情？」

胡小天點了點頭道：「只要晚輩能夠做到，必親力親為。」

影婆婆道：「你認不認得一個叫慕容展的？」

胡小天道：「認得！」他心中納悶，影婆婆在臨終之前因何要提起這個人。

影婆婆道：「我要你向我保證，以後要盡你的所能保證他一家平安。」

胡小天聽到這裡心中頓時明白了什麼，他記得在不悟和尚和李雲聰生死相搏的時候，曾告訴李雲聽他有一個孩子，難道慕容展就是李雲聰和影婆婆所生的私生子？想到這裡，胡小天頭皮突然一緊，那麼說影婆婆豈不就是慕容飛煙的奶奶！

影婆婆見他久無反應，忍不住追問道：「你答應還是不答應？」

胡小天道：「慕容展武功高強，好像用不著我來保護吧！」

影婆婆道：「我只是擔心任天擎知道了他的身世。」

胡小天道：「他是婆婆的……」話並沒有說完，畢竟涉及到影婆婆的隱私，說得太明白會讓人家難堪。

影婆婆對此倒是頗為豁達，點點頭道：「不錯，他是我和穆雨明的兒子！」

胡小天心中暗歎，想不到老太監李雲聽終究還是留下了後人，不過李雲聰有生之年絕沒有想到他的兒子竟然是大內侍衛統領慕容展，而且慕容展也已經開枝散葉，為他生下了一個如此美麗可愛的孫女，而且自己還是他孫女的未來老公。李雲聰若是仍然活在這個世界上，得知這個消息只怕要樂得蹦起來。

影婆婆看到胡小天這麼久都未曾表態，以為他在猶豫，不由得有些急切起來：「你到底答應還是不答應？」

胡小天道：「自然要答應，就算婆婆不說我一樣會盡力幫助慕容展，只不過慕容展他現在跟金陵胡家走得很近，我雖然肯幫他，可他未必會接受。」

影婆婆充滿迷惘道：「他怎會跟徐家攪在一起？」從這句話就能夠看出影婆婆對慕容展的事情瞭解不多。

胡小天道：「影婆婆對蘇玉瑾應該不陌生吧？」蘇玉瑾乃是慕容展的妻子，也就是影婆婆的兒媳婦，她自然不應該陌生。

影婆婆點了點頭道：「她也曾經是五仙教弟子，人品倒也端正，老身也不知她究竟是怎麼和展兒相識又是因何結成夫妻。」

胡小天對她的話將信將疑，身為慕容展的親生母親又怎能不去關注兒子的事情，尤其是終身大事。

影婆婆似乎猜到了胡小天心中的想法，歎了口氣道：「我一直都以為他死了，也是在一年之前有人才告訴了我他的身世。」

胡小天愕然道：「什麼人？」

影婆婆道：「我不知道，可是那人將一切都說得清清楚楚，拿出了確鑿的證據，我雖然知道兒子他活著，可是我卻不敢相認，我擔心會給他帶來麻煩。」說到傷心之處，影婆婆不禁潸然淚下。

胡小天道：「或許那人是在騙你呢？」

影婆婆搖了搖頭：「他不會騙我，胡小天，有個秘密我說給你知道，除了慕容展之外，你不可以告訴任何人。」

胡小天點了點頭，影婆婆附在他的耳邊低聲耳語，她現在體內的毒性已經開始發作，聲音也變得虛弱無力，胡小天不敢錯過半點細節，將影婆婆跟他所說的一切牢牢記住。

影婆婆交代完之後，長舒了一口氣道：「這些事只要你說給他知道，他必然會相信你，老身雖然今生不能跟他相認，可是就算我死了，我的亡魂也會保護他和他的家人平安。」

胡小天心中暗歎，影婆婆顯然還是將慕容展當成一個小孩子看待，殊不知慕容展早已成熟，就算慕容展得知他自己真正的身世又能怎樣？他的一生早已註定，他早已做好了自身的選擇，絕不會因為身世而改變。

影婆婆道：「你和我孫女是什麼關係……」

胡小天簡而概之：「兩情相悅！」

影婆婆歎了口氣，閉上雙眼，似乎連睜開雙眼的力氣都沒有了，胡小天不禁有些焦急，畢竟影婆婆還沒有說出赤焰洞內另外的一條逃生通道。慌忙提醒她道：「影婆婆，您剛才說還有一條道路可以出去？」

影婆婆點了點頭，指著前方道：「蝙蝠洞進入赤焰洞……的對面，你……你用紫電珠照亮……可以看到……一個龍頭……圖案，龍左耳處……藏有……一個洞口，你……你循著洞口爬出去，爬到盡頭，有……有一道機關，是一道圖形鎖，我……我教你解鎖的辦法……」

影婆婆的聲音越來越是無力，以胡小天的耳力也不得不湊到她的唇邊，方才勉強聽清她的話。影婆婆說著說著忽然沒了聲息，頭顱無力垂落了下去，胡小天探了探她的鼻息，已經氣絕身亡，可是影婆婆還沒有將所有的事情交代清楚，她所說的紫電珠在什麼地方也沒說明。胡小天無奈之下向影婆婆恭恭敬敬鞠了三個躬：「婆婆，多有得罪，」

胡小天在影婆婆身上搜索了一遍，除了幾個藥瓶，再也沒找到其他的東西，更不用說什麼紫電珠。胡小天心中不由得失落起來，雖然影婆婆將如何脫困的方法說給他聽，可是如果找不到紫電珠等於沒說一樣，他如何能夠找到那個龍頭圖案？難不成只能一點點嘗試？胡小天自然明白那樣希望渺茫，只怕還沒等他找到出口，就已經被活活餓死在裡面了。

目光落在夕顏的身上，自己抱著營救她的目的而來，可是到最後非但沒有救出夕顏，反而要搭上一條性命，倒不是自己怕死，而是有太多的心願未了。可是紫電珠並未在影婆婆的身上，影婆婆臨終之前也沒有來得及告訴自己紫電珠的下落，這讓自己何處去找？或許上天註定自己要和夕顏一起死在這赤焰洞中。

胡小天正準備放棄之時，忽然腦海中靈光閃現，不是還有夕顏？她也是五仙教中人，也許她的身上有什麼紫電珠也未必可知，雖然知道這種可能性微乎其微，可是胡小天仍然抱著試試看的態度將夕顏從頭到腳搜了一遍，雖然美人在前，任憑胡小天摸來摸去，可胡小天此時心中一丁點的邪念沒有，不是這廝突然變成了正人君子，而是生死關頭，壓根顧不上去想其他的事情。從頭摸到腳，又從腳摸到頭，夕顏身上唯一能跟紫電珠搭上邊的東西就是她的髮簪，也就是她此前用來刺破透明圓球的那個。一端尖銳，另外一端卻墜著一顆花生米大小的珠子，至於是不是紫電珠，胡小天也不知道。

離開之前，胡小天向影婆婆磕了三個響頭，影婆婆有恩於他是其中一個原因，還有一個重要原因，影婆婆是慕容飛煙的親奶奶，自己也算是她的孫女婿，這三個頭就算是替慕容飛煙盡孝。

抱起夕顏重新向赤焰洞走去，來到入口處，感到陣陣灼熱的氣浪從下方撲面而來，胡小天舉目望去，卻見對面石壁之上紅彤彤一片，哪裡有什麼龍頭圖案。

低頭望去，但見赤焰洞底部岩漿奔騰，烈焰滔滔，灼熱的氣浪一陣強似一陣，胡小天看在眼裡也不禁心中一陣發毛，若是從這裡掉下去，只怕會燒得渣都不剩。

胡小天舉起夕顏的簪子，將那顆唯一的珠子對向前方，那顆珠子在岩漿的映射下染上一層紅色，可對面什麼變化都沒有，胡小天暗歎，這玩意兒十有八九不是什麼紫電珠。就算知道出去的辦法也沒用，缺少紫電珠根本找不到入口的所在，胡小天正準備將髮簪收起，忽然又想起了一件事，抓住髮簪，稍稍用力，將珠子從髮簪尾部拗了下來，他也是沒了辦法，所以才破壞這根髮簪，將這顆花生米大小的珠子拗下，發現其尾端竟然投射出紫色的光芒，並不是珠子發光，而是髮簪的尾端，看起來就像是一個小手電筒。

胡小天心中暗喜，慌忙舉起髮簪，將光束射向對面的岩壁，光束擴展，紫色光芒投射在對面的岩壁之上，岩壁上出現了一個明黃色的圖案，雖然只是圖案的一部分，但是胡小天也已經看出應該是一個龍頭。按照影婆婆此前的指點，找到了龍的左耳處，胡小天不敢耽擱，重新將夕顏負在背上，施展金蛛八步，攀爬到龍頭左耳的位置，從表面上看，岩壁是完整的一塊，並無任何的縫隙和入口，胡小天卻堅信影婆婆不會欺騙自己，抽出光劍，光劍的能量因為被孤月斬吸走不少，所以衰減許多，不過還剩下兩尺劍芒，胡小天揮劍向岩壁插去，並沒有花費太大的力量就已經將這薄薄的岩層擊穿，攪動光劍，將洞口擴大，果然在面前出現了一個三尺直徑的洞口。

胡小天背著夕顏從洞口爬了進去，洞口狹窄，爬行一段距離非但不見寬闊，反而變得越發狹窄，最窄的地方只能容納一人通過，胡小天無奈，只好將夕顏解下，在狹窄的地方先將夕顏推進去然後自己再爬進去，這樣一來夕顏嬌嫩的肌膚不免被多處擦傷，可為了逃生這也是沒辦法的事情。

在黑暗中爬行了三十餘丈，總算變得寬闊起來，胡小天可以直立起身體，重新抱起夕顏，向前方又走了五六十步，眼前出現了一道石門，石門之上雕刻著凌亂古怪的圖案，正是剛才影婆婆所說的圖形鎖。

雖然謎題很難，可是胡小天已經事先知道了答案，這當然難不住他，他迅速將圖形重新排列，完成之後卻是一個蛤蟆，那蛤蟆在門上逆時針轉動，旋動三周方才停下，胡小天只聽到一陣轟隆隆的巨響伴隨著劇烈的震動，這震動顯然來自腳下。前方石門緩緩開啟，一陣潮濕的涼風從外面吹入。

胡小天不敢停留片刻，繼續向前方快步走去。

他並不知道究竟發生了什麼，在他打開圖形鎖開啟石門的同時，赤焰洞的周邊岩壁之上展露出九個巨大的洞口，水流奔騰洶湧宛如九道長龍咆哮著流入赤焰洞的底部和岩漿混合在一處，赤焰洞內蒸發大量的水汽，熱氣在不斷聚集膨脹。

這才是影婆婆不願選擇這條通道的根本原因，一旦啟動這條通道，那麼同時就會打開九道水閘，地下河和湖水就會通過暗藏的水道衝入火山口內，水雖然可以滅火，但是這樣的水流非但無法將岩漿澆滅，反而會在短時間內產生巨大的熱氣，氣體的急劇膨脹所導致的最終結果只有爆炸。

胡小天抱起夕顏一路狂奔，前方的風越來越強烈，身後湧來陣陣灼熱的氣浪。胡小天不知這灼熱的氣浪來自何方，影婆婆也沒有告訴他打開石門之後會引發什麼狀況，他現在所能做的就唯有奔跑。

前方似有光亮透出，胡小天終於看到了希望，可是就在他即將逃出的剎那，岩漿和九道水流的混合終於引發了激情四射的爆炸，在火山口的核心，水汽膨脹，將火紅的岩漿從堅硬的山體中擠壓而出，伴隨著一聲驚天動地的炸響，火紅的岩漿衝天而起。

夜幕剛剛降臨，這地動山搖的震撼讓身處在紫龍山上的人魂飛魄散，即便是玄天館主任天擎也在這劇烈的震動中踉蹌前衝，險些倒在地上，站穩身形之後，他望著那衝天而起的熔岩，臉上的表情充滿了惶恐。

五仙教主眉莊夫人的表情也是一樣，她駭然道：「怎麼？究竟怎麼了？」

榮石狼狽不堪地衝了進來：「師父……大事不好了，我們按照您的吩咐，將鐵水灌入蝙蝠洞，接著就引發了……」他的話還沒說完，更為劇烈的第二次噴發又已經開始，熔岩宛如禮花般被噴射到高空中，然後向地面散落下去宛如漫天花雨，煞是好看，可是這美麗表面背後卻是追魂奪命的殘酷，不少五仙教弟子被密集如雨的熔岩擊中，熔岩落在身體上頓時燃燒起來，他們的皮肉潰爛融化，散發出焦糊的味道，他們發出慘無人聲的哀嚎。

人在天威面前才會真正體會到自身的渺小和無力，任天擎和眉莊聯手敢於對抗天下最厲害的高手，可是他們卻不敢和這來自自然界的天威對抗，他們所能想到的首要事情就是逃離這裡，越遠越好。

胡小天被一股強大的氣浪拍打在背後，整個人如同炮彈一般被彈射出去，他緊抱著夕顏，外面到處都是熔岩和火山灰，他不知自己身處何處，危急之中不忘展開翼甲的雙翼，在身軀因重力向下方墜落的同時啟動翼甲，向上方的天空筆直飛去。

雖然胡小天不知光劍所剩的能量能夠支撐多久，可是眼前唯有向上，才是突破火山灰和岩漿最短的途徑。

胡小天並沒有行進太久就已經突破了浮灰層，從他的角度向下望去，看到火山灰宛如一面濃重的幕布將整個紫龍山籠罩，中心的部分宛如漩渦般卷起白汽，間或看到紅光閃爍，那紅光應該是火山噴出的岩漿。

胡小天操縱雙翼，向遠方滑行，他要在光劍能量耗盡之前盡可能地飛出火山噴發的範圍。低頭俯視夕顏，伊人仍在熟睡，俏臉之上雖然有幾處淤青的擦傷，不過好在沒有大礙。

光劍所剩的能量遠比胡小天想像中要多得多，憑藉著剩下的能量，他飛出了火山噴發的範圍，控制翼甲緩緩降落在平坦的曠野之中，抬頭望月朗星稀，距離紫龍山的距離已經很遠，目前火山灰並沒有波及到這片地方，舉目遙望，紫龍山的方向火光衝天濃煙滾滾，想必這場突如其來的火山爆發已經將五仙教的總壇毀滅殆盡，不知任天擎和眉莊那些人究竟有沒有逃出來？對胡小天而言，這些人死了最好。

抱起夕顏來到前方的小河邊，胡小天經過這番折騰也是口乾舌燥，他去河邊灌了幾口水，然後洗了把臉，正在考慮是不是脫下翼甲進去洗個澡的時候，卻聽到身後傳來窸窸窣窣的聲音，慌忙轉過頭去，卻見一條金色的小蛇不知何時爬上了夕顏的粉頸，胡小天心中大駭。

遠處傳來嘶啞的笑聲，循著笑聲望去，卻見北澤老怪分開草叢走了過來，老怪物也是狼狽不堪，身上的衣服被燒爛多處，連頭髮也被燒掉了大半。

胡小天笑道：「我當是誰，原來是前輩，我正擔心你，想不到你居然平安逃出來了。」

北澤老怪陰惻惻笑道：「你居然會擔心我，對我這麼好，我都不知應該如何感謝你呢。」

胡小天道：「大家同坐一條船上，何必說客氣話。」目光撇著那條金色小蛇，一顆心提到了嗓子眼，只怪自己太過大意，以為終於逃脫出了險境，卻想不到還有強敵埋伏在身後。

北澤老怪道：「把翼甲脫了！」

胡小天知道這老怪覬覦自己的護甲，他笑道：「原來前輩喜歡，只管拿去就是，我正嫌穿著累贅呢。」

「快脫！」

胡小天點了點頭，他將翼甲緩緩脫了下來。

北澤老怪道：「一件件扔過來！」

胡小天脫下之後向他扔了過去，北澤老怪也不客氣，抓起來就往身上套去，等到胡小天將翼甲脫完，北澤老怪仍然不甘心，大聲道：「繼續脫！把所有衣服都給我脫乾淨。」

胡小天苦笑道：「前輩，您好歹給我留一件遮羞之物。」

北澤老怪冷笑道：「你敢違背我的命令，我就讓蛇在她咽喉上親上一口。」

胡小天歎了口氣，他可沒有把握在金色咬中夕顏之前將之殺死，眼前唯有先應付這老怪物，他點了點頭道：「我脫就是，不過你得答應不得傷害她。」

北澤老怪冷冷道：「她跟我無怨無仇，我為何要殺她？」心中卻暗忖，你胡小天屢次害我，今日我定然要你痛苦終生，目光盯住胡小天手中的光劍：「還有那柄劍，扔過來給我！」

胡小天笑道：「前輩，翼甲都已經給了你，是不是先將那蛇兒喚走再說？」他倒不是心疼這把光劍，而是擔心北澤老怪出爾反爾。

北澤老怪獰笑道：「你以為有跟我討價還價的資格嗎？」

胡小天歎了口氣，忽然足尖一點，宛如獵豹般向北澤老怪撲了上去。他的舉動大大出乎北澤老怪的意料之外，難道這廝不顧夕顏的性命了。

北澤老怪此時方才留意到夕顏不知何時已經醒來，一把從頸部抓下那金色的小蛇，小蛇在她的掌心之中溫順之極，壓根也沒有攻擊她的意思，難怪胡小天膽敢發動攻勢。

北澤老怪把注意力都集中在胡小天的身上，卻沒有想到夕顏會醒，這邊的變數卻導致了整個局勢的逆轉，胡小天出手就是破天一劍，這一劍抱定必殺之心，劍氣縱橫，滔天殺意鋪天蓋地撲了過去。

北澤老怪惶恐之中唯有後退，然而他的速度根本無法和胡小天相提並論，眼看那藍色的光刃來到面前，北澤老怪只能指望著翼甲能夠幫助自己逃過一劫，可是胡小天的這一劍卻瞄準了他的頸部，噗的一聲光劍毫無阻滯地切過北澤老怪的脖子，北澤老怪花白的頭顱嘰哩咕嚕地滾到了地上，剛剛才彙集起來的鐵線金剛蟲隨著頸部噴出的血液源源不斷地冒了出來。

胡小天走過去從地上撿起自己的衣服穿上，卻感到腦後風聲颯然，轉身避過，一道金光擦身而過，卻是夕顏將那條金色的小蛇投向了自己，胡小天真是哭笑不得，夕顏現在神智錯亂，根本不知道在做什麼，他撲了上去，制住夕顏的穴道，以免這妮子再生出什麼事端。

控制住夕顏之後，他將翼甲從北澤老怪的身上剝了下來，抬腳將北澤老怪無頭的屍體踢到了一邊，然後來到河邊將翼甲清洗乾淨，順便沖了個涼，重新穿好衣服和翼甲，等忙完這一切，抱起夕顏振翅飛起。

胡小天很快就發現這套翼甲的不同尋常之處，翼甲能夠幫助他翱翔於天空之中，飛行的速度雖然比不上飛梟和雪雕，可是在他摸透翼甲的使用方法之後，也可以實現日行千里，而且在飛行之時，翼甲對光劍的能量損耗極小，基本上光劍蓄滿能量之後就可以提供翼甲連續飛行兩天。胡小天一開始的時候還不敢進行長時間的飛行，等他對翼甲的操縱完全熟悉之後，就開始正式踏上飛往鄖陽的征途。

從紫龍山前往鄖陽只花去了五天時間，這套翼甲的出現讓胡小天如獲至寶，雖然過去他有飛梟可以代步，但是飛梟特有的習性決定牠在夏日都會飛往極北之地避暑，胡小天在小半年的時間內都無法使用，現在有了這套翼甲，胡小天如虎添翼。

胡小天抵達鄖陽的消息很快傳到了城內，龍曦月和維薩都在鄖陽，她們在這裡一是為了救濟災民，一是為了等候胡小天的回歸，聽說西川和大康公然決裂的消息，她們正在為胡小天擔心不已，恨不能脅生雙翅飛到西州去探望胡小天，想不到胡小天這就回來了。

小別勝新婚，胡小天見到兩位紅顏知己自然是左擁右抱，親熱非常，這廝生就一張哄死人不償命的嘴巴，將龍曦月和維薩挑逗得心猿意馬，霞飛雙頰。如果不是光天化日，還有一眾部下等著他去接見，他現在就要擁著美人兒進入臥室享盡魚水之樂。

龍曦月向夕顏看了一眼，小聲詢問此事的來龍去脈，胡小天簡單說了。

龍曦月道：「你將她交給我們照顧，諸葛先生來了，你去見見他吧。」

胡小天點了點頭，將夕顏交給龍曦月和維薩照顧，想起維薩擅長迷魂術，剛好讓她幫忙看看，有無喚醒夕顏的方法。

因為西川和天香國的結盟，鄖陽的形勢驟然變得緊張起來，在諸葛觀棋的建議下，鄖陽駐守的兵力比起昔日增加了接近一倍，其中一部分軍民已經開始打通西川西北的道路，家園的重建也開始進行。

聽聞胡小天平安歸來，眾將也是深受鼓舞，胡小天和眾人見過面之後，和諸葛觀棋來到鄖陽西門城樓之上，舉目望去，昔日難民聚集的區域已經清理一空，那些從西川逃難過來的百姓如今已經得到了妥善的安置。

諸葛觀棋將胡小天離去這段時間發生的事情簡單向他稟報了一遍，胡小天點了點頭，低聲道：「紅木川已經完全落入天香國的掌控之中了。」

諸葛觀棋也已經聽到了這個消息，他能夠體諒到胡小天的失落，紅木川雖然地方不大，卻是西南的前哨戰，遏制西川的南部門戶，諸葛觀棋道：「天香國的變數屬下始料未及，乃是我的失職。」

胡小天搖了搖頭道：「與你無關，目前天香國國王、太后已經失去了對國家的掌控，現在的狀況應該是金陵徐家一手操縱。」

諸葛觀棋道：「金陵徐氏的實力竟然如此強大！」

胡小天歎了口氣道：「我對徐氏的重視仍然不夠，並沒有料到徐氏的野心居然如此之大。」想起雲澤大婚的時候，徐老太太跟自己的那一席話，其中究竟有多少真實的成分還待考證。

諸葛觀棋道：「主公的金玉盟名存實亡了。」

胡小天點了點頭，當初簽訂金玉盟的目的就是將多股勢力合併起來與強手抗衡，天香國此番生變已經讓他們剛剛形成的聯盟宣告瓦解。他低聲道：「觀棋兄以為，我現在應當怎樣做？」

諸葛觀棋站起身來，緩緩走向箭垛，雙手扶住箭垛，目光投向西川的方向，輕聲道：「主公這次接收了不少的難民，而天香國突然和西川聯合，他們已經明確表示不再履行簽訂的糧食買賣合約。」

胡小天的心情也變得凝重起來，這是擺在他們面前最為緊迫和殘酷的問題，失去了從天香國買糧的途徑，他的領地很快即將面臨糧食短缺的問題。他想了想道：「唯有求助於渤海國，就算高價買糧也要將這個難關挺過去。」

諸葛觀棋道：「渤海只是一個島國，我計算過他們近幾年的糧食產量，就算渤海國方面答應全力相助，我看也是有心無力。」

胡小天知道諸葛觀棋所說的全都是現實，可是他眼前的盟友最為可能幫助自己的也只剩下渤海國了，他沉聲道：「儘早行動，必須要在危機爆發之前將糧食的問題解決。」

諸葛觀棋道：「主公為何不考慮大康？」

胡小天皺了皺眉頭，他緩緩搖了搖頭道：「大康朝廷對我恨之入骨，這種時候最可能做的事情就是落井下石。」

「此一時彼一時，西川生變，如今連南越國都已經向天香國俯首稱臣，也就是說，天香到西川大片的區域已經連成一體，他們不但搶佔了大康的大片土地，而且封鎖住了大康南部水陸兩條通道，大康所面臨的困境絲毫不弱於我們，一旦徐氏的佈局完成，就會成為中原最為強大的一支力量，大康未必想看到這一幕發生。而且主公對外仍然是大康的鎮海王，所接收的這些災民全都是大康子民，就算大康朝廷施以援手也是天經地義。」

胡小天心中忽然想到了七七，不知這妮子心中究竟是什麼想法？眼前的局勢下，無論是自己還是她都需要儘快破局，諸葛觀棋說得不錯，天下間沒有永恆的敵人，只有永恆的利益，在共同的利益面前，自己和七七這對冤家未嘗沒有重新聯手的可能。

讓胡小天欣喜的是，秦雨瞳居然身在鄖陽，這次秦雨瞳前來並非為了救死扶傷，而是為了找他。看到胡小天那副喜出望外的表情，秦雨瞳意識到這廝對自己必有所圖。果然不出秦雨瞳所料，胡小天要請她醫治夕顏。

胡小天本以為憑著自己和秦雨瞳的生死交情，讓她出手並不難，可是秦雨瞳一聽是夕顏就斷然拒絕道：「不可能，我絕不會救她！」

胡小天笑道：「不看僧面看佛面，就算你們過去有些恩怨，可畢竟都是過去的事情了，你看在我的面子上，大人不計小人過，救她一次就是。」

秦雨瞳冷冷望著胡小天道：「你知不知道她做過什麼事情？又知不知道我跟她究竟是什麼恩怨？」

胡小天道：「最大也就是殺父之仇奪夫之恨。」心中暗想，秦雨瞳的老爹好端端活著，她娘死的時候，夕顏還只是一個襁褓中的嬰兒，殺父之仇自然談不上，至於奪夫之恨，兩人都喜歡自己，可沒必要爭個你死我活，我不介意將你們一起娶了，好男人必須要共用啊！

秦雨瞳若是知道這廝此刻的想法，準保一拳打歪他的鼻子。

秦雨瞳冷冷道：「說過不救就是不救！」

胡小天知道她的秉性，秦雨瞳外冷內剛，一旦決定的事情，很難讓她轉變念頭，如果繼續強求反倒激起她的反感，讓事情變得沒有迴旋餘地，於是岔開話題道：「你來鄖陽做什麼？是不是想我了？」一副恬不知恥洋洋得意的樣子。

秦雨瞳道：「你已經和龍曦月成婚，有婦之夫說這種話是不是寡言廉恥？」

胡小天凝望秦雨瞳的雙眸，深情款款道：「你的眼睛騙不了我，我知道你心中對我的感覺。」

秦雨瞳竟然被他看得一陣心慌意亂，黑長的睫毛垂落下去，低聲道：「胡小天，你是想用美男計逼我救人嗎？」

胡小天聽她這樣說不禁哈哈笑了起來，無論怎樣秦雨瞳總算肯承認自己是個美男子了。

秦雨瞳顯然意識到了他因何發笑，嗤之以鼻道：「馬不知臉長，跟個黑炭團似的，還自命不凡故作瀟灑，真是搞不懂為何會有那麼多的女人喜歡你，難道都瞎了眼嗎？」

胡小天笑瞇瞇道：「因為我有長處，你以後親身體會一下就知道了。」

「無恥！」秦雨瞳柳眉倒豎嬌叱道，俏臉已經發熱，若非是帶著人皮面具，此時必然是粉面通紅。

胡小天道：「秦姑娘多想了，想不到你那麼純潔的人也會曲解我的意思。」

秦雨瞳被他氣得張口結舌，的確從字面上看胡小天剛才的那番話並無錯處。可自己絕沒有曲解他的意思，這個混蛋傢伙根本就是在無恥調戲自己。

胡小天深諳見好就收的道理，秦雨瞳面子薄，騷擾也要適可而止，真是要將她激怒，只怕不好收場，以秦雨瞳的秉性說不定真會跟自己一刀兩斷，適時拋出讓秦雨瞳感興趣的話題：「對了，我這次去五仙教總壇，發現了一些奇怪的事呢。」

秦雨瞳本來就要處於瀕臨發作的邊緣，聽他這句話頓時又來了興趣，可面子上又有些掛不住，雙目冷若冰霜地盯住胡小天，以這種方式來表達對這廝的鄙視。

胡小天依舊嬉皮笑臉道：「我還跟任天擎和眉莊夫人有過交手，九死一生方才從那裡逃出。」

秦雨瞳挖苦他道：「為了那妖女，你還真是連性命都不顧。」

胡小天道：「換成是你出事，我一定也會捨生忘死去救你。」這廝絕不放過任何一個表白心跡的機會。

秦雨瞳的表情風波不驚，似乎對他的這句情話無動於衷。

胡小天道：「你隨我來！」

第七章

遮風避雨的樟樹

胡小天望著權德安的背影，
輕聲道：「權公公和那棵樟樹很配。」
七七因他突如其來的一句而微微一怔，
可馬上就領會了他的意思，淡然道：
「這些年來若是沒有他的照顧，我根本沒有今天，
在我心中他就是那棵為我遮風擋雨的樟樹。」

他引著秦雨瞳來到了自己的書房，將收藏在那裡的翼甲展示給她觀賞。

秦雨瞳看到那套翼甲，美眸頓時變得明亮起來，她喃喃道：「這翼龍甲你是從何處得來？」雖然知道胡小天應該是從五仙教總壇得到的這套翼龍甲，仍然忍不住要詢問他的經歷。

胡小天這才將自己前往紫龍山五仙教總壇營救夕顏的事情從頭到尾說了一遍，他口才本就極好，說得繪聲繪色，關鍵時刻還加以誇張潤色，聽得秦雨瞳如同身臨其境，一顆芳心隨著胡小天的凶險經歷而浮沉，等胡小天將所有的事情說完，秦雨瞳低聲問道：「你是說五仙教的總壇因火山爆發而毀滅？其他人是不是死了？」

胡小天道：「五仙教總壇被毀我可以斷定，可眉莊和任天擎究竟有沒有逃出來我並不知道，希望這對賤人被熔岩吞沒。」其實他心中明白這種可能性微乎其微，以任天擎和眉莊夫人的能力，兩人應該可以逃出生天。

秦雨瞳道：「五仙教所掌握的本領不僅僅是驅馭毒蟲，他們之中的很多人都是高明的馭獸師。」

胡小天看到秦雨瞳這會兒消了氣，趁機問道：「你這次過來找我，是不是有重要的事情？」

秦雨瞳點了點頭道：「我想你帶我去大康皇宮，親眼看看龍靈勝境。」

胡小天道：「也好，我陪你過去。」

秦雨瞳沒有說話，其實她這次前來的目的就是想要胡小天一起同行。

胡小天道：「我們此前在劍宮的時候，我曾經見過你的一套內甲，那套內甲是不是鳳凰甲？」

秦雨瞳道：「你怎麼知道？」她馬上又明白了什麼，點了點頭道：「一定是眉莊告訴你的對不對？」

胡小天道：「是影婆婆，影婆婆說五仙教上任秦教主曾經將造化心經和鳳凰甲傳給了一個小女孩。」目光望著秦雨瞳，其實他已經明白秦雨瞳就是當年的那個小女孩，而五仙教上任秦教主就是她的外婆。

秦雨瞳道：「你知道的已經太多了。」

胡小天笑道：「現在開始擔心會被你滅口。」

秦雨瞳道：「帶我去見那妖女，我倒要見識一下她究竟得了什麼毛病。」

胡小天大喜過望，以為秦雨瞳總算回心轉意，願意幫助夕顏治病，帶著秦雨瞳來到夕顏休息的房間內，龍曦月和維薩兩人都在陪著夕顏，因為擔心夕顏神智迷失會對人不利，所以提前制住了她的穴道。

秦雨瞳和龍曦月早在大康之時就是閨中密友，此時相見兩人的境遇和昔日已經有了很大不同，彼此交遞了一個眼神，久別重逢的溫暖在彼此的心中蕩漾。

維薩向胡小天搖了搖頭，輕聲歎了口氣道：「她所中的並非是攝魂術。」

秦雨瞳探了探夕顏的脈息，又看了看她的瞳孔，淡然道：「自然不是攝魂術，而是中了失心蠱。」

胡小天道：「蠱毒？」

秦雨瞳點了點頭道：「乃是五仙教最為厲害的種蠱之術，可以操縱人的意識，讓人淪為行屍走肉。」

胡小天聽她這樣說，不由得緊張起來：「可有解救之法？」

秦雨瞳搖了搖頭道：「我沒辦法救治她，解鈴還須繫鈴人，想要將她治好，就必須由下蠱之人親自出手，我看她康復的希望微乎其微。」

胡小天咬牙切齒道：「眉莊那個賤人，讓我遇到她，一定讓她求生不得、求死不能！」

秦雨瞳道：「眉莊的手段也夠狠，竟會對自己的弟子下毒手。不過據我所知，天下間掌握失心蠱術的人並不止眉莊一個，還有玄天館主。」她這樣說是想提醒胡小天，給夕顏下蠱的未必就是眉莊，任天擎也有可能。

龍曦月道：「難道就這樣制住她的穴道？」

秦雨瞳道：「她已經神智錯亂，若是放開她，還不知她會做出怎樣的事情。」

胡小天道：「可是若是長期將她的穴道制住，只怕會對她的身體有所損傷。」

秦雨瞳道：「我這裡有一顆龜息丹，服下之後，身體就會進入深眠狀態，就算半年不進食也不會有任何影響。」

胡小天雖然於心不忍，可是眼前也沒有更好的辦法，秦雨瞳將龜息丹交給胡小天之後和龍曦月、維薩一起出門，留給胡小天一個冷靜的空間。

龍曦月和秦雨瞳來到後花園，彼此相望，四目相對，美眸之中同時蕩漾起晶瑩的淚光，龍曦月走過去握住秦雨瞳的雙手，輕聲道：「雨瞳，想不到你我姐妹還有相見之日。」在好姐妹面前自然沒必要隱瞞自己的真實身分。

秦雨瞳輕輕搖晃了一下她的雙手：「現在我究竟應該稱呼你為公主殿下，還是王妃娘娘呢？」

龍曦月不禁羞紅了俏臉，小聲道：「雨瞳，連你也取笑人家。」

看到龍曦月表情中滿滿的幸福，秦雨瞳心中明白自己的這位好姐妹終於找到了她理想的歸宿，由衷為她感到欣慰。

兩人攜手來到涼亭中坐下，訴說別後經歷，龍曦月對這位好姐妹沒能前來參加自己的大婚典禮頗有些介意，忍不住要埋怨一番。

秦雨瞳微笑道：「雖然我未能親臨現場，可是在心中也已經為你們送上祝福，不過有一點我卻要提醒你，你的這位丈夫實在是有些花心，你若是不嚴加管束，恐怕他很快就會招來後宮佳麗三千。」

龍曦月聽她這樣說禁不住笑了起來，美眸望著秦雨瞳道：「雨瞳，你是不是喜歡小天呢？」

秦雨瞳萬萬想不到龍曦月會問出這樣的話，芳心中一陣慌亂，小聲道：「怎麼會？我可不喜歡三心二意的男人。」

龍曦月握緊秦雨瞳的手道：「他對我真的很好，世上沒有人比他對我更好。」

秦雨瞳看到龍曦月滿面深情的樣子，芳心中唯有感歎，這位好姐妹中毒已深，只怕自己提醒她也沒有任何用處。既然龍曦月自己都不介意和別人分享感情，身為一個外人又何必多說。

胡小天在鄖陽並沒有逗留太久的時間，於公於私他都得要前往康都一趟，在前往康都之前，胡小天安排顏宣明前往渤海國出使，洽談購糧事宜，讓夏長明陪同閻怒嬌一起前往西川天狼山，向閻魁闡明形勢，聯手丐幫，鞏固天狼山的防守。又親自去了一趟沙洲馬場，探望在那裡的唐輕璇和簡融心。

佈置完所有的事務之後，胡小天來到約定的地點和秦雨瞳會合，依照此前的諾言陪同她一起前往康都。

此時慕容展已經返回康都覆命，西川的局勢也讓七七心情凝重，聽完慕容展的回稟，她秀眉微顰道：「有沒有我皇叔的下落？」

慕容展道：「沒有，西川李鴻翰已經徹底倒向天香國，拒絕殿下的冊封，臣多方打聽都沒有得到周王殿下的消息，想來應該是凶多吉少了。」

七七歎了口氣道：「這李天衡死得也太過蹊蹺，你有沒有聽到什麼風聲？」

慕容展點了點頭道：「聽到了一些，有人說他是被自己兒子謀害的，當然現在大多數的矛頭仍然指向我朝。」

七七道：「看來這次我們是幫人背了黑鍋，李鴻翰這個蠢材以為倒向天香國就能夠穩固西川，坐穩位置？只不過是被人利用的一顆棋子罷了。一旦失去利用的價值，此人死無葬身之地。」

慕容展道：「天香國最近實力壯大了不少，不但和西川結盟，而且奪了紅木川，現在連南越國都已經對他們俯首稱臣。」

七七淡淡一笑，心中明白眼前的局勢絕非偶然，必然經過長久的準備和籌畫，不過無論這幕後的策劃者是誰，她都不得不表示佩服，此人對時機的把握實在是精準無比，自此以後天下局勢變動已經成為事實，天香國一方已經擁有了對抗大雍、大康兩大強國的實力，甚至猶有過之，他們不但擁有了西川最為富饒的大片土地，還擁有著廣闊的海域，中原的南部幾乎被他們盡數掌控。

在這一變局中，大雍並非其中的參與者，對他們的影響應當不大，胡小天雖然損失了紅木川，可是這廝趁機奪了鄖陽，還佔據了西川的西北部地盤，當然那片地方多半都是山區，並不適合耕作，算上湧入胡小天領地的難民，他也沒占太大的便宜。這場變局中損失最為慘重的當屬大康了，西川之地盡失，而且多了一個強大的鄰國，從南部西部對大康形成半包圍之勢，不排除他們繼續搶佔大康疆域的可能。

七七道：「有沒有胡小天的消息？」

慕容展搖了搖頭道：「臣和他在西州就分道揚鑣，我想他或許已經回去了。」

七七點了點頭：「你辛苦了，回去休息吧。」

夜色初臨，七七坐在紫蘭宮內靜靜望著跳動的燭火，眼前的卷宗雖然已經展開，可是她卻連一個字也看不進去，腦海中諸般紛亂的念頭此起彼伏，自從執掌大康權柄以來，她的心境還從未像現在這般煩亂過。

門外響起輕輕的敲門聲，傳來權德安恭敬的聲音：「公主殿下！」

七七皺了皺眉頭，表情有些不悅，這種時候她討厭別人打擾自己的清淨，即便是權德安也不例外。

權德安侍奉這位小主人多年，單從室內的沉默就已經猜到自己來得並不是時候，乾咳了一聲道：「公主殿下，史公公有要事求見。」

史公公就是史學東，胡小天的義兄，如今負責尚膳監和司苑局的事務，本來史學東已經隨著父親史不吹一起返回了家鄉，依著史不吹的意思是要遠離朝政，樂得逍遙，可惜沒過多久就被七七一紙詔書召回，給史不吹安排了一個天牢牢頭的小官，至於史學東仍然在宮中擔任舊職，從表面上看並未受到太大的影響。史學東卻知道七七之所以任用自己父子全都是因為胡小天這位義弟的緣故，說不準什麼時候不高興就會出手對付他們，所以在宮中一直過得小心翼翼。如果不是特別重要的事情，史學東是不會主動前來拜會七七的。

七七顯然也知道這一點，稍事考慮就讓史學東進來，權德安聽出她話中的意思，是要單獨和史學東相見，於是就留在門外，示意史學東單獨進去。

史學東進入書房，腦袋耷拉著，目光垂落在地面上，七七雖然稱謂仍然是永陽公主，可是在大康皇宮之中卻擁有著無上權威，這些宮人對她敬畏非常，史學東噗通一聲跪倒在地上，跪拜行禮道：「小的史學東參見公主殿下，千歲千千歲！」

七七也沒有讓他平身，端起案上的茶盞抿了一口，輕聲道：「史學東，你這麼晚過來找我有什麼要緊事？」

史學東道：「啟稟公主殿下，小的特地前來給公主送信。」

七七鳳目微張，如花俏臉不怒自威：「呈上來！」

史學東這才站起身，恭恭敬敬將一封信遞了過去，全程目光始終低垂，不敢正面看七七一眼。

七七接過他手中的信，拆開之前，美眸之中泛起一絲漣漪，她已經猜到這封信究竟是何人所寫，片刻猶豫之後，迅速將那封信拆開，將那封信的內容從頭到尾看了一遍，然後將信湊在燭火上燒了。

史學東悄悄用眼角的餘光觀察著七七的舉動，一顆心怦怦直跳，這小公主素來喜怒無常，不知她會不會因為這封信而遷怒於自己？

還好史學東擔心的事情並沒有發生，七七平靜道：「你們果然是好兄弟，是不是已經見過面了？」

史學東道：「沒有，小的出宮採買的時候剛巧有人塞了這封信進我的車裡，我追出去找人的時候，人影已經不見了。」

七七自然不會相信他的話，若是史學東未曾見到胡小天，又怎麼知道這封信要送給自己，這封信可是用火漆封好，根本沒有拆啟的痕跡，她也懶得跟史學東計較：「史學東，應該怎樣做，你自己心中應該明白。」

史學東跪倒在地上：「公主殿下放心，小的只當什麼事情都沒有發生過。」

發生過的事情又怎能當作沒有發生，這世間的萬事萬物都會留下痕跡，有因就有果，有愛就有恨，七七看待事情自認為要比多數人要透徹，可是即便聰穎如她也會有迷惘的時候，人是會改變的，自從胡小天大婚之後，她忽然成熟了許多，這種成熟是外人無法看透的，她對很多事情的固有想法甚至開始動搖，這才是她新近感到迷惘混亂的原因。

在她的心底深處是極其希望胡小天和慕容展一起回來覆命的，高處不勝寒，雖然她如願以償地登上了大康王朝至尊無上的高位，但是隨之而來的孤獨感卻隨著日積月累而益發強烈。她身邊臣子眾多，然卻無一個可以暢所欲言之人，洪北漠、任天擎、慕容展之流對她懷有利用之心，以周睿淵為首的大臣對她充滿了敬畏，而權德安這位忠心耿耿的手下，為她付出半生心血，甚至可以為她犧牲性命，但是七七仍然感覺自己和他之間有一道看不到的隔閡，自己的痛苦和迷惘又有誰能夠訴說？

其實七七早已知道答案，在胡小天大婚當日，看到幸福滿滿的龍曦月，她忽然明白了一件事，與世無爭的女人往往更容易獲得幸福。

大相國寺前的古老樟樹已有一千多年，樹幹要五人合抱，樹冠亭亭蓋蓋，樹蔭遮蔽三畝餘地，樟樹的枝椏上掛滿了紅色的祈福牌，遠遠望去猶如綠樹叢中盛開了火紅色的鮮花，微風吹過，福牌晃動，又如無數火苗在枝葉中燃燒。

樟樹的東南角，有一口古井，井旁有一座石亭，胡小天坐在石亭內，靜靜享受著這難得的閒暇時光，涼風習習，空氣中夾雜著大相國寺的煙火氣，前方善男信女雖多，可是每個人都保持沉默，在佛門淨地不敢出聲喧嘩。

遠處一名少年公子在一位老人的陪同下緩步走向石亭，胡小天看得真切，正是女扮男裝的七七，她身材本就高挑，改穿男裝更顯英姿颯爽。權德安亦步亦趨，目光警惕地望向周圍，時刻關注是否有異常狀況發生。

七七和胡小天的目光於虛空中相遇，經歷了這麼多的變故，兩人的目光中都收斂了不少煞氣，變得平和許多。胡小天率先笑了起來，一如往日那般陽光燦爛，對他的笑容，七七談不上喜歡，可也絕不討厭，緩步來到石亭中，站在胡小天對面，居高臨下望著他，不知為何，每次見到他，總是不由自主想在氣勢上壓他一頭。

可是這次的胡小天居然一改往日的無賴相，表現出一種謙謙君子溫潤如玉的風度，縱然七七擁有千鈞氣場，可胡小天這邊已經做好了四兩撥千斤的充分準備，七七從見到他第一眼就已經明白，這些年不止自己在改變。

「胡小天，你好大的膽子，居然大搖大擺的出現在康都！」七七也不得不佩服他的膽色。

胡小天道：「我這次前來又不是為了公事，於公來說，你我或許有不和之處，可私下裡你我並沒有什麼不共戴天的仇恨，畢竟過去也曾經有過婚約，買賣不成仁義在，這點舊情想必還是有的。」

七七的俏臉上不見一絲一毫的笑容：「你配嗎？」

胡小天笑了起來，目光向亭外充滿警惕的權德安道：「權公公別來無恙？」

權德安擠出一絲生硬的笑容道：「托王爺的福，還過得去。」

胡小天又道：「權公公也不是外人，進來一起說話就是。」

權德安焉能聽不出他話裡的意思，胡小天是想趕自己走呢，他對這小子可放心不下。目光望向七七，卻見七七向他擺了擺手，意思是讓他離開，權德安對七七向來都是言聽計從，果然沒有任何異議，顫巍巍向那棵樟樹走去。

胡小天望著權德安的背影，輕聲道：「權公公和那棵樟樹很配。」

七七因他突如其來的一句而微微一怔，可馬上就領會了他的意思，淡然道：「這些年來若是沒有他的照顧，我根本沒有今天，在我心中他就是那棵為我遮風擋雨的樟樹。」

胡小天微笑道：「人生一世，草木一秋，無論是人還是樹，生命都有終結的時候，遮風避雨雖然是好事，可遮住風雨的同時也會遮住陽光，生活在陰影和黑暗中的滋味也不好受。」

七七在他的對面坐了下來，平靜望著他的雙目：「人在很多時候是沒有選擇的，就像你我的出身。」

胡小天道：「富貴天註定，你生來就是公主，可我生下來時也不是太監。」

七七歎了口氣道：「我小看了你。」

胡小天搖了搖頭道：「你並非是小看了我，而是你根本不懂得自己，你雖然執掌大康權柄，可你終究還只是一個小姑娘，你甚至不清楚自己想要什麼！」

七七有種拍案怒起的欲望，可是她最終仍然很好地克制住了這種衝動，咬了咬櫻唇，黑長的睫毛忽閃了一下，目光望著冰涼而堅硬的青石桌面，人心如果像青石一樣該有多好，那麼就不會被任何人影響到了，可她很快又發現，即便是青石，仍然沾染了不少歲月的痕跡，這世上萬事萬物沒有恆久不變的。

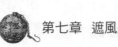

胡小天微笑道：「你脾氣好了許多。」

七七的唇角露出一絲苦澀的笑意：「可能是我老了。」

胡小天搖了搖頭，一個未滿雙十的小姑娘居然會說出這樣的話，可七七的語氣中找不到半分虛偽的成份，雖然胡小天並不清楚這幾年七七發生的所有事情，可是他卻知道，她的內心必然是極其疲憊的，望著七七蒼白的俏臉，胡小天輕聲歎了口氣道：「人不可能永遠都在趕路，適當時也該停下來歇一歇，你一個人太累了。」

簡單樸素的一句話卻猶如箭鏃一般命中了七七的內心，七七感到芳心深處一陣刺痛，這種痛感迅速擴展到了她的全身，她幾乎就要顫抖起來，鼻翼感到莫名的酸澀，許久沒有這種想要流淚的衝動，七七攥緊了雙拳，指甲深深掐入柔嫩的掌心中，她用疼痛來轉移自己的注意力，她絕不可以在胡小天的面前流淚，這廝太瞭解自己，可是他並沒有說什麼，自己卻因何感到心痛和委屈？

胡小天的目光此時並沒有望著七七，雖然沒有看她，可是他卻能夠精確把握到七七此時的心情。

沉默，長久的沉默，呼吸之聲相聞，卻無人主動開口說話。七七需要時間來平復內心的波瀾，而胡小天不知是有意還是無意，留給了她充分的空間，七七更相信胡小天是有意為之，無論剛才那句讓自己內心隱痛的話，還是現在的適當留白，都是他的精心策劃，他的心機越來越深，可是自己明知道他是存心故意，明明做足了防備，卻仍然不免被他刺傷，難道這廝從來都是自己命中的剋星？

每一次的見面都是一次鬥智鬥勇，每一次見到胡小天，七七總會不自覺燃燒起強烈的鬥志，她不可能向胡小天低頭，自己可以掌控一個皇朝，同樣可以掌控一個男人。

比起七七內心的波瀾壯闊，胡小天此時的心態更顯風輕雲淡，七七能夠輕車簡從，選擇來大相國寺和自己見面，已經拿出了相當的誠意，以她的智慧應該明白現在的時局已經改變，他們之間並不是首要敵對的關係，自己就算不說，七七也應該明白自己和她見面的目的。每次見到七七，胡小天總是能夠在第一時間發現她雙目深處的孤獨。昔日七七對他所做的一切，胡小天並沒有懷恨在心，性情上的寬容只是其中一個原因，更重要的是，在他眼中，七七雖然聰明絕頂，可仍然無法逃脫被人利用的命運，洪北漠等人對她的敬畏，根本是源於對她的利用。

或許七七同樣想著利用自己的能力去操縱洪北漠、任天擎那些人。心願雖好，但是她一個人孤軍奮戰，有朝一日一旦失去了利用價值，她的命運將會極其悲慘。

自從和七七取締婚約之後，胡小天卻發現自己竟似乎變得更加瞭解她了。

七七道：「我姑姑可好？」

胡小天點了點頭道：「很好！」

七七冷笑道：「那是因為她被你的甜言蜜語所蒙蔽！」

胡小天道：「如果可以得到幸福，即便是被欺騙一輩子又有何妨？」

七七冷哼了一聲。

胡小天又道：「你也不小了，如果能夠遇到一個願意欺騙你一輩子的男人，不妨就嫁了，也省得以後孤獨終老。」

「你！」七七鳳目圓睜，她終於再次被胡小天成功激怒了。

胡小天歎了口氣道：「知道你不愛聽，可是身為你的姑父，我卻不能不說，畢竟這世上你的親人也沒有幾個。」

七七緊咬牙關，過了一會兒卻不怒反笑，她幽然道：「胡小天，你費盡心機來激怒我，無非是想證明我還在乎過去的事情，其實你在我心中遠沒有你想像中重要，除了龍曦月那個傻丫頭，誰還會拿你當一塊寶？」

胡小天道：「這就是我的幸運，遇到懂得珍惜我的人，我雖然算不上什麼好人，可是別人對我好，我肯定不會去害別人。」

七七聽出他的言外之意，看來他對自己當初害他的事情仍然耿耿於懷，淡然道：「你千里迢迢過來找我，不是為了說這些吧？」

胡小天點了點頭道：「奉命出使西川，無論結果如何總得要有個交代。」

七七道：「洗耳恭聽！」對胡小天她還是表現得非常客氣，甚至連說話的細節都很注意，雖然胡小天接受了她的冊封，並不代表她可以像對待普通臣子一樣對待他。事實上胡小天已經擁有了和自己平起平坐的實力，他根本無需看自己的臉色。

胡小天對七七的態度表示滿意，這不僅僅因為她的成熟，更因為自己的實力，不僅僅是七七，如今天下各方霸主誰也不敢輕視他。胡小天道：「恕我直言，你現在的處境很不妙啊！」

七七有些不滿地揚了揚秀眉：「五十步笑百步，處境不妙的只怕另有其人。」她對胡小天現在的處境也清楚得很，別的不說，單單是那數十萬的西川難民就已經讓胡小天面臨空前巨大的壓力，而天香國撕毀盟約，拒絕提供糧食給他，根據她所掌握的情報，胡小天的糧食只怕撐不到秋收之時，他之所以主動前來康都跟自己見面，很有可能是要從自己這裡尋求援助。

胡小天道：「我這個人向來隨遇而安，對於江山社稷，地位權柄從沒有太大的野心。」

七七的表情充滿了嘲諷，在她聽來這番話虛偽之至，無恥之極。

胡小天自己先笑了起來：「知道你不會相信，其實我最初的願望只是能夠平平淡淡的生活，嬌妻美妾，兒女成群，只可惜我與世無爭，可別人卻將我視為眼中釘肉中刺，非要將我除之而後快，敵人這樣想我也倒罷了，可是連跟自己訂下婚約的未婚妻也這般著想，實在是讓我心寒。」

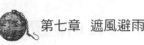

七七平靜道：「這世上多得是滿口的仁義道德，可背地裡卻做著男盜女娼的偽君子，凡事皆想著別人的錯處，只顧著自己逍遙自在，卻從不考慮別人的處境。」

胡小天自從前往東梁郡，似乎已經完全將自己遺忘，望著眼前的這個男人，七七的心腸不由得又硬了起來，他只是在花言巧語罷了，他在東梁郡擴張勢力逍遙自在之時，可曾想過自己在宮中究竟過得是怎樣的日子？

胡小天歎了口氣道：「這件事上，我的確對不起你，讓你受了不少委屈，可是我也有不得已的苦衷。」

七七淡然笑道：「好一個冠冕堂皇的藉口，簡簡單單的兩個字就將一切敷衍過去，胡小天，你還真是心安理得。」

胡小天道：「小小年紀，聽你的口氣卻像個怨婦一樣。」

七七道：「沒有人永遠都不長大。」

胡小天的目光卻落在七七的胸膛之上，不知是男裝的緣故還是這些年來她的這部分始終沒有發育，看起來還是平坦如昔。七七從他的目光所向頓時明白了什麼，俏臉一熱，卻又不好說破。

胡小天偏偏在這時候歎了口氣道：「在我眼中，你始終都沒有長大。」

七七毫不客氣地回敬道：「在我心中，你還像過去那般無恥！」

胡小天笑了起來，露出一口整齊潔白的牙齒：「我們好像已經很久沒有這樣坦誠的說過話，知不知道我為何要約你來到這裡？」

七七皺了皺眉頭，她當然知道，早在看到胡小天那封來信的剎那就已經明白了他的用意，當年她曾經帶著胡小天來到大相國寺的塔林之中祭拜，也曾經告訴胡小天，母親就是撞死在其中的一座佛塔之上。

胡小天輕聲道：「公子，不如咱們再去塔林，興許能找回一些昔日記憶。」

七七芳心怦然一動，她不由得記起當初帶胡小天來到這裡的時候，胡小天稱呼她為公主，自己讓他叫自己公子的事情，短短數年之間竟發生了這麼多的變化，自己和胡小天的關係從合作到敵對，現在又能夠重新坐在一起，彷彿兩人背向而行，本以為漸行漸遠，卻沒料到沿著一個圓形的軌跡，最終又走到了一起。可是她心中明白，兩人都是不會輕易停下腳步之人，此時的相逢應該只是短暫的時光，或許用不了多久就會再次相背而行，上次的敵對已經匆匆數年，卻不知下次的相逢又會是什麼時候？抬頭再看胡小天的時候，他已經起身向塔林的方向走去。

七七也站起身來，看到遠處一臉焦灼的權德安，她緩緩搖了搖頭，示意權德安不必跟過來。

胡小天就在她的前方，寬闊的背影給人以穩健的感覺，七七忽然產生了一種疲憊的感覺，想起昔日曾經趴在他肩頭的情景，相隔久遠，可是那一刻的溫馨仍在。

胡小天毫無徵兆地停下腳步，七七差一點就要撞在他的後背上，及時停下腳步，小聲道：「你因何停下？」

胡小天道：「走得太快，擔心你跟不上我的腳步。」

七七搖了搖頭，從他的身邊經過，大步走在前方，她不要跟在他的身後，她要成為兩人之間的引路人。

胡小天微笑跟在她的身後，欣賞七七窈窕的身姿也不失為一道絕佳的風景線，雖然七七胸前的規模一如往常，可是腰臀的曲線卻已經變得完美，由此可以看出她已經長大成人。

塔林清幽，空曠無人，兩人靜立塔林之中，胡小天已經不記得當年的那座塔，他以為七七會記得，可七七居然搖了搖頭道：「我也找不到了。」

胡小天有些詫異地望著七七，一座對她擁有如此意義的佛塔，她又怎會找不到？除非她是故意，又或是那佛塔壓根不是凌嘉紫撞死的地方。

七七的目光充滿了迷惘，輕聲道：「忘記的事情或許永遠都想不起來了。」

胡小天道：「能夠忘就證明不夠深刻，無論愛恨，只要是夠深，都忘不了。」

七七直視他的雙目道：「你會不會忘了我？」

胡小天想都不想就搖了搖頭：「永生難忘！」

七七呵呵笑了起來：「想不到，你竟如此恨我！」

胡小天道：「你以為我會恨你嗎？」

七七感到心跳一陣加速，不是恨，難道是愛？這廝依然花言巧語，自己又怎會輕易上當？

胡小天正準備跟她探討合作可能的時候，卻聽到塔林深處響起腳步聲，腳步聲很輕，步伐一致，節奏穩定，單從對方對步伐的掌控就已經可以判斷來人一定是高手，可對方又沒有刻意隱藏腳步聲，按理說不應該是偷窺者。

胡小天舉目望去，卻見從右前方的佛塔後方走來一個年輕的僧人，正是天龍寺年輕一代的翹楚明鏡，人生還真是巧合，今日大相國寺塔林之中宛若昔日重現，記得上次他和七七前來塔林的時候就遇到了明鏡和尚，想不到今次又和他相逢。

明鏡和尚看到他們兩個，表情卻一如古井不波，幾年不見他的修為似乎又有精進，看來已經到了不以物喜不以己悲的超然境界。

胡小天和七七對望了一眼，他們都以為明鏡在這裡出現是對方的安排，可是看到彼此的目光，馬上又明白，今日之相遇看來全都是巧合了。

胡小天道：「一花一世界。」

七七道：「一木一浮生。」

明鏡的表情依然平靜無波，雙手合什道：「阿彌陀佛，兩位施主別來無恙？」

胡小天道：「萬事皆空，只要心中放得下自然無恙。」

明鏡卻因胡小天的這句話而肅然起敬，輕聲道：「是小僧見識淺薄了。」

胡小天道：「大師是出家人能夠做到四大皆空，我們卻是俗人，這世上放不下的事情實在太多，所以不是大師的見識淺薄，而是大師用自己的胸懷和眼界來衡量我們，我們現在可做不到像大師一樣。」

七七道：「四大皆空？我看只不過是用來逃避現實的一個藉口罷了，既然想要濟世救人，又怎能四大皆空？若是不為人世間生老病死愛恨情仇所動，漠視一切，又怎能稱得上慈悲為懷？」

明鏡被他們兩人問得張口結舌，一時間竟答不出話來，過了好一會兒方才歎了口氣道：「小僧見識淺薄，讓兩位施主見笑了。」

遠處響起清掃落葉的聲音，明鏡向後退了一步，身軀躬得更低，卻見一位老僧從塔林中間的青石小徑一邊清掃一邊走了過來，胡小天看得真切，那老僧慈眉善目，正是當日在靈音寺所遇到的僧人緣木。

緣木乃是天龍寺緣字輩高僧，他身分尊崇，和緣空乃是同輩，即便是天龍寺方丈通元大師也要稱呼他一聲師叔，至於明鏡更要稱其為師叔祖，在天龍寺的地位不言而喻。

胡小天當年帶著霍勝男逃離大雍，途經靈音寺遇到劍宮長老齊長光，胡小天那時偏偏因虛空大法而走火入魔，幸得緣木點化，方才躲過一劫，自從那次之後，他再也沒有見過緣木，想不到今日會在大相國寺相見。

七七卻不認得緣木，以為只是一個平凡的掃地僧人，可是看到明鏡和胡小天都表現出如此恭敬的神情，頓時意識到這位老僧絕非凡人。

胡小天讓到一邊，七七卻仍然站在原地絲毫沒有讓路的意思。

緣木在距離七七還有一丈左右的地方停下，慈和的目光望著胡小天道：「施主真是造化非凡，老衲本以為你早登極樂了。」

胡小天笑道：「緣木大師，這麼久不見，您一見面就咒我死，一個出家人這麼說話，是不是有些不厚道呢？」

緣木道：「在我佛眼中生死本沒有任何分別，老衲實話實說，施主也不必太過介意。」

胡小天微笑道：「大師，若是我當真死了，您會不會心存歉疚呢？」胡小天曾經聽不悟說過，緣木大師有能力化解虛空大法，當初在靈音寺自己因異種真氣而走火入魔，緣木那時雖然點化他脫困，卻沒有指點他從根本上解決的辦法，這倒不是胡小天因此而記恨，他只是覺得好奇，既然我佛有云救人一命勝造七級浮屠，因何這位得道高僧卻要袖手旁觀呢？

緣木微微一笑，根本沒有因為胡小天的話而興起半點波動，論到修為和心境他比起後輩明鏡不知又要高出多少。緣木道：「有因才有果，施主種下的因果，老衲自不便多說，不過施主造化非凡，若老衲沒有看錯，施主如今已經擺脫大劫了。」

胡小天道：「說起來我還欠大師一個人情呢。」當年他曾經答應要將太宗皇帝親筆抄寫的《般若波羅蜜多心經》找來歸還天龍寺，可終究還是沒有做到。

緣木道：「有些事強求不來。」深邃的目光投向七七。

七七只覺得這老僧的目光極其厲害，彷彿可以看透她的內心，少有地感到一陣慌張，不過她仍然沒有絲毫示弱，目光迎向緣木，表情不怒自威。

緣木道：「女施主可知道這塔林乃是禁地？」

七七道：「對我來說大康的疆域內沒有任何的禁地！」

緣木笑了起來，似乎已經知道了她的身分，他緩緩點了點頭，輕聲道：「這大相國寺的塔林之中一共收藏了三百七十七位高僧的佛骨，兩位施主都不是佛門中人，前來此地應該別有他意。」他拿起掃帚向前方走去，胡小天和七七好奇地跟在他身後，沒過多久就已經來到一座七層佛塔的面前。

胡小天一眼就認出，這座佛塔正是當年七七前來祭拜的地方，當時七七還說她的娘親就撞死在這座佛塔之上。

緣木將佛塔周圍的落葉清掃乾淨，一絲不苟，專心致志，等到將佛塔周圍清理得一塵不染方才停下，抬頭仰望著這座佛塔道：「興許你們已經聽說，這座佛塔下埋著一位僧人的遺骨。」

胡小天對這些事情知之甚少，七七卻是心中狂跳，她曾經從洪北漠那裡得知生母的一些往事，雖然她對其中的內容多半存疑，可對母親而言畢竟是不光彩的事情，難道面前的這位老僧是知情者，若是他將此事說出來自己又當如何自處？她向周圍望去，除了胡小天以外並無其他人在，明鏡也沒敢跟過來，心中稍安，連她自己也搞不清為何會對胡小天放低戒備。

胡小天道：「卻不知這位僧人的法號是？」

緣木的手掌輕輕落在佛塔之上，沉聲道：「菩提本無樹，明鏡亦非台，本來無一物，何處惹塵埃？」他說完將手移開，然後轉身離去。

七七聽得一頭霧水，緣木的身影剛剛消失在塔林之中，胡小天突然一把將她擁入懷中，七七心中一驚，此時那座佛塔轟然倒塌，整座佛塔竟然全都變成了粉屑，隨風揚起，灰塵迷眼，胡小天用身體護住七七，保護她的確是事實，可七七卻感覺有種被他趁機占了便宜的感覺。

灰塵散去，佛塔已經不見，兩人用袖口捂著鼻子向佛塔的基座望去，卻見裡面空無一物，塔基底座之上刻著兩個大字，明晦！

胡小天心中暗忖，明晦這兩個字應該是佛塔主人的法號，七七卻想起明晦正是洪北漠所說的那個很可能是自己生父的僧人。從眼前所見，佛塔根本就是空的。兩人心中都有千般疑問想要去詢問，可是緣木已經走遠，想要從他那裡得到答案似乎可能性並不大。

明鏡拿著笤帚出現在兩人身後，目瞪口呆地望著那座突然消失的佛塔。

胡小天攤開雙臂，一副無辜：「你別看我，此事跟我們沒有半點關係。」

七七已經快步向緣木離去的方向追去，她隱約感覺到，緣木必然知道不少關於明晦的事，她的心中有太多謎題想要解開，胡小天擔心她遇到意外，慌忙也跟了過去，可尋遍整個塔林也不見緣木的身影，七七充滿失落道：「怎麼突然就沒了？」

胡小天卻知道以緣木的武功想要躲開他們實在是輕而易舉，這天龍寺果然是臥虎藏龍，高手實在太多，記得當初不悟說過，緣木和尚還不是天龍寺第一高手，最厲害的老和尚名叫空見，據說修煉到了先天之境。

胡小天正準備陪著七七離去，耳邊卻響起明鏡的聲音：「施主請稍等，師叔祖在北院禪室等您，希望和您單獨相會。」胡小天心中不由得一動，他並未聲張，向七七道：「公子，咱們走吧！」

兩人回到石亭旁，權德安早已在那裡等得坐立不安，看到七七平安歸來，一顆心方才放下。他笑道：「你還是先跟權公公回去，不然他就要擔心死了。」

七七有些詫異地看了胡小天一眼，今日胡小天約她來此，雖然兩人見了面，可是胡小天並未來得及將他的目的說出，兩人原本的談話都因緣木的出現而打斷。

胡小天壓低聲音道：「今晚我去紫蘭宮找你。」

七七咬了咬櫻唇，小聲道：「你當皇宮是你來去自如的地方？」

胡小天笑道：「別忘了我還有五彩蟠龍金牌，誰敢攔我？」

胡小天等到他們走遠，這才轉身向明鏡所說的北院禪室走去。來到禪室門前，看到禪室的房門留了一道寸許的縫隙，顯然是在等自己到來，胡小天故意在門外咳嗽了兩聲，卻聽室內傳來緣木的聲音道：「施主既然來了，進來就是。」

胡小天推門進入禪室內，雖然是白天，禪室內的光線卻極其昏暗，緣木大師盤膝坐在蒲團之上，雙目緊閉宛如入定。

胡小天看到他對面擺著一個空著的蒲團，於是在蒲團上盤膝坐下，恭敬道：「大師找我有何見教？」

緣木仍然閉著雙眼道：「施主的虛空大法已經大成了吧？」

胡小天知道在緣木的面前也無法蒙混過去，呵呵笑了起來：「算不得大成，只是機緣巧合，如今已經消除了隱患。」

緣木道：「想要消除隱患，除非將異種真氣化為己用，看來施主已經得到了虛空大法的全本。」

胡小天道：「天無絕人之路，就算沒有得到全本，也一樣可以找到清除隱患的辦法，大師有沒有聽說過射日真經呢？」在沒有搞清緣木的真實目的之前，胡小天當然不會告訴他實情。

緣木道：「射日真經乃是邪派武功，老衲也有所聞，射日真經的主旨乃是要將體內多餘的內力用見不得光的途徑散去，雖可延緩異種真氣走火入魔的時間，可是絕對起不到根除隱患的作用。」

緣木緩緩睜開雙目，昔日平和的目光陡然變得凌厲無比，宛如利劍般射向胡小天的雙目道：「不悟和穆雨明如今何在？」

胡小天知道已經騙不過他，這平易近人的老和尚陡然之間老母雞變鴨，周身彌散出前所未有的威壓氣勢，宛如滔天巨浪般向胡小天撲面而去。

胡小天微微一笑，在緣木如此強大的聲勢之下，他仍然揮灑自如，微笑道：「原來大師仍然有放不下的事情。」

鋪天蓋地的威壓瞬間煙消雲散，緣木嚴峻的表情頃刻之間又變得平和起來，淡然笑道：「放下談何容易？」

胡小天道：「若是我不肯說出實情，大師只怕不僅僅是放不下，或許還要不肯放過我吧？」

緣木笑而不語，心中卻已經明白，胡小天的武功已臻化境，就算是自己也不敢說一定能夠將他擊敗，他從自己面前全身而退應該沒有任何的問題。

胡小天道：「不悟和他的那個兄弟全都死在了安康草原，不然我也不會得到虛空大法的下冊，原來一直都藏在不悟的身上。」

緣木點了點頭，他並沒有懷疑胡小天的話，輕聲歎了一口氣道：「不悟的武功不在老衲之下，至於他的那個兄弟穆雨明，從天龍寺盜走了兩本秘笈，其武功應該不次於不悟，想不到他們居然全都死了。」

胡小天道：「不悟被困天龍寺三十餘年，認為所有一切都是拜穆雨明所賜，心中自然恨極了他，他隱忍磨礪那麼多年，心中的最大願望其實就是為了復仇，穆雨明一直都在躲避他，甚至不惜隱姓埋名入宮當了太監，可躲了近四十年，終究還是被人識破了身分，並將此事告訴了不悟，他們兩個誰想活下去都必須要將對方置於死地，不死不休！」

緣木聽到這裡，雙目緩緩閉上，臉上的表情顯得非常不忍。

胡小天當然不會將所有的事情都告訴他，就算緣木敲破腦袋，只怕也想不到那兩兄弟因何而結仇，更不會想到李雲聰還有一個兒子。

緣木道：「緣空的內力是你吸走的？」

胡小天對此並不否認，點了點頭，當時那種狀況下自己不吸走緣空的內力，內力就會被緣空全都吸走，只怕連命都保不住，他又能有什麼選擇。

緣木道：「緣空乃是我的師兄，是他引我入門，當年若不是他，我也根本活不到現在。」

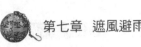

胡小天心中暗自警惕，平靜道：「緣木大師是要為他報仇嗎？」

緣木搖了搖頭道：「這世上的任何事都有因果，他之所以落到那樣的下場，並非因為施主，而是他自己的選擇一手造成。他雖然失去了武功，可是卻因此而擺脫了心魔，其實乃是施主造就了他。」

胡小天聽他這樣說才放下心來，這老和尚看起來還算通情達理，只是不知他找自己的目的究竟是什麼？今天他和明鏡出現在塔林應該不會是偶然。

緣木道：「施主知不知道貧僧因何要毀去那座佛塔？」

這正是胡小天心中困擾的事情，緣木顯然是知道一些真相的，佛塔被他一掌摧毀，真正的用意卻是要胡小天和七七看到其中空無一物，這座佛塔下並無佛骨。

胡小天道：「我上次來那座佛塔前也是隨同永陽公主一起，她說她的娘親就撞死在那座佛塔前。」

緣木微笑點點頭道：「此事貧僧從未聽說，那座佛塔下根本沒有任何東西。」

胡小天道：「不是有兩個字？」他清清楚楚看到明晦那兩個字。

緣木道：「明晦乃是貧僧的一個弟子，他已經去世多年。」

胡小天從未聽說過這個人的名字，只是既然這個名字被刻在佛塔之下，因佛塔的緣故和七七聯繫在了一起，胡小天不由得又聯想到凌嘉紫，莫非這些人之間也存在著某些不為人知的聯繫？低聲道：「他究竟是怎麼死的？」

緣木的表情充滿了惋惜，他輕聲歎了口氣道：「明晦乃是天龍寺建立以來最為出類拔萃的弟子，我們一度將光復天龍寺弘揚佛法的重任交到了他的肩上，只可惜……」說到這裡他停頓了下來。

胡小天心中暗忖，過去曾經聽說過明鏡乃是明字輩中最優秀的人物，想不到在明鏡之前還有那麼厲害的僧人，應該是明晦死後，明鏡才被重點培養的。

緣木道：「他終究堪不破一個情字，最終也因為這個情字而斷送了性命。」

胡小天斟酌之後，低聲道：「大師是否聽說過凌嘉紫這個名字？」

緣木緩緩點了點頭道：「她乃是永陽公主的生母，昔日的太子妃。」抿了抿嘴唇又道：「明晦就是斷送在她的手中。」慈和平靜的面容陡然浮現出一絲怨毒之色，凌嘉紫的名字竟然能讓這位修為精深的老僧如此怨念，足見他心中仇恨之深，連這樣的高僧都放不下心中的仇恨，凌嘉紫究竟又是何許人也？

緣木道：「凌嘉紫乃是貧僧所見最狠毒的女人……做事不擇手段，不達目的誓不甘休！」

胡小天皺了皺眉頭，自從他第一次見到凌嘉紫的畫像，就將凌嘉紫想像為一個溫柔善良卻命運多舛的女子，從未用狠毒來設想過她，如今從緣木口中聽到這樣的評價，等若是完全顛覆了他的認知，然而緣木大師的為人應該不會撒謊，又或者因為他痛惜愛徒之死，所以將一切的罪責都歸咎到凌嘉紫的身上，因而才如此恨她。

胡小天道：「當年究竟發生了什麼？」

緣木搖了搖頭，重新閉上雙目，默默平復著內心的情緒。

胡小天還想追問，緣木卻道：「今日貧僧找你，其實是有其他的事情。」他從袖中取出用黃布包裹的一物遞了過去。

胡小天接了過去，單從手感和份量他已經意識到這是什麼，慌忙將包裹打開，卻見其中包著的乃是一把光劍的劍柄，他馬上斷定這柄光劍正是他送給姬飛花的那一個，這柄光劍對姬飛花的重要性不言而喻，正常情況下她應該劍不離身，可這柄劍竟然落在了緣木大師的手裡，證明姬飛花十有八九遇到了麻煩。

胡小天內心中一陣緊張，他的目光落在緣木的臉上：「大師什麼意思？」

緣木的表情古井不波：「這柄劍的主人是誰，你應當知道。」

胡小天冷笑道：「大師想要威脅我嗎？」

緣木道：「施主又何必動氣，關心則亂，這柄劍的主人現在平安無事，好端端在天龍寺做客，你大可不必為他的安危擔心。」

胡小天聽他這麼說心中暗自慚愧，自己為何突然亂了陣腳？姬飛花在他內心中的位置實在太過重要，只是以姬飛花的武功，為何會被天龍寺所困？甚至連光劍都被人奪走？除非天龍寺最為神秘的空間僧人出手，否則誰也不可能困得住她。緣木拿出這柄光劍應該另有所圖，權且定下心來，看他究竟想要什麼。

胡小天道：「既然如此，我有必要去天龍寺走一趟，和我這位朋友見面了。」

緣木道：「施主想見他倒也不難，只需將《般若波羅蜜多心經》帶來，我們就可讓你和故友重逢。」

胡小天道：「那《般若波羅蜜多心經》究竟是什麼？焉知它究竟存不存在？」

緣木道：「你們既已尋得靈犀佛骨，《般若波羅蜜多心經》自然就在一處。」

胡小天微微一怔，他可從未聽說過什麼靈犀佛骨，轉念一想靈犀佛骨難道指的就是那天外來客的藍色透明頭骨？如果真是如此，那麼還真有可能，龍靈勝境他並未能夠全部探索完成，其中一定還藏著很多的秘密，只是這些和尚為何如此看重那份佛經？他們又有什麼秘密？

胡小天道：「我又怎知道我那位朋友是不是在你們的手裡？」

「出家人不打誑語！」

胡小天哈哈大笑：「出家人！留著你的這番話去騙那些善男信女吧！」他站起身來，目光灼灼盯住緣木道：「大師最好善待我的朋友，若是她有了絲毫的差錯，我會將天龍寺從大康抹去！」

以緣木沉穩的心態也不禁泛起波瀾，胡小天的這句話實在是霸氣側露，不過也因此證明，被困天龍寺的那個人對他的重要性，緣木微笑道：「施主又何須那麼大的戾氣？我佛以慈悲為本，又豈會濫殺無辜？」

第八章

過去的她就是以後的你

胡小天道：「我過去一直以為凌嘉紫是個善良柔弱的女人，
可我忽然想起，一個逆來順受的女人，緣何能讓大康君主念念不忘，
又怎能讓權德安這種高手對她忠誠一生死心塌地？
又怎能讓天龍寺最有希望繼承衣缽的明晦禪師凡心大動，
進而被她所害？這個女人必然是極其厲害，極有謀略。」
他望著面前臉色慘白的七七，道：「或許過去的她就是以後的你。」

權德安雖然未曾聽到七七和胡小天談話的內容，可是他仍然從七七的微妙變化中看出了個中端倪，天色尚早，七七已經命令閒雜宮人離開，剩下得全都是她的心腹，瞅了個機會向七七道：「小主今晚有什麼安排？」

七七做出一副無精打采的樣子，懶洋洋道：「你管得事情真是越來越寬了。」

權德安笑道：「可能是奴才老了，人也開始變得囉嗦，希望小主不要嫌棄老奴才好。」

七七打量了一下他，輕聲歎了口氣道：「老了，的確是老了。」她表面上是在說權德安，可內心中沒來由感覺到一種悲涼的味道，總覺得漸漸老去的那個人是自己，不對啊，我未滿二十，怎會產生這樣的感覺？

權德安卻以為七七只是說得自己，他苦笑道：「看來小主是嫌棄我了，老奴也想離開，可若是老奴走了，又擔心沒有人真心去保護小主。」

七七鼻子一酸，險些就要落下淚來，這股酸澀一直傳到她的內心深處，演變為一種針刺刀扎的劇痛，然而她並未被疼痛打敗，握緊了雙拳，誘人的櫻唇倔強的抿起，她的背脊下意識地挺直，目光冷冷望向權德安：「你是在嘲笑本宮身邊沒有一個親近之人嗎？」

權德安想不到七七居然會錯了自己的意思，誠惶誠恐道：「小主，奴才絕不是這個意思。」

七七伸出手去一把抓住了他的手臂，以免他跪下去，冰冷的聲音突又變得溫和了許多：「知道你不是這個意思，算了，我心情不好……」

權德安關切道：「小主晚上想吃什麼？老奴這就去安排。」

七七搖了搖頭道：「什麼都不想吃。」

此時門外傳來小太監的通報聲，卻是尚膳監的史學東特地送晚膳過來。權德安一聽就明白了，史學東此番的來意是醉翁之意不在酒，天下間誰不知道他跟胡小天的關係，今日七七前往大相國寺和胡小天見面就是他從中通風報訊，這次過來也一定和胡小天有關，說不定胡小天已經跟著來了。

權德安故意道：「這麼做有些不合規矩吧？」

七七道：「宮裡的規矩，我說了算，讓他進來吧，權公公，該怎麼做，怎麼安排，不用我說了吧？」

權德安心中暗歎，擺明了胡小天和七七在白天已經約好了晚上來此相見，這廝做事也真是大膽，竟敢孤身一人潛入康都，看七七的意思對他非但沒有敵意，反而維護得很，雖然因為局勢的改變兩人有了合作的可能，但七七的表現又不是單純的大公無私，難道她對胡小天當真餘情未了？

看到七七堅定的目光，權德安就知道多說無益，她心性剛強，只要是她決定的事情，斷然不會更改，唯有在心底歎息了一聲，轉身出門安排。

史學東帶著一個小太監進來，那小太監手中拎著兩個食盒，生得瘦瘦小小，一雙眼睛嘰哩咕嚕，七七隱約猜到這廝就是胡小天所扮，她懶得跟史學東廢話，輕聲道：「該留下的留下，該離開的離開。」

史學東滿臉堆笑，他當然清楚自己就是應該離開的那個，向七七行禮告辭，心中暗自祈禱，希望自己的這位結拜兄弟能夠馴服七七這匹烈馬。

等到房門關上之後，七七上下審視著這個瘦小的太監，此前她也見識過胡小天的易容術，可這廝的本領肯定見長了，居然將面貌和身形全都改變。

那瘦小的太監骨骼關節處發出劈啪脆響，面容也開始舒展開來，七七望著這廝在自己的面前恢復真身，太監服因為胡小天突然漲大的身形迸裂多處，七七冷哼了一聲道：「看到你這個樣子，我連僅有的食欲都沒有了。」

胡小天微笑道：「特地讓御廚幫你準備了幾樣開胃小菜，你若是不吃，豈不是委屈了我的一番心意。」他將食盒打開，取出裡面的酒菜，一樣樣擺到桌上。

七七望著他的一舉一動，不覺想起昔日他們在皇宮相處的日子，一切恍如昨日，芳心中忽然生出胡小天近在咫尺卻又遙不可及的感覺。她起身走了過去，默默幫著胡小天將碗筷擺好。

雖然只是一個細微的動作，卻等若向胡小天表明自己在他的面前並未擺出一國公主的高傲架勢。

胡小天做了個邀請的動作，七七跟他相對而坐，明澈而深邃的美眸盯住胡小天的眼睛：「想不到你我還有對酌的機會。」

胡小天笑道：「這世上的事情誰又能說得清楚呢？就像當年我第一次見你的時候，絕對想不到你會出落成今天這樣的一位亭亭玉立的美女。」

七七道：「討好女人一向是你的強項，我真是為喜歡你的女人不值。」

胡小天微笑道：「這其中也包括你嗎？」

七七道：「在我面前說話你最好還是收斂一些，不要忘了你是在什麼地方？只要我一聲令下……」

「怎樣？」胡小天非但沒有感到害怕，反而向前探了探身子，灼熱的目光彷彿隨時都要有火花迸射出來。

七七冷笑了一聲，其實心中明白這廝既然敢來就做好了萬全的準備，當年自己和洪北漠聯手設下那麼多的埋伏，他不是一樣脫身而去，自己對他還真是沒有什麼辦法，究竟是不能還是不忍，連她自己也給不出完整的答案。

胡小天端起了酒杯：「請！」

七七芊芊素手端起面前的那杯酒，卻沒有馬上湊到唇邊，輕聲道：「焉知這酒裡面有沒有毒？」

胡小天歎了口氣，一臉痛心疾首的表情：「你這樣說我很心痛，人和人之間難道就不能多一點信任？」話未說完，七七已經一飲而盡，杯口向下滴酒不剩，眼神之中分明是在向胡小天示威。

胡小天也喝了那杯酒。

七七主動拿過酒壺，為他把酒滿上，漫不經心道：「你來找我不僅僅是為了飲酒，聊天吧？」她比任何人都要清楚胡小天現在所面臨的困境，若非是到了火燒眉毛的時候，他又怎會主動前來？

胡小天道：「當真是什麼都騙不過你，我這次過來既是為了公事也是為了私事，不知咱們應該從何談起？」

七七道：「我跟你好像沒什麼私事可談。」

胡小天道：「我曾經在龍靈勝境見過一個藍色頭骨，當時我還不知道那是什麼，可後來我方才知道，那頭骨之中蘊藏著極大的秘密。」

七七淡然一笑，在她看來胡小天應該是得到了一些消息，可是他根本不可能知道事情的全部。

胡小天道：「我在天香國也曾經見過一個。」

七七目光一亮。

胡小天道：「後來我才知道那藍色頭骨之中遺留了一些普通人無法解讀的資訊和文字，只有某些特定血統的人能夠讀懂。」

七七道：「看來你知道的事情還真是不少。」她主動跟胡小天碰碰酒杯道：「說來聽聽，另外那顆頭骨如今在什麼地方？」

「天香國，胡不為的手裡！」

七七點了點頭。

胡小天繼續道：「當年他利用和龍宣嬌的私情，從皇宮內發現了那顆頭骨，又讓龍宣嬌借著出嫁的機會將頭骨從大康帶走。」

七七道：「你的這位父親還真是深藏不露啊！」

胡小天微笑道：「他不是我的父親，自從我娘去世之後，我和此人就已經恩斷義絕，他早已開始經營天下，本來他就準備拿下西川和天香國，整合南部各方勢力，卻因為姬飛花策劃的那場宮變而失敗，他的城府很深，連我都一直被蒙蔽。」

七七道：「依你的意思，西川之變乃是他一手策劃？」

胡小天點了點頭道：「金陵徐氏是他背後的最大支持，這些年他從未停止過在天香國的經營，天香國表面上是龍宣嬌統治，可是實際上天香國的權柄早已被胡不為所掌控，只是此人做事一向不留痕跡，不但騙過了龍宣嬌，也騙過了天下人。」

七七道：「西川的事真是撲朔迷離，我本以為，以後的西川會被你逐漸蠶食，卻想不到螳螂捕蟬黃雀在後，你們父子倆上輩子是不是仇人呢？」

胡小天道：「上輩子的事我不清楚，不過這輩子只怕註定爭個不死不休了。」

七七呵呵笑道：「不愧是父子，一樣的野心勃勃，一樣的貪得無厭。」

胡小天道：「論到野心，我真能比得上你呢？」目光不覺又向七七的飛機場上起落了一次，心中暗歎，這妮子咋就那麼平呢？估摸著還不如自己的大。所以說女人事業心不能太強，權力欲不能太大，胸懷天下，裡面裝得太多，結果外面就營養不良了。不過他卻不能不承認，即便是平胸，七七也是絕代風華。

七七道：「我乃大康皇族，這天下原本就是我龍氏的！」

胡小天道：「這天下到底有多大你知不知道？對了，你應當是知道的，其實你可能比我知道的更多，如若不然，洪北漠這樣的梟雄人物又怎能對你俯首貼耳？」

七七冷笑道：「看來他們沒有說錯，我果真是養虎為患！」

胡小天道：「我有今日並非是依靠你，誠然你幫過我一些忙，我也救過你的性命，咱們究竟誰欠誰多一些只怕你也說不清楚。誰是老虎你到現在都沒有看明白，當真以為憑你的能力就能掌控住這幫人？你根本不知道他們的厲害。」

七七咬牙切齒道：「你高看了自己，現在你面臨困境，用不了多久就會爆發危機，你敢說你來找我不是向我求援？」

胡小天道：「你以為天香國不肯賣糧給我，我就一定會步入困境？」

七七呵呵笑道：「你所謂的金玉盟早已名存實亡，你指望誰去幫你？渤海國？還是你自認盟友的那幫江湖草寇？難道你還想指望大雍？他們現在自顧不暇，我不信還有精力兼顧其他！」

胡小天道：「我若是選擇跟黑胡結盟呢？聯手渤海國和蟒蛟島在海路完成對大雍的封鎖，然後配合黑胡，前後夾擊大雍，這樣一來，大雍有滅國之憂，我就可以輕鬆將危機轉移。」

七七道：「你要出賣中原的利益嗎？」

胡小天微笑道：「中原人和黑胡人並沒有什麼不同，世界那麼大，完全可以容納成百上千個國家共存，為了利益而結合又有什麼錯？而且你既然都看出我面臨空前的危機，為了保住我的利益，為了拯救我領地的百姓，就算是聯手黑胡又能怎樣？你口口聲聲中原利益，你現在所做的一切又是為了什麼？你將大康國庫中的金銀源源不斷地輸送給洪北漠又是為了什麼？」

七七被他問得一時語塞。

胡小天道：「別以為洪北漠那麼好對付，他之所以聽命於你，不是因為你的謀略如何出眾，更不是因為你是所謂的龍氏子孫，皇族血統，是因為那頭骨的秘密只有你才能讀懂！」

七七聽到這裡內心一驚，手中的酒杯竟然失手落了下去，胡小天眼疾手快，一把將酒杯握住，微笑道：「摔杯為號嗎？」

七七瞪了他一眼道：「你這混帳，我需要這樣對付你？」一顆芳心突突直跳，胡小天瞭解到的東西遠比她想像中要多得多。

胡小天跟她說話的時候始終在關注著外面的動靜，雖然他預料到七七不可能在這裡設伏，可凡事還需小心為上。

外面傳來不安的踱步之聲，應該是權德安，他斷掉了一條腿，雖然洪北漠為他裝上的義肢非常精巧，可終究和正常的肢體不同。

胡小天微笑望著七七道：「你不妨靜下心來，就算你能夠讀懂頭骨中的秘密，可是有些事情你不會想到，我之所以來找你，絕非是向你示弱，而是覺得你我的確有很多需要溝通的地方，等我說完，你再決定。」

七七咬了咬櫻唇，胡小天卻將他端著的那杯酒湊到她的唇邊：「飲了這杯酒，就當你答應了。」

七七一雙妙目盯住這廝，忽然感覺他已經抓住了今晚的主動權，低下螓首居然默默將這杯酒喝了，然後道：「我答應你什麼了？」

胡小天道：「我想去龍靈勝境一趟。」

七七道：「有什麼話不能在這裡說？」

胡小天道：「有些謎底尚未解開，我相信唯有你才能將龍靈勝境謎底揭開。」

七七道：「可能我或許會讓你失望。」

胡小天道：「我在西川紫龍山，五仙教的總壇發現了一具完整的藍色骨骼。」

「什麼？」

「你有沒有聽說過天命者？龍靈勝境之中的那些壁畫你也一定親眼見到過，當年曾有多名天命者乘坐一艘飛船落入了棲霞湖，驚動了大康朝廷，朝廷派出精銳之師來對付這些天外來客，最終擒獲兩人，秘密梟首，兩人的首級就被收藏在大康皇宮之中，其中一個就收藏在龍靈勝境，我曾經親眼見到過。」

七七靜靜望著胡小天，她倒要看看胡小天究竟知道多少秘密？

胡小天取出光劍的劍柄輕輕放在桌上：「這柄光劍當時和頭骨收藏在一處，我並不知道頭骨的重要性，所以將頭骨留在了那裡。」

七七的手指輕輕落在光劍之上，撫摸著光劍劍柄上古樸的花紋，默默閱讀著劍柄上的文字。

胡小天此時伸出手去抓住她的皓腕，七七被他的大手握住，芳心不由得一顫，正想呵斥這廝狂妄，可發現他的目光盯著的卻是自己手腕上的七星鏈。這串七星鏈乃是當年她從胡小天身上搜出，強行拿走，也是因為這串七星鏈，她方才知道胡小天背著自己偷偷進入了龍靈勝境。想起胡小天過去瞞著自己那麼多秘密，七七不禁一陣怒從心來，用力將手抽了回來，揚起手來恨不能給他一個耳光，可是看到胡小天的目光卻又不敢當真打下去。

胡小天道：「這串七星鏈乃是我在雲廟所發現，當時正收藏在一幅畫像中，那畫像的主人是凌嘉紫，這個名字你應該不陌生吧？」

七七沒有說話。

胡小天道：「我當時實在想不明白，為什麼龍宣恩會有她的畫像，而畫像還是他親筆所繪，以我在繪畫方面的修養能夠看出這裡面是傾注了不少感情的。」

七七冷冷道：「難怪你喜歡給龍曦月畫像。」

胡小天道：「凌嘉紫將這麼重要的東西送給了龍宣恩似乎不合常理，她是太子妃，而龍宣恩是她的公公，更是當今皇上，我思來想去，於是做出了一個推斷。」說到這裡他故意停頓了一下：「咱們事先說好，我說出來你可不許生氣。」

七七點了點頭，卻一把將光劍抓在手裡，看似要給胡小天心理上的威壓，她隱約預感到胡小天要說什麼。

胡小天道：「幫助爺爺對付自己的親爹，這種事在皇室本不算稀奇，畢竟為了權力皇家子弟什麼事情都能夠做得出來。可是我見了畫像，又想起那次我陪你前往縹緲山靈霄宮去見太上皇的事情，究竟是誰透露了消息，究竟是誰將蠟丸栽贓給大皇子？最後所有的疑點自然集中在你的身上，你這麼賣力的幫他，不單純是為了政治利益，於是我猜測龍宣恩跟凌嘉紫之間有了不倫之事情……」

七七怒道：「你住口！」

胡小天微笑道：「你聽我說完，可後來我瞭解到天命者的事情，而且種種跡象表明，凌嘉紫應該就是天命者之一，以她的性情又怎能看得上龍宣恩？你記不記得今天咱們去大相國寺，緣木大師一掌將佛塔擊碎？」

七七道：「那又如何？」

「從遺傳學的角度來看，虎父無犬子，虎母生出來的閨女也必然不同凡響。」

七七聽出這廝在拐彎抹角罵自己是母老虎，強行抑制住心中反駁的衝動。

胡小天道：「你這樣優秀的女孩子，父母必然是人中翹楚，凌嘉紫是你的母親，所以你才會通曉那麼多的秘密，至於你因何知道，或許是一種記憶傳承。」

七七道：「你說得煞有其事，無非是想證明我非皇室出身，你知不知道單憑你今日所說的這一切，我就可以讓你死一萬次。」

胡小天道：「我過去一直以為凌嘉紫是個善良柔弱的女人，忍辱負重，命運淒慘，可我忽然想起，一個逆來順受的女人緣何能夠讓大康君主念念不忘，又怎能讓權德安這種高手對她忠誠一生死心塌地？又怎能讓天龍寺最有希望繼承衣缽的明晦禪師凡心大動，進而被她所害？這個女人必然是極其厲害，極有謀略。」他望著面前臉色慘白的七七，輕聲道：「或許過去的她就是以後的你。」

七七旋動光劍，一道光刃出現在她和胡小天的面前，將兩人隔離開來，她的俏臉因光劍的影射而蒙上一層幽蘭色的光華。

胡小天道：「刀劍無眼，小心傷了自己。」

七七道：「就算是死我也要拉上你作伴。」

胡小天哈哈大笑起來：「真是想不到，原來你一直愛我這麼深。」他抓住七七的手腕，將光劍輕輕拿了回去，熄滅之後，放在桌上，兩人四目相對，目光中都充滿了警惕。

胡小天道：「我所說的只是冰山一角，權當是我進入龍靈勝境的一點訂金。」

七七搖了搖頭：「好像還不夠！」

胡小天點了點頭，忽然伸出手去勾住她的纖腰，極其霸道地將她擁入懷中，然後在她唇上輕吻了一記，七七有些驚慌失措地將他推開，這廝為了對付自己當真是不擇手段，竟然膽敢做這樣的事情。

胡小天也是見好就收，彷彿什麼都沒發生一樣，重新回到自己的位置上坐下，只留下七七一個人站在那裡，鳳目含威，霞飛雙頰。攻城為下，攻心為上，胡小天這是要行攻心之計，七七的目光猶如兩把尖刀向胡小天的心口戳去，一字一句道：「胡小天，你休要對我用這樣的手段，不然……」

「不然怎樣？」

胡小天一副坦然，端起酒杯自行飲了一杯道：「其實我一直都很想報復你。」

七七道：「你不妨試試。」

胡小天道：「報復一個女人最好的方式就是讓她徹徹底底地愛上你，對你死心塌地，為你端茶送水，給你暖腳捶背，甚至肯為這個男人孕育生命。」

七七歎了口氣道：「看來我低估了你的無恥。」

「我從來不是一個高尚的人，可是我卻會善待自己的朋友、親人、愛人，我不會出賣他們。」胡小天站起身來，再次走向七七，七七居然有些害怕了，向後退了一步：「你……」

胡小天壓低聲音道：「你知不知道能夠讀懂那頭骨資訊的不止你一個？」

七七從心底真正感到恐懼了，洪北漠等人之所以聽從她的命令，完全是因為她能夠讀懂頭骨資訊，而且她始終認為在這方面自己是唯一之人，現在胡小天竟然這麼說。不過胡小天畢竟有他自己的目的，焉知他不是危言聳聽，故意說謊來加重砝碼，瓦解她的內心，逼她就範？

七七道：「那又如何？」

胡小天道：「你知不知道大雍因何而建立？當年負責填平棲霞湖掩埋那艘飛船的人乃是大康將領薛尚武，這個人又是大雍開國皇帝薛九讓的父親，有一點我可以斷定，薛家和大雍的崛起背後全都因天命者的支持。」

七七道：「你一口一個天命者，天命者究竟是什麼？」她心中卻已經明白，在胡小天的眼中，自己必然也和天命者有著極其密切的關係，甚至他懷疑自己就是天命者也未必可知。

胡小天正想說話，卻聽外面傳來權德安由遠及近的腳步聲，於是停下說話，向七七做了個眼色，七七馬上領悟有人過來了，她有些不悅地顰起秀眉，今晚她已經事先交代過，權德安竟然還要過來打擾。

果不其然，沒多久門外就響起權德安的聲音：「公主殿下，天機局洪北漠，玄天館任天擎到了。」

七七道：「這麼晚了，有什麼事不能明天再說？」

權德安道：「他們看來的確有要緊事，請殿下百忙之中給予接見。」

七七的目光轉向胡小天，胡小天雖然剛才沒有將所有的實情坦陳而出，可她仍然感覺到此事非同尋常，胡小天的那番話言之有物，並非僅是虛張聲勢危言聳聽。

胡小天心中暗忖，任天擎既然在這裡出現，那麼就證明他並未葬身於紫龍山的那場火山噴發，他若是沒死，五仙教主眉莊夫人十有八九也逃脫了，自己在逃脫之後曾經和北澤老怪相遇，那時從北澤老怪身上並未找到那顆藍色頭骨，莫非頭骨落到了他們的手裡？

根據影婆婆所說的往事，五仙教之所以壯大也和那藍色骨骸的主人有關，至於她究竟是不是上代五仙教教主就不得而知了，胡小天低聲道：「還有一顆藍色頭骨，此時可能落在了他們的手裡。」

七七錯愕道：「什麼？」心中暗自奇怪，他剛剛不是說另外一顆在胡不為的手中，為何又說還有一顆？難道這世上當真還有第三顆頭骨不成？

胡小天點了點頭，其實他只是基於自己瞭解狀況的推測，一切還需七七親自去證明。

七七咬了咬櫻唇道：「權公公，你讓他們去前殿等我。」她的目光又落在胡小天的身上，想著如何安置這廝。

胡小天道：「我去司苑局等你的消息。」

七七心中一怔，不知他如何去司苑局，連接司苑局等地的地道已經被她封閉，她卻不知道，胡小天上次潛入皇宮營救夕顏之時，曾經安排梁英豪潛入其中，梁英豪在李雲聰的幫助下將部分密道打通，而且重新設定了開口，比如現在她所住的紫蘭宮就有進入密道的入口，只不過位於井水之下。

胡小天簡單說明之後，七七驚歎之餘又不由得有些後怕，以胡小天的本事潛入皇宮，甚至潛入自己的寢宮絕非難事，若是他對自己生出殺心，只怕自己早已死了，他沒有這樣做難道是因為他對自己果真餘情未了？想到這裡七七不禁俏臉發燒，自己被胡小天今晚的出現完全擾亂了心神，竟然生出這樣的想法。

權德安的臉上沒有一絲一毫的笑容，他的心情比起臉色還要凝重，擔憂之色籠罩眉心，打著燈籠為七七照亮宮內的道路，不忘提醒她道：「殿下需看清道路，千萬別崴到了腳。」

七七自然聽出他這句話中潛在的含義，淡然道：「本宮已經不再是過去那個需要你攙扶而行的小孩子。」

權德安沉默下去，內心被一種說不出的壓抑籠罩著，彷彿一場暴風驟雨就要來臨的感覺。

七七突然停下了腳步，忽然道：「你是不是有很多事都在瞞著我？」

權德安抿了抿嘴唇，低聲道：「殿下只需知道，老奴所做的一切都是為了保護您，別讓兩位先生久等了。」

洪北漠和任天擎兩人全都在前殿恭候，前殿的燈光並不明亮，兩人見到七七進來同時躬身行禮，他們的面孔全都隱沒在陰影之中。

七七早已從和胡小天那場交鋒中抽離出來，人冷靜得根本不符合她的年紀。淡淡揮了揮手，面無表情地登上了屬於她的位子。

七七道：「兩位愛卿，這麼晚來見本宮好像是從未有過的事情，不知又發生了什麼大事？」

洪北漠此番是陪同任天擎而來，他向任天擎看了一眼。

任天擎恭敬道：「啟稟公主殿下，微臣確有急事，否則豈敢驚動殿下大駕，還請恕臣唐突之罪。」

七七道：「兩位愛卿一心為國，本宮又怎會怪罪你們，有什麼話就說吧。」

任天擎道：「我們有些話只能跟殿下說。」這分明是針對權德安所發。

不等七七開口，權德安就怒斥道：「大膽，你是說殿下不該信任咱家嗎？」

任天擎微笑道：「權公公不必生氣，朝廷有朝廷的規矩，有些國家大事內臣是不得在場的。」

權德安心中暗罵，其實任天擎和洪北漠兩人雖然自稱臣子，他們兩人卻無實職，當然並非是七七不願授予，而是兩人在這一點上態度很堅決，都答應為朝廷盡忠，但是都聲稱看淡功名，這樣一來，兩人在朝中的地位非但沒有降低反而有種凌駕眾臣之勢，尤其是洪北漠，即便是當朝丞相周睿淵見他也要表現得相當客氣。任天擎這個人更像是閑雲野鶴，過去很少關注朝廷的事情，也就是七七掌權之後，他開始越來越多地介入朝廷事務。

七七莞爾道：「權公公，任先生這話倒是沒有說錯，誰也不會懷疑你對本宮的忠誠，你先退下就是。」

「是！」權德安心中暗歎，七七和胡小天密談的時候自己在外面遛彎兒，現在洪北漠和任天擎來了，自己依然要出去避嫌，看來自己的地位還真是不濟，當然他也明白七七絕非是嫌棄自己，而是有些話的確不方便自己在場。

等到權德安離去之後，七七方才道：「任先生什麼大事搞得那麼神秘？」

任天擎這才恭恭敬敬取出一個革囊，解開革囊，淡藍色的光芒從中發散出來，七七一雙鳳目不禁瞪得滾圓，原來任天擎帶來的竟是一顆頭骨，再想起胡小天剛才的推斷，這應該就是胡小天所說的來自於五仙教總壇的第三顆頭骨。

洪北漠的表情中透著喜悅，可是並沒到欣喜若狂的地步，看來他應該是在來此之前就已經從任天擎那裡得到了消息。

七七臉上的驚詫稍閃即逝，俏臉恢復了以往古井不波的模樣，淡然道：「這顆頭骨，任先生又是從哪裡得來？」

任天擎道：「微臣從西川偶然得到。」

七七伸出手去。

任天擎雙手捧著頭骨緩步來到七七的面前，恭恭敬敬將頭骨遞了過去，七七端詳著那顆頭骨，頭骨入手極輕，和她此前得到的頭骨應該一樣，然而七七握住頭骨卻無此前的那種心靈相通的感覺，她馬上想到這頭骨可能是假的，可又想起胡小天剛才說過這世上還存在第三顆頭骨，於是將頭骨放在一旁。

七七的反應有些超出任天擎和洪北漠的想像之外，兩人都是心中一怔，按理說她應該如獲至寶才對。

七七道：「這顆頭骨是假的！」

比起七七的反應，她的這句話才讓兩個老謀深算的高手心頭一黯，任天擎費勁千辛萬苦方才找到頭骨，他認為這顆頭骨不應該是假的，可是七七卻一口斷定。

洪北漠道：「公主殿下，依微臣之見，這顆頭骨和此前的並無任何不同。」

七七呵呵笑了一聲：「你們若是能夠能夠看破，還要本宮何用？」

洪北漠和任天擎對望了一眼，兩人的表情都顯得尷尬至極。七七的話沒錯，如果他們都能讀懂頭骨中蘊藏的秘密，誰還會對她卑躬屈膝？

七七道：「反正也不是什麼秘密，證明給你們看也無妨。」她讓任天擎將頭骨收起，傳權德安進來，低聲對他耳語了幾句，權德安領命離去，等到回來的時候，手中已經多了一個革囊。

裡面裝著的自然是七七在龍靈勝境找到的那顆頭骨。

七七接過頭骨，又讓權德安出去，當著兩人的面將頭骨捧起，頭骨落在她掌心之中，藍光大盛，七七道：「你們看到了沒有，這頭骨跟我會有感應，我戴上頭骨之時，腦海中會映射出一個個的符號。」她望向洪北漠，洪北漠心知肚明，七七已經將其中的部分文字交給了自己，裡面的內容就是他想要的巡天寶鑒。

七七道：「現在這顆頭骨的光芒已經逐漸黯淡，用不了多久就會變得黯淡無光，跟任先生帶來的這顆一模一樣。」

任天擎仍然不肯相信是假的，低聲道：「可微臣看來它應該不是假的。」

七七呵呵笑道：「那就是說本宮在騙你咯？」

「不敢！」

七七道：「如果其中當真記載了某些東西，本宮一定會有所反應。」

任天擎緊皺眉頭，心中將信將疑。

七七擺了擺手道：「算了，我還以為什麼了不得的東西，原來任先生也有看走眼的時候。」

任天擎神情尷尬，洪北漠心中好不失望，心中甚至懷疑任天擎故意弄了顆假的頭骨來糊弄自己。兩人正想告辭之時，七七又道：「對了，這顆頭骨先讓洪先生保存吧。」

任天擎內心一怔，不禁生起疑雲，七七既然說是假的，為何又要留給洪北漠？

七七微笑道：「其實是本宮想研究一下，究竟為何能夠將頭骨做得如此維妙維肖，可是我若是將這顆頭骨留下，你們肯定會懷疑我故意撒謊欺騙你們，所以還是讓洪先生暫且保存，以後本宮若是想去看，隨時都可以去天機局參詳，怎麼？任先生該不會連天機局都信不過吧？」

任天擎心中暗歎，無論這顆頭骨是真是假，這妮子都擺明了要公然訛詐。看眼前的情形十有八九是她和洪北漠聯手設局，這洪北漠當真可惡。

洪北漠聽到七七一說就已經明白，她是借著一顆頭骨製造自己和任天擎之間的矛盾，應該是自己今次和任天擎同來引起了她的警惕，這妮子向來野心勃勃，對權力看得極重，自己掌控天機局，任天擎的玄天館實力也非泛泛，她顯然是要利用這個機會趁機分化兩人，若是自己答應保管頭骨，必然會引起任天擎的猜疑，認為自己和永陽公主串通起來設局來訛詐他好不容易得來的頭骨。

心念及此，洪北漠已經有了主意，他恭敬道：「公主殿下，任先生何等胸襟，又怎會質疑。」

任天擎抱拳道：「微臣絕不敢質疑公主半分，原本這顆頭骨帶來就是為了給公主殿下仔細參詳，根本沒有帶回去的意思。」這番話實在是硬著頭皮說出來。

洪北漠是旁觀者清，任天擎今天必然吃了一個啞巴虧，拋開這顆頭骨的真假不論，無論做出怎樣的選擇，七七都占了便宜。

七七呵呵笑了起來：「兩位愛卿還真是肝膽相照！」她雖然是笑著說出這番話，可話中卻透著森森冷意。

任天擎和洪北漠全都是老謀深算之人，兩人都明白七七對他們之間走得太近產生警惕了，本來他們以為七七不會公然說出，可沒想到她偏偏要將這件事說破。洪北漠此時也不能說跟這件事全無牽連了，七七的目標顯然不在頭骨，自己雖然深思熟慮，卻仍然被她抓住了把柄，早知如此還不如一口應承下來呢，等出去之後再向任天擎解釋。

任天擎更是懊惱，頭骨都給你了，你這妮子還不依不饒，真當老人家好欺負嗎？心中雖然生氣，可嘴上卻陪著笑道：「公主殿下見笑了。」

七七臉上的笑容倏然收斂：「本宮的樣子像是在開玩笑嗎？任先生，本宮以上師之禮相待，對你玄天館上上下下可曾輕慢過半點？」

任天擎被她弄得有些發懵，這妮子今天究竟是什麼毛病，我辛辛苦苦得來了一顆頭骨過來送給你鑒賞，難道這都得罪你？

洪北漠也有些糊塗，搞了半天她是想尋任天擎的晦氣。

任天擎苦笑道：「不知微臣究竟做了什麼事情，令得殿下如此震怒？」

七七道：「你一口一個微臣，說是要為我大康盡忠，可本宮封你官銜你堅拒不受，打著雲遊四海之名到處遊歷，端得是神龍見首不見尾，你若是當真一心不問世事倒也罷了，本宮也不忍心勉強於你，可是大雍此前疫情卻是你玄天館化解！」

任天擎這才明白是怎麼回事，他苦笑道：「公主殿下容我解釋，那乃是孽徒秦雨瞳所為……」

「師父若是不答應，徒弟焉敢這麼做？」七七道：「你不用解釋，你玄天館濟世救人本宮不管，可是你救治大康的敵人，就是跟本宮作對，這顆頭骨來自西川？看來西川的事情跟你也有關係了！」

洪北漠一旁聽著心中暗歎，當真是欲加之罪何患無辭，這小妮子伶牙俐齒，又善於歪攪胡纏，任天擎跟她根本理論不清，不過洪北漠也樂見此事發生，七七不是善類，他任天擎又是什麼好人了？雖然將頭骨的事情主動通報給自己，可焉知他真正的目的？可畢竟還是要幫著說句話，洪北漠道：「殿下，任先生一顆忠心滿腔熱血，您可千萬不要委屈他了。」

任天擎跟著點頭，正準備解釋。

卻想不到七七歎了口氣道：「其實本宮也明白，算了，我因西川的事情心情不好，你們什麼都不要說了。」

任天擎心中這個鬱悶，你對我一通指責，血口噴人，說完了你就算了，你明白什麼？你心情不好就不給我一丁點面子，說翻臉就翻臉啊！

洪北漠向他遞了個眼色，意思是此時不走更待何時？永陽公主今晚明顯脾氣不對，何必在這個時候碰釘子。

任天擎只能自認倒楣，目光向那顆頭骨看了一眼，七七壓根毫無反應，他剛才也說過將這東西留給七七的話，只能強忍著怒火跟洪北漠一起出門。

剛剛來到門外，權德安就從後面趕了過來，拎著一個革囊，從外形來看，其中裝著的應該是任天擎帶來的頭骨，權德安道：「洪先生留步，任先生留步！」

任天擎和洪北漠同時停下了腳步。

權德安將那顆頭骨遞給了洪北漠道：「公主說了，這件東西勞煩洪先生先帶回天機局保管。」

洪北漠頭皮一緊，這七七真是坑人沒商量。

第九章

簡單的問題

胡小天道：「如果我和洪北漠同時掉到河裡，
兩人又都不會水，你先救哪一個？」
問完之後，他就覺得這個問題有點弱智了，
七七必然回答誰都不救，眼睜睜看著他們兩個都淹死最好。
可七七的回答偏偏要出乎他的預料：
「我還是救你，至少跟你說話不算太悶。」

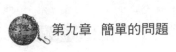

權德安接過七七遞給他的頭骨，恭敬道：「殿下剛才是不是來了個李代桃僵？」對於七七的智慧他佩服得五體投地。

七七冷笑了一聲：「那麼簡單的手段又怎能騙過兩個老狐狸？你送回去的，自然是任天擎帶來的東西。」

權德安不解道：「公主殿下緣何要這樣做？」

七七道：「他們的想法必然跟你一樣，都以為我用東西替換了，洪北漠必然不會在任天擎的面前打開革囊，驗證究竟是哪顆頭骨。」

權德安道：「為何如此斷定？殿下不要忘了他們是一起前來的。」

七七笑道：「有些秘密是不可能一起分享的，任天擎想要利用洪北漠，洪北漠想要利用本宮，而我為何不肯與任天擎走得太近，凡事都要讓他通過洪北漠，就是要讓他和洪北漠相互猜忌。」

權德安肅然起敬，七七雖然年輕，可是她對權術卻是運用自如，洪北漠和任天擎都是實力超群之人，若是兩人聯手，整個大康甚至整個天下都少有能夠與之匹敵之人。

七七道：「本宮若是沒有猜錯，洪北漠或許會去而復返。」

權德安道：「這麼晚了……他……」

七七道：「他已經意識到我對他和任天擎之間的關係有所警惕，認為我將頭骨交給他是對他的一種考驗，他又怎會不來？」七七並沒有將所有的事情和盤托出，雖然她對洪北漠和任天擎的關係有所警惕，可是還沒到非要撕破臉皮的地步，今日她的出擊卻是為了試探，胡小天說過能夠從頭骨中感悟到資訊的不止她一人，她必須要確定這件事還有沒有其他人知道，如果連洪北漠都知道，那麼就意味著自己的處境會變得危險，如果洪北漠根本不知道這件事，那麼她還可以繼續保持威懾。

七七並沒有猜錯，洪北漠果然去而復返，一併送來的還有那顆交給他保存的頭骨，七七並沒有等他，只是將讓權德安留在那裡等候接過洪北漠送來的東西，洪北漠看到權德安已經明白了一切，以他的心機又何須多問。

司苑局的酒窖和過去並沒有什麼不同，陳設還是胡小天離去時候的模樣，甚至這裡的存酒也沒有缺少太多，酒窖內亮著燈，一位身姿窈窕的小太監坐在燈下似乎在等待著什麼人，這小太監正是秦雨瞳所扮，她和胡小天一起混入皇宮，今晚胡小天卻是選擇了另外一條途徑前往紫蘭宮，和七七當面攤牌。

胡小天曾答應過秦雨瞳，要帶她一起前往龍靈勝境，親眼看看裡面的一切，可是現在龍靈勝境已被洪北漠重新改造過，除非有人引路，不然很難順利進入其中。

胡小天離去之後，秦雨瞳始終都在司苑局的酒窖中等待，看到胡小天回來，她起身迎了過去。

胡小天打趣道：「哪裡來的那麼俊俏的小太監？」

秦雨瞳道：「怎麼這麼久才回來？」

胡小天道：「一言難盡啊！」他一屁股坐下，向秦雨瞳招了招手道：「累死我了，幫我按按肩。」

秦雨瞳美眸圓睜，這廝真會不失時機地佔便宜。

胡小天道：「難道你不想聽聽龍靈勝境的事情？」

秦雨瞳橫了他一眼只能來到他身後，乖乖幫他按摩雙肩。

「大力一點，對，這才舒服……」胡小天閉著雙目極其享受。

秦雨瞳道：「你是不是想那妖女永遠都沉睡下去？」

被她威脅之後，胡小天方才收斂了一些，歎了口氣道：「你這麼說我會覺得你是見死不救。」

秦雨瞳道：「對死有餘辜的人，我就算不救也不會良心不安。」

胡小天道：「你師父來康都了。」

秦雨瞳頓時沉默了下去，她的雙手停留在胡小天的肩頭，過了一會兒方才重新動作起來：「有沒有眉莊的消息？」

胡小天道：「既然任天擎都來了，我想眉莊十有八九也應該不遠，那顆天命者的頭骨也應該被他們帶來了。」

秦雨瞳沉思了一會兒，小聲道：「很有可能，他們沒有能力讀懂頭骨中的秘密，所以只能仰仗永陽公主。」

胡小天點了點頭，秦雨瞳在這一點上的看法和他相同，他閉上雙目，似乎在享受秦雨瞳給他的按摩，其實心中卻在琢磨著下一步的舉動。

秦雨瞳道：「永陽公主怎麼說？」

胡小天道：「不知道，可眼前只能等待她的回覆。」

接下來的兩天，七七按兵不動，既沒有跟胡小天主動聯繫，也沒有召見洪北漠。西川的局勢也漸漸趨於平靜，然而這種平靜只是表面，天下暗潮湧動，用不了多久就會掀起一場狂風駭浪。

七七這兩日都未上朝，留在紫蘭宮的書房內繪畫寫字，她甚至偷偷為胡小天畫了一幅畫像，可是無論她怎樣努力，總是無法滿意，最終只能將畫像揉成一團，置之一旁。

楊令奇今晨入宮，是特地向七七稟報最新狀況的，進入七七的書房，看到一地的紙團，已經推斷出她此刻心境之煩亂。

七七等他進來，馬上將狼毫放在一邊，接過權德安遞來的潔淨棉巾揩了揩手：「楊先生這麼早？」

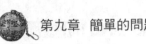

楊令奇恭敬道：「剛剛聽說一些事情，所以過來通報一聲。」

七七點了點頭：「等會兒再說！」她現在沒心境聽那些閒事。

楊令奇的目光在畫案上悄悄一掃，看到畫案上乃是一幅仍未完成的畫像，只是面目尚未完成。

七七敏銳地留意到了他的目光所向，輕聲道：「楊先生乃是丹青高手，這幅畫，本宮怎麼畫都畫不好，不如你幫我完成。」

楊令奇誠惶誠恐道：「微臣那點微末道行，豈能入得公主殿下的法眼！」

七七表情顯得有些不悅：「你不願意？」

楊令奇苦笑道：「不是不願意，而是繪畫乃是畫出一個人心中所想，勾勒出腦海中理想之境，微臣又豈敢越俎代庖？」

七七道：「本宮准了！就算畫不好也沒什麼，我又不會怪你！」

楊令奇無奈只能來到畫案前，向七七行禮之後，方才撚起狼毫，恭敬道：「卻不知殿下究竟想畫什麼人？」心中隱然猜到七七想畫的是誰。

「胡小天！」七七並沒有掩飾。

楊令奇點了點頭，對胡小天的事情他不敢多問。行家出手自然不凡，寥寥數筆，胡小天栩栩如生的形象已經躍然紙上。

七七望著畫像，表情居然變得溫柔起來。

楊令奇將狼毫輕輕放下，識趣地退到一邊。

七七道：「能將一個人畫得如此活現，想必對他傾注了相當深的感情。」

楊令奇心中一沉，低聲道：「其實這世上最深的感情乃是仇恨！」

七七呵呵笑了起來：「愛恨難分！」她的目光轉向楊令奇道：「如果恨一個人，那麼這個人的面容就會在心中變得醜陋和陰險，可是本宮從這幅畫中根本看不到一絲一毫的跡象。」

楊令奇的表情平靜無波：「公主殿下，繪畫和習武是一樣，到了一定的境界，就必須要放下心中的愛恨，只有內心不受困擾方才能夠冷靜應對任何的事情。」

七七微笑道：「每次聽楊先生說話，總是讓我感悟很深，對了，你有什麼事情想要通報？」

楊令奇道：「西川方面李鴻翰繼承了其父的一切，沙迦方面居然和天香國剛剛達成了協議，停止進攻南越國。」

七七不屑道：「權宜之計罷了，沙迦人一直都想要進軍中原，野心不次於黑胡，想必是要靜觀形勢，等到一切穩定之後再做決斷。」她停頓了一下又道：「西川方面難民的情況怎麼樣？」

楊令奇道：「最近已經少了許多，甚至出現了難民回歸的事情，有不少的傳言，說天香國不肯賣糧給鎮海王，轉而支援西川，所以那些流離失所的難民權衡之下，有許多人選擇返回西川重建家園。」

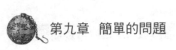

七七道：「什麼人放出的消息？」

楊令奇搖了搖頭。

七七道：「照你看，本宮現在應該如何應對？若是我沒有記錯，你的祖籍就是西川青雲，對那邊的形勢應當比任何人都要看得透徹。」

楊令奇道：「臣愧不敢當，斗膽說上幾句。李天衡去世讓整個天下出現了變局，天香國異軍突起，據微臣所知，李鴻翰那個人並不得人心，他之所以能夠順利繼承李天衡的位置，完全是因為背後有楊昊然的支持。而楊昊然其人，在幾次西川變局之中都充當了重要角色，臣懷疑，此人心向天香，乃是天香國布在西川的一顆棋子，而李鴻翰卻又是他的棋子。」

七七淡然道：「棋子？合則用，不合則棄，看來李鴻翰死期為時不遠了。」

楊令奇道：「沙迦放棄對南越國的用兵卻讓天香國擺脫了西南戰事的陰影，我想天香國的下一目標就是向北。」

七七道：「挑戰大康？他們只怕現在還沒有那個本事。」

楊令奇道：「在微臣看來，天香國目前已經擁有了和大康叫板的實力。」

七七冷冷看了他一眼，顯然對他的這句話非常不滿，可心底深處又不得不承認楊令奇所說的就是事實。

楊令奇低下頭去，但是並沒有停下說話：「縱觀歷史，往往蠻夷興盛的時候就是中原衰弱的時候，中原若是陷入四分五裂之時，蠻夷越是會趁虛而入。沙迦之所以選擇在這種時候罷兵休戰，其根本原因就是他們想要等中原諸強打得不可開交之時再行侵入，正所謂鷸蚌相爭漁翁得利！」

七七道：「照你的意思，我們應當先聯盟中原各國，清掃外敵？」

楊令奇道：「攘外必先安內。」

七七呵呵笑了起來：「楊令奇，如果本宮不清楚你的過去，一定會認為你是胡小天派來的說客。」

楊令奇一臉尷尬道：「公主殿下，微臣一顆忠心，蒼天可鑒。」

七七的目光在那幅胡小天的畫像上掃了一眼道：「畫虎畫皮難畫骨，知人知面不知心，這種話本宮也不是第一次聽到了。」

楊令奇準備跪下去繼續表白，卻被七七伸手攔住：「本宮可不是針對你，也不是懷疑你，這兩年，你為本宮鞍前馬後立下的功勞，我看得見。」她轉過身去來到窗前：「洪北漠那邊的用度你查清了沒有？」

楊令奇道：「清清楚楚，他採購了什麼，徵用了多少工匠，那些工匠出身何地，有沒有回來，微臣基本上都讓人查清了。」

七七道：「有什麼特別奇怪的地方沒有？」

楊令奇道：「財產物資方面，因為不知道他具體的用處，微臣不好說，當然不排除他中飽私囊的可能。」

七七道：「中飽私囊反倒是小事。」

楊令奇道：「如果說最奇怪的地方就是修皇陵的過程中死去的人數，根據微臣的初步統計，自從他負責皇陵修築以來，死亡和失蹤的人數要超過三十萬，甚至比大康這些年戰爭中犧牲的將士還要多。」

七七輕聲道：「三十萬？」

楊令奇點了點頭道：「這個數字或許會更多，皇陵斷斷續續已經修建了三十餘年，每年死去一萬左右的勞工應該不會引起太大的注意。」他停頓了一下又道：「更為奇怪的是，這些人的屍體全都不知所蹤，除了少數被認領之外，據說全都被就地深埋或焚毀。」

七七秀眉微顰，這件事卻是她過去所不知道的，聽完楊令奇的稟報，她坐在書房內沉思良久，目光落在胡小天的畫像上，唇角露出一絲淡淡的笑意，其中又帶著讓人察覺不到的憂傷。

門外又傳來權德安熟悉的聲音：「殿下，洪先生來探望您了。」

七七這兩日沒有上朝，對外宣稱身體不適，所以才會有洪北漠前來探望之說，她抬起雙眸：「他是一個人來呢？還是和任天擎一起？」

權德安道：「自己！」

七七道：「讓他在前殿候著，本宮這就過去。」

權德安道：「已經這樣安排了。」他自認為沒有人比他更瞭解這位小主人的性情，儘管洪北漠是七七在朝中最堅定的支持者，可是七七卻從未讓他踏入紫蘭宮的內苑，她分得清輕重，對自己和洪北漠相互利用的關係清楚得很。

權德安當然看到了七七為胡小天畫像的過程，自從胡小天到來之後，七七明顯就開始心緒不寧了，天下間能把她變成這個樣子的，唯胡小天一人而已。但是權德安並不明白，因何七七這兩天都要留在紫蘭宮中，難道她還在等待胡小天的到來？胡小天那小子十有八九就在皇宮內，她既然想見，為何沒有派他前去傳遞消息？

七七有她自己的盤算，儘管她知道胡小天就藏身在司苑局，可她仍然沒有急於和胡小天見面，倒不是出於對胡小天的防範，而是因為洪北漠送來的那顆頭骨。她那晚的舉動不但激起了任天擎的疑心，同樣也會讓洪北漠產生懷疑，七七本來準備在得到頭骨內部蘊藏的資訊之後，再原封不動地還給任天擎，可是有一點她並沒有算到，她對那顆頭骨竟然沒有半點的反應。還有一個不為人知的原因，龍靈勝境重建機關之後，開啟機關的另外一把鑰匙就在洪北漠的手中，想要進入其中，必須首先從洪北漠那裡得到鑰匙。

洪北漠見到七七，依然表現的謙恭有禮，他留意到隨行的權德安，手中拿著一個革囊，革囊之中自然裝的就是任天擎送來的頭骨。

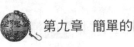

七七擺了擺手，權德安退了下去，洪北漠先問候了七七的病情，雖然他認為七七十有八九是在裝病。

七七在這件事上表現得非常坦誠：「本宮的身體沒什麼妨礙，只是想清靜一下。」

「殿下沒事就好！」洪北漠的目光投向那顆頭骨。

七七道：「這頭骨你帶回去吧，裡面沒什麼東西。」

洪北漠道：「難道……」

七七道：「沒有你想要的巡天寶鑒。」

洪北漠因她的話而感到失落。

七七道：「龍靈勝境的壁畫你應該看到了，當初被梟首的兩人頭骨留在了皇宮，我們得到了一個，另外一個目前應該在胡不為的手裡。」她盯住洪北漠的雙目道：「你可是親口答應了我的，要將那顆頭骨從胡不為的手中奪回來，這麼久了卻仍然沒有絲毫的進展。」

洪北漠歎了口氣道：「都是微臣的不是，臣低估了胡不為的力量。」

七七道：「任天擎究竟是什麼底細？」

洪北漠道：「微臣不知……」

七七呵呵冷笑了一聲，她打開革囊，將那顆頭骨取出，洪北漠望著那顆頭骨，心中暗忖，這顆頭骨看起來並不像假的，難道七七故意在欺騙自己？冷不防七七將那顆頭骨扔在了地上，怒叱道：「本宮究竟跟你有何仇怨？你竟然聯手他來害我？」

洪北漠被七七吼得一怔，眼看著那顆頭骨被扔在了地上，嘰哩咕嚕地滾到了自己的腳下。他慌忙躬身道：「微臣不知殿下何出此言？」

七七道：「本宮將頭骨戴上就感到一陣頭暈目眩，有股無形吸力將我頭腦中的東西想要吸乾，洪北漠！你是真不知道還是假不知道？」

洪北漠心中將信將疑，可七七說得如此義正言辭，看起來又不像是無端指責。其實他對任天擎的底細也不慎瞭解，任天擎若是想得到這其中的秘密故意設下圈套也有可能。

洪北漠道：「微臣的確不知，他任天擎若是膽敢做這種事情，微臣絕不會輕饒於他。」

七七卻又歎了口氣道：「看來你的確並不知情，或許任天擎對此事也是一無所知，此事暫且不要聲張，你查清他的底細。」

洪北漠道：「是！」

七七又道：「這頭骨你也一併拿走吧。」

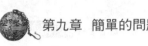

洪北漠悄悄觀察她的眼色，心中暗忖，這妮子莫非是在故意試探我？如果這頭骨當真如她所說的那般詭異，自己拿走了豈不讓她更加懷疑自己和任天擎聯手？想到這裡洪北漠道：「公主殿下，依臣的意思，這顆頭骨還是由您親自收藏最好。」

七七道：「本宮也不是推脫，可現在本宮真是有些擔心了，萬一有人打另外那顆頭骨的主意……」

洪北漠心中一驚，難道任天擎當真是在拋磚引玉，七七知道越是老謀深算之人，疑心就越重，忽又歎了口氣道：「不如這樣，本宮還是將那顆頭骨放回原處。」

洪北漠道：「如此最好。」

七七道：「本宮記得，開啟秘境的鑰匙你那裡還有一把吧？」

洪北漠點點頭，重新改造進入龍靈勝境的機關，需要兩把鑰匙同時啟動，一把在自己這裡，另一把在七七那裡，她這麼說顯然是要從自己這裡要走鑰匙的意思。

七七道：「洪先生若是不嫌辛苦，今晚陪本宮一起進入那裡如何？」

洪北漠道：「公主殿下，微臣還有要事在身，今晚只怕不行。」此時他也已經完全明白了七七的意思，從腰間取下鑰匙恭敬送了過去。

七七漫不經心道：「放那兒吧，你我之間的談話，千萬不可告訴第三人知。」

「是！」

七七將早已準備好的冊子遞給他：「這是本宮最近記下來的東西，你看看有沒有用處。」

洪北漠如獲至寶，將冊子恭恭敬敬接過收好。

七七起身準備離去，洪北漠方才想起此番前來的另外一個目的：「殿下留步，皇陵那邊物資吃緊，殿下答應的款項仍然沒有讓戶部調撥。」

七七道：「晚幾天再說，最近到處都是要錢要糧，你以為本宮當真躲在這裡偷得輕閒？我是在躲那幫臣子，只要上朝就聽到他們嘮叨這些事，真是不勝其煩！」

洪北漠聽她把話說到這種地步，也唯有暫時放棄了要錢的打算，這妮子現在的城府越來越深，想要控制住她並沒有那麼容易。

胡小天再度進入紫蘭宮表情依然泰然自若，其實這兩天他心中也頗不平靜，雖然此前和七七的兩次談話還算理想，可七七的心性變幻莫測，誰也不知道她最後的想法。

此次七七會見胡小天卻是在她的寢宮，兩顆頭骨她也沒有急於送入龍靈勝境，在洪北漠面前所說的那番話無非是將鑰匙要來的藉口。

胡小天笑道：「我還以為你已經將我忘了呢。」

七七道：「你拋出了那麼多的懸念，卻偏偏不給我答案，我倒是想置之不理，可思來想去，最終還是好奇心占了上風。」

胡小天道：「換成是我，一定比你還要好奇。」

七七道：「你猜的沒錯，任天擎那晚送來的果然是一顆頭骨。」

胡小天道：「那顆頭骨卻是他和眉莊從我的手中搶走的。」

七七瞥了他一眼，想不到這廝也有吃虧的時候。

胡小天在七七的身邊坐下，毫不客氣地拿起七七剛剛倒好的香茗，几上只有一杯，這廝一口飲盡，七七此時方才提醒道：「這杯我喝過了。」

「我不嫌棄！」

七七道：「可我嫌棄你啊！」

胡小天道：「咱們先談正事兒，感情的事情以後再說。」

七七望著這廝厚顏無恥的樣子簡直無話可說。

胡小天道：「龍靈勝境的事情……」

七七展開右手，兩枚鑰匙就在她的掌心之中。胡小天大喜過望，伸手想去拿的時候，七七卻又將手掌合上，輕聲道：「禮尚往來，我幫你進入龍靈勝境，你要告訴我一些事情，任天擎送來的那顆頭骨究竟是怎麼回事？」

胡小天點了點頭，這才從任天擎勾結大雍燕王薛勝景的事情說起，一直說到他潛入五仙教總壇發生的事情。七七聽得聚精會神，等胡小天說完，她不禁好奇道：

「照你這麼說，任天擎送來的頭骨應該是真的？」

「自然是真的！」

七七秀眉微顰不解道：「既然是真的，我為何會對那頭骨毫無反應？」

胡小天道：「我都跟你說過，天下間能夠讀懂那些頭骨資訊的絕不止你一個。這顆頭骨你毫無反應，或許是因為你跟這顆頭骨並無淵源，換成另外一人興許就會有所反應。」他首先想到的就是姬飛花，可姬飛花卻是從胡不為盜走的那顆頭骨中讀到了一些資訊，看來這些頭骨中蘊藏的資訊如同遺傳基因一樣代代傳承，興許只能傳給他們的後輩，他所見到的三顆頭骨並無任何的關係。

七七道：「那你要告訴我，另外那個能夠讀懂頭骨資訊的人究竟是誰？」

胡小天道：「我答應了為人家保密，你總不能讓我背叛承諾。」

七七冷笑道：「男人的承諾從來都不算數！」她死死盯住胡小天，這廝此前也不是沒有對自己承諾過，可到了最後，還不是一樣忘得乾乾淨淨。

胡小天乾咳了一聲道：「任天擎這個人你必須要提防，他可不是為了江山社稷。」

七七懶洋洋道：「你又怎麼知道我是為了江山社稷？胡小天，你以為自己很瞭解我嗎？」

胡小天搖了搖頭道：「連你自己都不瞭解自己，我又怎麼敢說瞭解……」

「你……」七七怒目而視。

胡小天話鋒一轉道：「最早認識你的時候，我只當你是個孩子，可後來我又覺得你是個擁有太大野心的孩子，可現在……」

「現在怎樣？」

胡小天道：「你掌控不了全域，凌嘉紫的智慧絕不次於你，連她最後都莫名其妙地死了，更何況是你？」

七七道：「那是因為她太善良！」

胡小天對善良二字持有保留的意見，雖然他過去一度也這麼去想，可是自從見到緣木之後，他的看法發生了改變，不過他並沒有在七七面前說出來，在多半子女心中自己的父母是這世上最善良最有愛心的人，即便是七七也不例外，自己沒必要在這方面跟她理論。胡小天始終認為，凌嘉紫身前圍繞在她身邊分佈著無數勢力，老皇帝龍宣恩、洪北漠、任天擎、慕容展，鬼醫，明晦和尚，甚至連胡不為都和凌嘉紫有著某種不為人知的關係。

凌嘉紫憑藉著自身的能力利用這些人為她做事，然而百密一疏，最終功虧一簣，或許不是因為凌嘉紫的策略出了問題，而是命中註定。

胡小天望著七七缺少血色的俏臉，心中生出一縷憐惜之情，一日夫妻百日恩，雖然他們不是夫妻，可畢竟曾經有過婚約，這妮子的個性太過要強，或許她已經瞭解了事情的全部，或許她對發生的事情一知半解，可是選擇與洪北漠、任天擎這些人合作無異於與虎謀皮。

胡小天斟酌之下，決定再提醒她一句：「你知不知道洪北漠來自金陵徐氏？」

「什麼？」七七鳳目圓睜，她一直以為洪北漠跟自己才是同一類人。

胡小天道：「金陵徐氏早有問鼎天下之心，所以早就在朝內佈局，楚源海、胡不為這些人全都是徐老太太當年一手佈置，可很少有人知道洪北漠也是她布下的一顆棋子。」

「這些都是你聽誰說的？」七七將信將疑。

胡小天站起身來：「你記不記得龍靈勝境祭台之上的銘文？還有壁上的浮雕？」他停頓了一下，輕聲誦道：「嘉豐十七年，康都棲霞湖，天降火球，引發天火，火勢波及三十里，波及之處，化為瓦礫，死傷無數，嗚呼哀哉！百姓何辜。朕特鑄此鼎，鎮災伏魔，祈求上天，庇佑大康……」

七七自然記得。

胡小天道：「根據雕刻上的圖案，可以知道嘉豐十七年發生了什麼事情，洪北漠現在修建的皇陵就處於當年火球墜入的棲霞湖，在那次大戰不久，當時的明宗皇帝就下令填湖，將棲霞變成了棲霞山，以後的事情還需要我一一講明嗎？」

七七站起身來，走到胡小天的對面，低聲道：「自然要說，你不說，我又怎麼明白？」

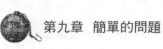

胡小天心中暗忖，不是你不明白，而是你想知道我究竟知道多少，他微微一笑，以傳音入密道：「當時被梟首的兩名天外來客，他們的頭骨就收藏在皇宮之中，我想淩嘉紫就是其中一人的後代。」他雖然沒有直接說七七是天外來客的後代，可說淩嘉紫等於是在說她。

七七呵呵笑道：「真是佩服你的想像力，既然他們都死了，又哪來的後代？」

胡小天道：「當時還有幾人逃走，興許他們的子女就是其中的一員，我在五仙教總壇發現了一艘小型的飛船，發現了那具藍色的骸骨，想必就是當年他們僥倖逃生的同伴。」

七七道：「那些天外來客的後代緣何沒有一丁點和他們相像的地方？」

胡小天微笑道：「看來你不知道進化的事情，也不清楚人可以因環境而改變自己，你知不知道人最早的祖先乃是猿猴？連猴子都能變成人，更不用說這些掌握了先進科技的天外來客為了生存下去而迅速進化了。」

七七搖了搖頭，不知是無話可說還是在否決胡小天此前的推斷。

胡小天道：「洪北漠根本不是那些天外來客的後代，他處心積慮地做了那麼多的事情，最終的目的只是為了他自己。」

七七道：「我憑什麼相信你？你又是誰？」她心中似有所悟，咬了咬櫻唇道：

「難道那個能夠讀懂頭骨資訊的就是你？」

胡小天毫不猶豫地點了點頭：「不錯！」想要在最短時間內重獲七七信任也只有這個辦法了。

七七將信將疑，可是胡小天所說的這一切，如果不是深悉內情之人，又怎能如此透徹？

胡小天以為漸漸取信於她的時候，七七卻突然又道：「我又焉知你和洪北漠不是同一種人？」

胡小天歎了口氣道：「問你個最簡單的問題，如果我和洪北漠同時掉到河裡，兩人又都不會水，你先救哪一個？」問完之後，他就覺得這個問題有點弱智了，七七必然回答誰都不救，眼睜睜看著他們兩個都淹死最好。

可七七的回答偏偏出乎他的預料：「我還是救你，至少跟你說話不算太悶。」

胡小天道：「不是因為這個原因，是因為你喜歡我！」

七七蒼白的俏臉之上居然浮現出兩抹紅暈，燭光之下顯得嬌豔動人，她居然勇敢地問道：「你當初心中究竟有沒有喜歡過我？」

胡小天呵呵笑了起來。

七七道：「你不老老實實回答我，你就永遠得不到龍靈勝境的鑰匙。」

胡小天道：「我若是回答你，你需要將任天擎送來的那顆頭骨給我！」

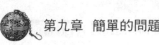

七七道：「看來你我之間除了利益，已經剩不下任何的東西。」

胡小天卻道：「失去的東西可以再培養，感情如韭菜，割了一叢還有一叢。」

七七道：「濫情的人才是如此吧。」她正色道：「回答我的問題！」

胡小天盯住七七的雙目，忽然揚起手來，燭火隨著他的動作而熄滅，七七芳心一陣慌亂，黑暗中被這廝有力的臂膀擁入懷中，感覺到他灼熱的呼吸向自己逼近。

七七芳心中一陣慌亂，以為這廝又要對自己用強，低下頭去，用這樣的姿勢做出防衛，可胡小天並沒有進一步的舉動，只是靜靜擁著七七，兩人誰都沒有說話，彼此的心跳呼吸清晰可見。

七七忽然產生了一種久違的溫馨感覺，同時又感覺到一陣酸楚。

耳邊傳來胡小天輕柔的聲音：「我知道你這些年一個人捱得一定很辛苦，以後我陪你一起承擔。」

七七明明知道他句話是虛情假意，可卻仍然忍不住熱淚盈眶，這混帳認準了自己的弱點，他故意這麼說，七七忽然抬起頭來主動吻上胡小天的嘴唇，胡小天正準備做出回應的時候，卻被她狠狠咬住，咬得胡小天唇破血流。

此時外面傳來權德安關切的聲音：「殿下……」他聲音中透著擔憂，可是又不敢貿然進入。

七七這才放開了胡小天，淡然道：「我沒事！」

燭火重新點燃，兩人的剪影投射在格窗之上，權德安望著相隔遙遠的兩道身影，這才稍感心安。

七七的嘴唇染滿了鮮血，全都是胡小天的血，嬌嫩的舌尖舔了舔唇上的鮮血，有些鹹澀。

胡小天的嘴上也都是鮮血，不過全都是自己的，血還未止住，仍然在流，這廝的臉上帶著笑，彷彿什麼都沒有發生過一樣。

七七取出錦帕將唇角的鮮血擦去，然後來到胡小天的面前，用錦帕蓋住了他的嘴唇，胡小天的雙目平靜望著她，他所說的第一句話卻是：「我的血可能有毒。」

七七道：「那也比不過你的心腸！」

胡小天暗自無奈，女人總是這樣，即便是聰穎如七七，很少肯面對現實，明明是自己做錯，偏偏要將責任推給對方，當然她推給你責任的時候並不意味著她要害你，或許還證明她在心底對你的某種認同，女人多半都是占小便宜吃大虧，而男人恰恰相反。

望著胡小天嘴唇上的血印，七七非但沒有覺得愧疚，反而流露出一絲得意。

胡小天道：「當初只當你是一個小孩子，雖然喜歡，可絕不是男女之情的那種喜歡，剛才我抱你的時候，方才發現你真的長大了，不再是一個小孩子。」

七七道：「所以？」

胡小天道：「所以我開始把你當成一個女人看待。」

七七忍不住笑了，這廝的藉口聽起來可真是牽強啊：「這麼說，你當年悔婚也有這方面的緣故？」

胡小天道：「娶一個尚未發育的小孩子總會有罪惡感。」

七七來到他的身邊重新坐下，雙目仍然盯著他的嘴唇。

胡小天則向她平平的胸膛掃了一眼道：「當然，你現在好像也沒怎麼發育。」

「知不知道我為什麼咬你？因為你這張嘴永遠只會胡說八道。」

胡小天伸出手臂攬住她的香肩，這次七七居然沒有掙脫，而且主動靠在了他的肩頭上，閉上雙眸道：「你雖然可恨，可是我卻忘不了你。」

胡小天眨了眨雙目，這妮子八成是以其人之道還治其人之身，看出自己對她發動感情攻勢，所以將計就計，也以同樣的方法應對自己。胡小天道：「咱們之間或許就是常說的相愛相殺吧。」

七七道：「你心中究竟還有多少秘密瞞著我？」

「你有多少，我就有多少。」

七七格格笑了起來，睜開美眸，明澈的雙眸中流露出前所未有的嫵媚光芒，仰起頭來輕輕在胡小天受傷的嘴唇上印了一記，蜻蜓點水般，胡小天居然不閃不避。

七七道：「你不怕我再咬你一口？」

胡小天道：「反正都被咬了，不在乎再多咬一次。」

七七道：「想從我這裡拿走東西，總得付出一些代價。」她將其中的一把鑰匙交到了胡小天的手中。

胡小天也沒料到居然會如此順利，低聲道：「你不陪我一起過去？」

七七搖了搖頭道：「想過，可還是算了，洪北漠對我已經產生了疑心，我若是過去，只怕他會得悉你我之間的關係。」

胡小天微微一笑，雖然沒有說話，可是一切盡在不言中。說到關係，他和七七過去曾經有過婚約，現在兩人究竟是敵人、朋友仰或是情人？連他自己都說不清。

七七又從手腕上解下七星鏈遞給了他，胡小天知道進入龍靈勝境之後，這七星鏈可以打開內層密道，看到七七表現出如此誠意，胡小天開始對她相信了幾分。

七七又道：「對了，給你看一樣東西。」她站起身來，轉身去屏風之後，出來的時候手上托著一幅畫軸，當著胡小天的面展開，卻見上面畫著一個丰神玉朗的男子，胡小天一眼就認出這男子是自己，居然形神兼備，想不到這幾年間七七的畫藝進展如此神速，胡小天道：「你畫的？」畫上並無落款，所以他才會有此一問。

七七道：「楊令奇！」美眸滿懷深意地望著胡小天。

胡小天淡然一笑，表情風波不驚。七七在這個時候拿出這幅畫絕不僅僅是要表達她對自己的感情，而是另有深意。

七七道：「很多事情你以為能夠瞞過我，可事情並非你想像中那麼簡單。」

胡小天微笑道：「總算相信你對我餘情未了。」

七七道：「我若是狠下心來，你以為史學東這些人能夠安穩活到現在？」

胡小天伸出手去，用手背貼住她的額頭，低聲道：「還好你足夠清醒，能夠分清這世上誰對你好，誰對你壞！」

七七道：「我對你那麼好，你卻對我隱藏那麼多事情，你究竟有沒有良心？」

胡小天將七星鏈戴在自己的手腕上，微笑道：「等我從那裡回來，我再告訴你一些事情。」他轉身準備離去的時候，七七又道：「那兩顆頭骨，你幫我封存在當初發現頭骨的地方！」

胡小天微微一怔，想不到七七居然對他如此信任。可心中同時產生了一個疑慮，她如此配合，該不會設好了圈套讓自己去鑽？

七七已經猜到了他心中想法，低聲道：「洪北漠心機深重，任天擎也不是尋常人物，我擔心他們已經對我生疑，或許會在那裡設伏，你現在後悔還來得及。」

胡小天淡然一笑：「不入虎穴焉得虎子，我不怕他們。」

七七道：「明日戌時，我會在雲瑤台設宴，宴請他們兩個，我可以拖住他們一個多時辰，然後我會製造權公公被人伏擊的假像。」

胡小天已經完全明白了她的意思，七七雖然不會跟自己一起同去，可是權德安要帶著藍色頭骨一起前往龍靈勝境。不過轉念一想權德安乃是她的心腹，對她言聽計從，自然不會出賣七七，七七宴請洪北漠和任天擎也是幫忙拖住這兩個勁敵。

七七道：「所以你行動的時候最好掌握時間，鑰匙可不止你手中這一把，權公公手裡還有一把。」她盯住胡小天的眼睛道：「你是不是擔心我還會害你一次？」

胡小天道：「這次我反倒想不出你有什麼理由！」

七七詭異笑道：「害人永遠都不需要理由，你去吧，務必要記住，明日戌時，你和權公公在入口處相聚。還有，絕不可有第三人在場。」

這對胡小天來說倒是一個難題，畢竟他答應要帶秦雨瞳前往，此番之所以要去龍靈勝境，也都是因為答應過秦雨瞳的緣故，可這件事又不能向七七說明，暫且答應她，走一步看一步。

夜色初臨，大康雲瑤台上燈火通明，卻是永陽公主特地在這裡宴請洪北漠和任天擎，一同被宴請的還有大康丞相周睿淵，太師文承煥。

眾人落座之後，七七向一旁的權德安耳語了幾句，然後當著眾人的面將一把鑰匙遞給了他。

洪北漠目光凌厲，一眼就認出那把鑰匙正是此前自己交給七七的那一把，心中微微一動，只當沒有看到。

權德安轉身離去。

任天擎道：「不知公主殿下今日邀請我等前來，是為了什麼事情？」

七七微笑道：「連日酷暑難奈，好不容易迎來了一個清涼的晚上，本宮前陣子因為生病疏於朝政，這段時間全都靠各位大人辛苦操勞，所以特地設下酒宴，和諸位愛卿一起觀荷賞月，略表感激之情。」

周睿淵笑道：「公主殿下實在是太客氣了，百忙之中還要顧著這些事情，為國效力乃是我們的本份。」

文承煥也在一旁應和。

七七微微一笑，端起金樽道：「這杯酒是本宮感謝諸位大人對我一直以來的支持，我先乾為敬！」

眾人雖然聽命於她這麼多年，可是得到她邀請來這裡飲酒還是第一次，一個個慌忙都將酒杯端起來，陪著她飲下。

七七的目光落在任天擎臉上，輕聲道：「任先生，我和洪先生商量了一下，你送來的那樣東西，還是由我來保管最好，我讓權公公妥善收藏，你不用擔心。」

洪北漠不由得露出苦笑，這妮子不把自己拖下水誓不甘休，不過現在自己還離不開她，最近給自己的冊子，讓自己解決了很多的問題，且多忍耐她一段時間。

第十章

萬劫不復的深淵

胡小天道：「你對淩嘉紫的事情又瞭解多少？
你知不知道洪北漠、任天擎這些人，他們的目的根本不在乎權力，
他們要的是整個世界？皮之不存毛將焉附！
一旦洪北漠完成皇陵內部的那件東西，
這個世上所有的人都將墜入萬劫不復的深淵。」
權德安冷笑道：「你根本就是危言聳聽！」

任天擎的表情古井不波，微笑道：「那禮物原本就是送給殿下的，微臣既然送出去，又怎會收回？」

周睿淵和文承煥都聽得一頭霧水，兩人也都是浸淫朝堂多年的老手，已經明白今晚他們絕非宴請的主角，任務乃是要作陪。

酒過三巡，七七道：「本宮請諸位愛卿過來還有一個目的，就是商討國事。眼前的局勢大家也已經看到了，天香國異軍突起，勢力不斷坐大，已經威脅到大康的安全，依諸卿之見，我們應當如何應對？」

洪北漠和任天擎對望一眼，政治方面的事情兩人很少開口。

周睿淵道：「洪水到來之前，首先要修築堤壩，只要堤壩足夠牢靠，縱然濁浪滔天，一樣可以將洪水阻擋在外。」

太師文承煥道：「周大人高見，攘外必先安內，老臣也贊同，必須先穩固國家的內部，將國之叛逆儘早清除，方才能夠擁有更強的合力。」

周睿淵顯然不是這個意思，文承煥自然也清楚，只不過因勢利導，將周睿淵的話做了一番錯誤解讀。

周睿淵正想反駁，卻聽七七道：「文太師所說的國之叛逆究竟是誰呢？」

文承煥道：「自然是擁兵自重的鎮海王……」

周睿淵用一串大笑打斷了文承煥的這番話，兩人政見不同，積怨已久，在任何場合都無須掩飾。

文承煥將手中酒杯重重一頓，顯然對周睿淵的舉動大為不滿。

七七笑道：「大家暢所欲言，可千萬不要傷了和氣，洪先生，你怎麼看？」

洪北漠謙虛道：「在朝政方面，微臣又怎能比得上兩位大人，不過若是殿下一定要微臣說，微臣就硬著頭皮說說，鎮海王的事情已經成為事實，若是對他用兵，只怕大康內部會更加混亂，非但對局勢沒有幫助，反而會讓國內重新陷入亂局，其實這些事情無需我說，殿下早已看清了局勢，不然也不會派他去西川。」

周睿淵道：「洪先生明見！」誇洪北漠，等於暗指文承煥這個老糊塗只會添亂了。

文承煥道：「胡小天這個人野心勃勃，公主殿下雖然對他恩寵有加，可是他卻辜負了朝廷的信任，微臣還聽說為大雍解去疫情之困就是他在暗中操作。」

聽到文承煥將話題扯到大雍的疫情上，玄天館主任天擎不由得皺了皺眉頭，他已經意識到接下來或許會發生什麼事情。

周睿淵道：「此事未經證實吧？」

文承煥道：「別人不清楚，你周大人還能不清楚？您的寶貝女兒秦雨瞳在雍都神農社行醫，濟世救人，若是沒有她，恐怕疫情早已在大雍散播開來，如今的大雍或許已經不攻自破。」

周睿淵怒道：「血口噴人！」

文承煥的目光投向任天擎道：「任先生就在這裡，如果老夫沒有記錯，令愛乃是任先生的高足，她的動向任先生最為清楚。」

任天擎面露不悅之色，這把火終究還是燒到了自己的身上，此前他就遭到了永陽公主的詰問，現在可謂是舊事重提，他歎了口氣向七七作揖道：「微臣教誨不當，請殿下責罰。」

任天擎既然做出如此表態，身為父親的周睿淵自然不能毫無表示，他也躬身致歉道：「此事與他人無關，完全是微臣教女無方，請殿下責罰！」

七七笑了起來：「秦雨瞳是任先生的徒弟，又是周丞相的女兒，昔日她在康都的時候跟本宮也非常聊得來，她已經長大，做出任何的行為都可以自己負責，又不是你們教唆，本宮因何要懲罰你們？做出親者痛仇者快的事情？來！今天咱們不談這個，免得擾了酒興！」目光冷冷落在文承煥的臉上，文承煥心中暗歎，這把火非但沒有燒到周睿淵，反而燒到了自己身上，看來不好繼續再提了。

洪北漠附和道：「公主殿下說得極是，咱們喝酒。」

胡小天從密道潛入瑤池之中，從水底潛游，準時來到水下龍頭處。他並沒有遵照七七的吩咐，秦雨瞳與他一起同來，提前潛伏在龍頭附近，準備尋找機會尾隨胡小天進入龍靈勝境。

權德安也於戌時到來，他身穿黑色水靠，身手極其矯健，絲毫看不出老邁之態，和胡小天會合之後，兩人向龍耳密道潛入，來到封閉的鐵門前方，同時取出鑰匙，插入鎖孔，啟動機關。

順利進入龍靈勝境之後，權德安摘下頭罩，露出白髮蒼蒼的頭顱，胡小天也摘下頭罩，笑瞇瞇望著權德安道：「多謝！」他仔細傾聽周圍並無任何的動靜，秦雨瞳會在密道開啟之後，進入這裡，得想個辦法先將權德安支走。

看到權德安腰間懸掛的那兩個大大的革囊，這其中想必裝著頭骨，胡小天道：「權公公若是信得過我，接下來的事情不如都交給我來辦。」

權德安嘿嘿冷笑，一言不發舉步就走，顯然對胡小天並不信任。

胡小天無奈只能跟著他向裡面走去，必要時候看來只有將這老太監給打暈，不然秦雨瞳也不可能現身，更不可能順利從權德安手裡得到那顆被任天擎一度搶走的頭骨。

兩人並肩前行，權德安低聲道：「你此番來找公主目的是什麼？」

胡小天道：「重修舊好，破鏡重圓！」

權德安呸了一聲，忽然一把抓住胡小天的領口將他推到石壁之上，雙目虎視眈眈望著胡小天道：「你還想蒙蔽七七？甜言蜜語想要害她嗎？」

胡小天笑容不變：「權公公，你是不是老糊塗了？你認識我那麼多年，我對七七何時有過加害之心？如果我想害你們，莫說是她，即便是你，又怎能活到今日？」

權德安放開了他，轉身繼續前行，聲音低沉道：「你究竟怎樣騙她，她才會答應你那麼多的事情。」

胡小天道：「她那麼聰明自然懂得什麼人對她好，什麼人對她壞，選擇和那幫人合作，根本就是與虎謀皮！一旦她失去了利用價值，命運可想而知。」

兩人談話間已經來到雕龍穹頂之下，胡小天解開手鏈，將七星鏈嵌入其中，打開頭頂隱藏的密道。

兩人都不是第一次來到這裡，一前一後鑽了進去，經過那片浮雕的時候，胡小天發現浮雕已經被人整個鏟平了，想來是七七不想讓人知道昔日的那段往事所以才會將之毀去。

秦雨瞳想來也應該進入了密道，胡小天故意道：「權公公，這浮雕你想必看到過？」

權德安沒有搭理他，仍然繼續向前方走去。

胡小天卻停下腳步道：「你究竟欠凌嘉紫多大的人情，方才如此忠誠於她？」

權德安因他提到的這個名字而停下了腳步，他並沒有轉身，佝僂的背影彷彿凝固在那裡，胡小天知道的事情顯然比自己預料中要多得多。

胡小天道：「有些事終究會有水落石出的一天，你若是看過這幅壁畫，就應當知道七七的來歷，她和我們根本不同！」

權德安霍然轉過身去，雙目之中鋒芒畢露，目光猶如兩把利劍恨不能將胡小天的胸膛刺穿。

胡小天的表情鎮定自若，這不僅僅源於他強大的心態，也因為他強勁的實力，權德安的武功雖高，可是現在應該已經不是自己的對手。

胡小天道：「你應當知道洪北漠他們在利用七七，你卻阻止不了，你想保護她，可是以你的能力只怕做不到這一點！」

權德安聲音低沉道：「只要我有一口氣在，這世上絕沒有任何人可以傷害她。」

胡小天道：「當年你對凌嘉紫或許也是一樣的想法，可惜你有心無力，根本阻止不了她的死去！」

權德安被胡小天的這句話刺激到了，他向前跨出一步，鋼鐵鑄成的右腳踏在堅硬的岩石之上，竟然將岩石踏出一個深深的足印。

雖然威勢驚人可是胡小天卻無動於衷，胡小天的目光平靜無波：「權公公，我看你也是深陷局中，你雖然知道一些事情，可是絕不可能知道事情的全部。」他伸手拍了拍已經被毀去的壁畫，感歎道：「皇陵之中的秘密，想必你也應當知道，洪北漠功成之日，就是七七遇難之時。」

權德安冷冷道：「你又知道什麼？在這裡信口雌黃！」

胡小天道：「咱們打開密道的七星鏈，乃是我在縹緲峰雲廟所得，當時就收藏在凌嘉紫的畫中，那幅畫乃是龍宣恩親手所繪，一開始我懷疑七七是他的親生骨肉，可後來我才知道，龍宣恩根本生不出這樣的女兒。」

權德安怒道：「你胡說什麼？」

胡小天道：「你對凌嘉紫的事情又瞭解多少？你知不知道洪北漠、任天擎這些人，他們的目的根本不在乎權力，他們要的是整個世界？皮之不存毛將焉附！一旦洪北漠完成皇陵內部的那件東西，這個世上所有的人都將墜入萬劫不復的深淵。」

權德安冷笑道：「你根本就是危言聳聽！」

胡小天道：「你知不知道任天擎就是蒙自在？你又知不知道任天擎出身於五仙教？」

權德安倒吸了一口冷氣，他對這些事情並不知情。

胡小天道：「你一心保護七七，應該是信守當年對凌嘉紫的承諾，可是你又知不知道凌嘉紫根本不是這個世界的人？」

權德安咬了咬嘴唇，並沒有說話。

胡小天又道：「她的血是不是藍色？」

權德安握緊了雙拳，絕非是因為對胡小天的戒備和敵視，而是秘密暴露之後的緊張。

胡小天指了指他腰間的革囊道：「這兩顆頭骨其中包含著太多的秘密，洪北漠之所以支持七七，是因為七七能夠讀懂其中隱藏的資訊。七七的體內留著凌嘉紫的血。」

權德安咽了一口唾沫，用力搖了搖頭道：「她什麼都不知道。」

胡小天笑了起來：「或許你沒對她說過，可是七七跟你不同，她想要得到資訊根本無需通過你的講述，也許凌嘉紫生她的時候就已經將記憶傳給了她，那段記憶在她少年懵懂之時沉睡，等到她長大，記憶才開始一點點復甦。」

權德安道：「你的想像力真是豐富。」

胡小天心中始終懷疑凌嘉紫才是佈局之人，權德安雖然受凌嘉紫之托，當年或許凌嘉紫有恩於他，可是從現在看來權德安知道的事情並不太多，至少不可能比洪北漠、任天擎之流知道得更多。

胡小天道：「我向你保證，我不會害七七，如果這個世界上還有人能夠幫她，只能是我！」

權德安的表情充滿了猶豫，此時他聽到了腳步聲，胡小天的耳力比他更加強勁，於他之前就已經聽到那由遠而近的腳步聲，他猜測到是秦雨瞳來了，心中暗歎，這妮子向來沉得住氣，怎麼今晚一反常態，她來得似乎早了一些，眼看著權德安開始有所動搖，或許自己再說幾句，他就會被自己說動，可偏偏此時秦雨瞳出現。

權德安充滿警惕地望著胡小天，以傳音入密道：「你還帶了其他人過來？」

胡小天搖了搖頭，眼前只能裝糊塗：「我也不知道怎麼回事？是不是你被人跟蹤？」他下定決心，要出其不意制住權德安，搶下頭骨，那顆得自於五仙教的頭骨，看來只有秦雨瞳才能夠破解其中的秘密。

權德安心中暗忖，自己一路小心得很，應該不會被人跟蹤，這小子向來狡猾，他的話不可全信，內心中生出被人欺騙的憤怒。

腳步聲突然消失，應該是秦雨瞳有所警覺停下了腳步，權德安看了胡小天一眼，胡小天明顯能夠感覺到他目光中的敵意，看來剛才自己說了那麼多，卻是前功盡棄。

沒過多久，腳步聲卻又重新響起，權德安將用來照明的夜明珠收起，周圍頓時陷入一片黑暗之中。

胡小天暗自警惕，這老太監心機深重，雖然自己並不怕他偷襲，可是要提防他突襲秦雨瞳的可能。

一團淡黃色的光芒升騰而起，很快就將周圍重新照亮，兩人循著光芒望去，卻見秦雨瞳身穿貼身的藍色鳳凰甲出現在距離他們五丈之處，她自然沒有以本來面目示人，目光向胡小天望來。

胡小天遞給她一個眼神示意她不可靠得太近。

權德安冷冷挖苦道：「王爺真是信守承諾，你答應了殿下什麼？」

胡小天自知理虧，咳嗽了一聲道：「權公公，有件事我不想瞞你，任天擎送給公主的那顆頭骨原本屬於我所有，中途被他和五仙教主兩人搶走。」

權德安道：「這麼說，你們兩人又要聯手從咱家這裡奪走頭骨對不對？」

胡小天道：「權公公千萬不要誤會，我對公公絕無加害之心，每顆頭骨皆有淵源，你若是信得過我，可否將任天擎送來的那顆頭骨借我等一觀，公公馬上就會明白其中的道理。」

權德安呵呵冷笑：「胡小天，事到如今你還在編織謊言，真當咱家是三歲孩童那麼好騙？」

就在兩人談話之時，一道藍光倏然向權德安射去，卻是秦雨瞳趁權德安不備果斷突襲。

權德安雖然和胡小天說話，可是心底也沒敢放棄防備，在秦雨瞳出手之時，身軀已經輾轉挪移，瞬間在石室內留下數道殘影，藍光錯失目標，卻爆炸開來，化為萬千藍色光點，有若飛蛾撲火，又如流星逐月，向權德安包圍而去。

胡小天看得真切，那藍光所化的竟然是一隻隻的小蟲，他心中暗暗震驚，秦雨瞳竟然也懂得馭蟲之術，過去卻從未在自己面前顯露過，轉念一想，她的師父乃是玄天館任天擎，她的母親秦瑟出身五仙教，五仙教上任教主又是她的外婆，懂得馭蟲之術倒也不足為奇。

來此之前，胡小天和秦雨瞳就探討過種種可能，當時也做出決定，不到最後一步不會輕易向權德安出手，只是計畫不如變化，胡小天沒想到秦雨瞳來得那麼早，而且輕易就暴露了影蹤，現在更是直接向權德安出手，讓他們已經沒有了其他選擇的可能。

權德安的身軀猶如陀螺般逆轉，真氣鼓漲，將周身衣袍扯得粉碎，露出裡面的黑色內甲，右足重重在地上一頓，身軀猶如炮彈般向上彈射而起，飛到石室頂部，身軀高速俯衝下去，雙手張開，十根手指宛若鳥爪，向秦雨瞳的面門抓去。氣勢足可撕虎裂獅，空氣都被他強勁的爪力撕裂，發出尖銳的嘶嘯聲。

胡小天不由得擔心，秦雨瞳未必能夠擋住權德安的全力一擊。

秦雨瞳足尖一點，向胡小天飄去，顯然她也意識到權德安的這一招自己無法硬接。

胡小天向前一步，將秦雨瞳擋在身前，雙手握拳，臂彎屈起，凝聚全力向前方擊出，口中大吼道：「公公聽我解釋！」

以爪對拳，權德安自然占不到半點便宜，胡小天拳頭雖然沒到，可是拳頭鼓蕩空氣，內勁已經撲面而來，權德安此時的內力已經遠遠遜色於他，竟然放棄硬拚，身軀在空中急停倒轉，一氣呵成。

胡小天暗讚，這老太監如此年紀還擁有這樣的身手當真不易，同時心中又湧現出一些自豪，想當年自己被老太監強勢碾壓，而今實力逆轉，自己終有揚眉吐氣的一天。

突然，就在此時，身後的秦雨瞳卻猝然發難，雙手一揚，數百道藍色冰針射向胡小天。

胡小天全神貫注對付權德安的時候，壓根沒有想到秦雨瞳會突然偷襲自己，在這樣的距離下，胡小天不可能輕鬆躲避，察覺到後方異常，他在第一時間做出反應，身軀向前躬起，他之所以做出這樣的動作是因為他身穿翼龍甲，翼龍甲加上他自身的的護體罡氣，足以防住任何的刺殺，不過他的弱點還是在頭部，躬身的動作可以讓他盡可能躲過頭部的傷害。

權德安一臉迷惘，他怎麼也不會想到胡小天和秦雨瞳竟然發生了內訌。

數百根冰針密集射在胡小天的身上，胡小天雙腳在地上用力一蹬，身體向前方竄出，盡最大努力緩衝對方的射殺，逃竄的同時，從腰間抽出光劍，於前衝中一個側方旋轉，轉過身來。

光劍藍白色的光芒照亮了胡小天驚詫莫名的面龐，秦雨瞳偷襲落空也沒有急於發動第二次攻擊，站在原地，充滿殺機的雙目冷冷望著胡小天，這目光陰鷙冷酷，邪氣十足，竟有幾分熟悉。

胡小天倒吸了一口冷氣，他已經判斷出對方絕不是秦雨瞳，沉聲道：「眉莊！」

秦雨瞳發出一串呵呵長笑，低下頭去，抬頭的時候，已經恢復了她的本來面目，不是眉莊還有哪個？

胡小天內心頓時沉了下去，眉莊出現在這裡，而且她的身上穿著秦雨瞳的鳳凰甲，足以證明秦雨瞳已經遇到了麻煩，今晚看來並不順利，螳螂捕蟬黃雀在後，雖然他們非常警惕，可最終仍然被眉莊所乘。

眉莊夫人芊芊素手輕輕將額前的一縷亂髮攏起，當真是風姿無限，可以推斷她年輕時必然是傾城傾國的美女，然而卻生就了一副蛇蠍心腸，不但害死了她的師姐、師父還親手謀害了她的徒弟夕顏，現在又將手伸向了秦雨瞳。

胡小天充滿嘲諷道：「堂堂一派宗主竟然用這種下三濫的手段偷襲別人，當真是一點臉面都不要了。」

眉莊夫人道：「我只是想試試你，看看你的反應如何，想不到你的應變已經到了如此神速的地步。」

胡小天冷笑道：「你也算是有些膽色，勾結任天擎背叛師門，做盡了傷天害理之事，又從我手中搶走了頭骨，你好好躲起來就罷了，只可惜天堂有路你不走，地獄無門你偏進來，你以為今天我還會放過你嗎？」

胡小天故意點出眉莊和任天擎的關係。

一旁權德安聽得清清楚楚，不但知道眼前這個女人就是五仙教主眉莊，也知道了她和任天擎的關係，剛才眉莊突襲胡小天，等於證明她和胡小天並無關係，權德安心中暗忖，眼前的局面下需要先聯手胡小天將這女人除去，避免今晚之事傳出去被任天擎知道。

眉莊似乎已經猜到了權德安的想法，格格笑道：「是不是想聯手將我剷除？我既然敢來，自然不會害怕你們。」她優雅地在原地轉了個身，向胡小天道：「認不認得這套鳳凰甲？」

胡小天雖然還在微笑，但是笑容已經變得牽強，他自然認得，這套鳳凰甲乃是秦雨瞳的甲冑。

眉莊夫人道：「給你一個選擇，殺了權德安，將那兩顆頭骨送到我手裡，我就放過秦雨瞳的性命！」

權德安內心一沉，望著胡小天的目光中充滿了警惕，在眉莊的要脅下，胡小天或許當真會這樣做，畢竟自己的性命對他來說根本無關緊要。

胡小天的雙目自始至終盯著眉莊，他輕聲歎了口氣道：「你還真是卑鄙！」

眉莊夫人嫵媚笑道：「卑鄙的女人才可愛。」

胡小天鄙夷的目光望著她道：「你從頭到腳就沒有一丁點可愛的地方，惺惺作態的老女人，難怪沒有男人喜歡你。」

一句話觸及了眉莊夫人的逆鱗，眉莊厲聲喝道：「胡小天，你當真不在乎秦雨瞳的死活？」

胡小天道：「你是個反覆無常的女人，就算我按照你的吩咐做了，你一樣不會放過秦姑娘，如果她出了事，我只能殺了你報仇，與其到那時候殺你，不如現在就動手，我還是有些辦法能夠逼你說出真話的。」

眉莊夫人冷冷道：「你以為自己可以做到？」

胡小天道：「那就試試！」一話未說完，已經向眉莊衝了過去，出手毫不遲疑，破天一劍！藍白劍刃化為一道噬天裂地的光幕，向眉莊兜頭斬去。

眉莊本以為自己已經掌控了局面，捏住了胡小天的命脈，卻沒有想到胡小天真敢對自己出手，難道這小子不顧秦雨瞳的性命了？

胡小天將一切想得非常透徹，以眉莊的為人，就算自己殺死權德安奪回頭骨送給她，她一樣不會告訴自己秦雨瞳的下落，與其被她牽制，不如一搏，制住眉莊，逼她說出秦雨瞳的下落。

在對付眉莊這一點上權德安和胡小天的想法相同，今日絕不能讓眉莊活著從龍靈勝境中逃出去。不然她就會將自己和胡小天合作的事情透露出去，可能會對七七造成威脅。

眉莊夫人雖然用毒馭蟲方面獨步天下，可是在面對胡小天這種絕對實力的人物卻不敢硬撼鋒芒，胡小天剛一出手，她的身軀就如同水蛇般向右後方滑動，逃得雖然很快，卻仍舊躲不過胡小天的劍勢，光劍的劍鋒還是掃到了她的肩頭，嗡！的一聲，光刃和鳳凰甲接觸之後迸射出大片紅白色的光芒，眉莊身軀借著劍勢向後方滑行。

胡小天從劍魔東方無我那裡學會破天一劍之後，可謂是無往不利，但是明明擊中了眉莊，卻沒有給她造成重創，這大大出乎他的意料之外。而且光劍擊中眉莊之後，光劍的光芒明顯黯淡了一下，鳳凰甲卻變得驟然明亮起來，胡小天並不是第一次經歷過這種狀況，此前和任天擎對戰之時，任天擎的孤月斬就可以吸取光劍的能量，現在看來鳳凰甲也是一樣。光劍也不是無堅不摧，對付不同的對手應該要選擇不同的武器。

眉莊還未停下腳步，權德安已經從側方無聲無息向她靠近，一掌拍向眉莊的後心，權德安時機把握得極其精準，將眉莊可能後撤的路線計算得清清楚楚，這一掌也是凝聚全部功力，絕無半點保留。

掌心落處，卻陡然一滑，掌力竟然偏出一邊，眉莊仰仗著鳳凰甲強大的防禦力和自身曼妙的步法，有若遊魚從權德安的身邊擠出。縱然如此，她也不敢繼續戀戰，快步狂奔，試圖脫離兩人的夾擊。

胡小天豈能讓她逃走，眉莊只要逃走就代表秦雨瞳會遭遇危險，剛才的一劍讓他意識到鳳凰甲應該可以抵禦光劍，劍柄重新插入鞘內，騰空俯衝施展馭翔術，將體內氣力提升到極限追逐眉莊。

權德安畢竟斷了一條腿，在輕功身法方面比起兩人都有不小的差距。自歎弗如之時，身後傳來嗡的一聲悶響，權德安轉過身去，卻見一道藍色弧光旋轉著向自己飛來，弧光行進的過程中邊緣不斷擴展，權德安吃驚不小，看來今晚潛入龍靈勝境的人不止是眉莊，還有另外一個厲害的人物。

權德安縱身一躍，想要躲過那道弧光，可是他右側的義肢卻不聽使喚，危急之中身軀後仰，眼看著那道弧光貼著他的胸膛飛掠而出，兜了一圈，又飛了回去。

權德安的目光追逐著弧光，看到湖光落在一個灰衣人的手中，那灰衣人身軀漂浮在半空之中，平靜望著權德安，輕聲道：「權公公，別來無恙？」

權德安用力眨了眨眼睛，眼前之人分明是玄天館主任天擎，怎麼可能？任天擎明明陪著七七在雲瑤台夜宴，他究竟是如何抽身到了這裡？莫非雲瑤台那個是假的？

任天擎顯然不會給權德安思考的機會，手臂一震，孤月斬的弧形軌跡，權德安感覺到自己右腿的義肢被一股強大的力量牽引，他的行動受到了極大影響，權德安暗自吸了一口氣，陡然騰躍而起，他要借著牽引之力，攻向任天擎。

任天擎面色不變，孤月斬陡然迸射出絢爛的光華，然後以驚人的速度奔向權德安。

權德安看到勢頭不妙，解開腰間革囊，用革囊去抵擋孤月斬。

任天擎皺了皺眉頭，權德安定然是猜到他對兩顆頭骨志在必得，所以才不惜損毀頭骨來對抗孤月斬。他手掌微微一動，孤月斬變幻方向，貼著地面向權德安的足踝斬去。

權德安騰躍而起，卻想不到那孤月斬奪的一聲竟貼在了他的右側足底，看來他的義肢和孤月斬之間產生了強大的吸引力。權德安冷哼一聲，右足重重向地面踏去，意圖將孤月斬直接踏入地下。

以權德安的內力，一踏之下足以開碑裂石，他的這條右腿乃是洪北漠特地用精鋼為他打造，無論是硬度還是靈活性都不次於正常下肢，他早已將之運用自如，然而全力蹬踏之下，整條義肢竟突然失去了控制，源自足下孤月斬強大的吸引力竟然讓義肢關節變得僵直。

任天擎在此時突然啟動，一拳向權德安迎面擊去。

權德安想要後退，右足卻被孤月斬牢牢吸附在了地面之上，權德安大驚失色，唯有硬碰硬迎擊任天擎的這一拳，雙拳撞擊在一起，發出蓬的一聲巨響，權德安的身軀明顯向後仰起，被他踩在腳下的孤月斬猛然旋轉起來，將權德安的整條義肢也隨之扭曲變形。

權德安就算武功處於巔峰狀態之時也不是任天擎的對手，更何況他現在武功最多只是巔峰狀態的七成，義肢終於控制不住孤月斬，孤月斬的光芒掠過他的左踝，將權德安的左足齊根切斷，權德安一言不發，十指向任天擎抓去。

任天擎冷笑一聲身軀陡然拔高一丈，權德安身軀一震，十根尖銳的指甲竟然脫離手指飛出，宛如十道寒星射向任天擎的面門。他被孤月斬所困，也只能用這種自殘肢體的方式應對任天擎。

任天擎動都不動，十根指甲距離他面門尚有一寸處便再也無法前進，乃是被他的護體罡氣所阻。

權德安點了點頭，抓起兩只盛有頭骨的革囊向身後投去。

胡小天被眉莊引開，當他聽到身後動靜的時候，方才意識到跟隨他們潛入龍靈勝境的顯然不止一人，暗叫不妙，捨棄眉莊轉身來救，只是他來得已經遲了，權德安投出兩只革囊。

任天擎應變神速，身軀一晃，倏然已越過權德安頭頂，將兩只革囊抓在手中。

胡小天此時方才來到，一拳向任天擎攻去，任天擎身軀疾退，孤月斬同時飛出，從權德安的左腿根部飛掠而過，權德安僅剩的左腿也被切斷，身軀一軟撲通一聲，匍匐在了地上。

任天擎踏在孤月斬之上，瞬間隱沒在黑暗之中。

胡小天怒道：「混帳哪裡走！」

權德安卻虛弱道：「別追了……那是假的……」

胡小天停下腳步，再看權德安已經倒在血泊之中，兩條腿都已經沒了，雖然胡小天對他素來沒什麼好感，可是看到他如此淒慘，也感到於心不忍，躬下身去，為他點穴止血，安慰他道：「不妨事，這條腿我還能夠幫你接上。」可是他也只是安慰權德安罷了，孤月斬的最後一擊非但切斷了權德安的左腿，還連帶著切下了他小半個身子，就算現在就能為他施行手術，權德安獲救的希望也是微乎其微。

權德安鮮血淋漓的右手抓住胡小天：「來不及了……你聽我說……」他將一支鑰匙塞到了胡小天的手中：「巨鼎之下……還有密室……有顆頭骨就在……其中……」

胡小天點了點頭。

權德安道：「你說的不錯，殿下跟我們不同，可是……這世上她只有我一個親人，答應我，我死後，你務必要善待她。」

胡小天毫不猶豫道：「我答應你。」

權德安道：「凌嘉紫乃是咱家生平所見智慧最為高絕之人，只可惜她紅顏命薄……有個秘密……七七其實是她懷胎七年所生……」

胡小天瞪大了雙眼，這種時候，權德安絕不會欺騙自己，七七的名字原來如此，胡小天低聲道：「她父親究竟是誰？」

權德安大口喘息著：「我不清楚……主母活著的時候，洪北漠、任天擎、龍宣恩這些人豈敢對她不敬……七七跟他們都沒有關係……」

胡小天望著權德安，心中充滿了迷惑。

權德安道：「外界傳言的明晦，其實……其實也只是一顆棋子罷了……」他用盡全力抓住胡小天的衣襟：「能夠幫助她的……只有你了……」

胡小天還想問他一些事，可是權德安雪白的頭顱無力垂落了下去，胡小天探了探他的鼻息，發現權德安已經氣絕身亡了。老太監的一生都是為了守護七七而活，無論他此前用過怎樣的手段，都是為了維護七七，對七七來說，他當得起忠肝義膽這四個字。

身後傳來輕輕的腳步聲，胡小天伸出手去緩緩為權德安合上雙目，站起身來，他並沒有望向身後，因為前方任天擎的身影去而復返，不用問身後就是五仙教主眉莊夫人。剛才權德安就已經說過，革囊中的頭骨乃是假的，任天擎回來就證明他已經識破。

任天擎的雙足距離地面一尺左右，胡小天記憶之中天龍寺的緣空的虛空禪法和任天擎類似。

任天擎微笑向他點了點頭，然後將兩只革囊扔在了地上，兩顆頭骨從裡面滾了出來，雖然大小類似，可是仔細一看就知道是人工雕琢仿照。

胡小天暗歎，七七這妮子果然還是留了一手，其實這也難怪，雖然自己好話說盡，不惜利用感情攻勢，可現在的七七也非昔日那個情竇初開的少女，這些年的風雨已經將她歷練得越發成熟老道，想起權德安剛才所說，凌嘉紫孕育七七足足七年，她的身世果然不同尋常。

任天擎道：「交出頭骨，我饒你一命。」

胡小天道：「你好大的口氣！」

任天擎道：「你以為在我們兩人的夾擊下能有勝算？」

身後傳來眉莊夫人的聲音道：「你就算不珍惜自己的性命，也要顧及秦雨瞳的性命對不對？」

胡小天向前一步踏在一顆偽造的頭骨之上，將那顆頭骨踩了個粉碎，他微笑道：「既然頭骨對你們那麼重要，你們又為何將它送給七七？還不是因為你們根本無法領悟其中的秘密。」

任天擎臉上的笑容漸漸收斂，胡小天說中了他的心思。

胡小天道：「你們也都算是難得一見的聰明人，那顆頭骨的主人是誰我雖然不知道，可是五仙教前任秦教主必然和頭骨有著密切的關係，這顆頭骨你們就算送給七七也是無用，她根本參悟不出其中的秘密，秦瑟若是活著想必能夠體會其中的玄妙，秦教主死了，秦瑟也死了，現在世上能夠揭示頭骨秘密的其實只剩下了一個人。」他微微偏轉面孔，目光斜睨眉莊夫人道：「這麼簡單的道理你們都想不通嗎？所以你想殺了秦雨瞳只管放手去做！」

任天擎和眉莊目光對視，兩人的表情都變得沉重起來，胡小天的這番話絕非危言聳聽，其實在任天擎將頭骨送給七七參詳之時，就產生過這樣的想法，現在胡小天既然也這樣說，想來不會有錯。

他們原本以為可以用秦雨瞳的性命作為要脅，逼迫胡小天就範，可現在胡小天反而抓住了他們的心理，看穿他們不敢輕易奪去秦雨瞳的性命。

眉莊咬牙切齒道：「那又如何？我一樣可以讓她求生不得求死不能！」她對胡小天的話卻是一句都不信。

胡小天笑道：「大家撕破臉皮最多不過是一拍兩散，你們想要的是頭骨，我想要的是龍靈勝境中的另一件寶貝，不如大家合作，你們將秦雨瞳交給我，我把頭骨交給你們。」

任天擎和眉莊兩人的表情都是將信將疑。

胡小天掏出鑰匙在兩人面前晃了晃，然後道：「不相信的話，咱們大可放手一搏，就算你們能夠從我手中奪走鑰匙，也勢必付出慘重的代價。」現在的胡小天的確有資格說這種話，就算任天擎和眉莊兩人聯手，不付出極其慘重的代價也無法將他擊敗。

任天擎冷冷道：「你是什麼人？」

胡小天道：「我的師父乃是鬼醫符刓！」他在這時候拋出鬼醫符刓的名字也是有原因的，上次的談話表明，鬼醫符刓知道相當多的內情，其隱藏之深絕不次於任天擎，而胡小天又能斷定鬼醫符刓和任天擎並不屬於同一陣營，這樣說也是為了增加可信度。

任天擎瞇起雙目，靜靜打量著胡小天道：「你想要找的東西，是不是天人萬像圖？」

胡小天心中暗笑，這廝看來果然上鉤。面孔一板道：「與你無關，這筆交易你們究竟做還是不做？」

眉莊向任天擎使了個眼色，她還傾向於兩人夾擊除掉胡小天搶走鑰匙，可是任天擎顯然並不那麼想，沉吟片刻緩緩點了點頭道：「我怎麼知道你手中有頭骨？」

胡小天道：「人在你們手中，我又能玩什麼花樣？」

任天擎終於向眉莊使了一個眼色。

眉莊轉身離去。

等到眉莊的身影消失之後，胡小天躬下身去撿起地上的另一顆偽造的頭骨，輕聲道：「難道你們看不出我是想逐個擊破嗎？」話音未落，頭骨已經全力向任天擎投擲過去。

任天擎也沒有料到這廝如此奸猾，剛剛達成的協議說變就變，一掌劈落，將那顆頭骨拍成齏粉。旋即身軀旋動，孤月斬脫手飛出，宛如一道新月慧芒迅速擴展開來。

胡小天並未抽出光劍，竟然徒手向孤月斬抓去。

任天擎暗歎這廝大膽，不過這樣的招式根本就是愚不可及，他似乎已經看到胡小天手臂被切斷的情景。

胡小天和任天擎已經不止一次交鋒，此前都是利用光劍和孤月斬對抗，發現孤月斬竟是光劍的剋星，相交之時光劍的能量明顯被孤月斬吸取，此消彼長，孤月斬的能量還隨之增加，所以胡小天選擇放棄使用光劍乃是明智之舉。

權德安剛才之所以被殺，其根本原因還是因為他那條義肢的拖累，孤月斬自身強大的磁力限制了權德安的動作，胡小天乾脆放棄了所有的兵器，單純就內力而言他並不次於任天擎。

任天擎對孤月斬的掌控也是用內力操縱，想要破解孤月斬，最簡單的辦法就是截斷任天擎的內力，胡小天已經接近將虛空大法融會貫通，最近內力的增長可謂是一日千里，隨著內力的增強，他對外界力場變化的感知也變得極其敏銳。孤月斬席捲的能量越強，胡小天的感知就越是清晰。除卻孤月斬狂飆巨浪的強大力場之外，他還另外感知到一道柔韌之力，正是來自於任天擎的力量，這道力量操縱孤月斬在空中幻化萬千。

胡小天看似隨意的探手，其實卻是精妙到了極致，躲過孤月斬最為強大的力量，避過其無堅不摧的鋒芒，掌心平貼在孤月斬下，同時切斷任天擎和孤月斬之間的聯繫。

任天擎第一時間意識到胡小天的用意，他再也無法保持閒庭信步的淡定心態，身軀倏然向孤月斬的方向射去，他要在胡小天掌控孤月斬之前，搶回對孤月斬的控制權。

任天擎的身軀掠過權德安的屍體，就在此時讓人意想不到的一幕發生了，早已死去的權德安竟然從地上坐起身來，雙手牢牢抱住任天擎的右腿，十指如劍，狠狠插入其中。

任天擎壓根沒有料到權德安會死而復生，別說是他，就是胡小天也大吃一驚，剛才他親自探查過權德安的脈息，確信權德安已經死去，想不到權德安竟然連自己也騙過。

權德安已經知道自己必死無疑，可是他又算準了任天擎識破真相之後必然去而復返，於是才決定詐死瞞過所有人，就算是自己必死，也要抓住一切可能的報復機會。

任天擎縱然武功蓋世，他全部的注意力都集中在胡小天的身上，再加上他早認為權德安已經死去，所以才會疏忽大意，權德安此番突襲實在是出乎所有人的意料之外，他抱住任天擎的右腿，十指凝聚畢生之力插入任天擎的大腿之中。

任天擎爆發出一聲怒吼，揚起右掌狠狠拍擊在權德安的天靈蓋上，這一掌將權德安的頭顱擊得粉碎，鮮血和腦漿噴了一地。然而權德安仍然死死抱住他的右腿，不肯放鬆。

胡小天卻在第一時間反應了過來，右手一揮，失去控制的孤月斬斜行飛向一旁，深深嵌入石壁之中，順勢抽出光劍，凌空躍起，凝聚千鈞之力向任天擎劈落。

任天擎無法擺脫權德安的屍體，唯有帶著他的屍體向後退去，身法移動大受影響，胡小天手起劍落，這一劍劈中任天擎的右臂，任天擎的右臂應聲而落，他一言不發掙脫開權德安的屍體，迅速向遠方逃去。

胡小天正準備奮起直追，卻聽到身後傳來眉莊淒厲的尖叫聲：「胡小天，難道你不要她的性命了？」

胡小天內心劇震，想不到眉莊這麼快就已經回來了，他硬生生停下腳步，卻見地上已經多了一連串藍色的血跡，任天擎逃得匆忙，甚至連斷掉的手臂都顧不上撿起。

秦雨瞳身無寸縷，雙眸緊閉，誘人的嬌軀峰巒起伏盡收眼底，眉莊竟然沒給她留下寸縷遮羞，胡小天大飽眼福之餘不禁暗歎，這眉莊也太過邪惡了一些，搶了秦雨瞳的鳳凰甲，好歹給人家留一件內衣，不過這樣一來倒是便宜了自己，還好秦雨瞳現在處於昏迷狀態，不然若是這樣面對自己，只怕羞都要羞死了。

眉莊夫人的目光落在地面上那隻斷裂的手臂之上，再看到頭顱被擊碎腦漿流淌一地的權德安，心中頓時明白，她和任天擎終究是被胡小天給設計了，這廝說什麼利益交換，無非是想支開自己，和裝死的權德安一起聯手對付任天擎。

即便是在眼前的狀態下，胡小天依然鎮定，笑瞇瞇道：「你殺了她，我就殺了你，與其兩敗俱傷，不如握手言和，你放了秦姑娘，我將鑰匙交給你如何？」

眉莊冷笑道：「小子，你傷了我師兄，你以為我還會相信你的鬼話？」她原本對胡小天就不抱任何的信任。

胡小天道：「其實他受傷對你並無壞處，連我都能看出他對你只是利用而已。」

「住口，休要挑唆！」眉莊抽出一柄烏黑色的彎刀抵在秦雨瞳雪樣嬌豔的胸膛之上，隨時都可能將秦雨瞳的心臟挖出來。

胡小天道：「你信也罷，不信也罷，我先將頭骨取出，咱們再考慮交易之事。」他居然不管眉莊的舉動，轉身來到前方祭台前，推動祭台上的方鼎，移開方鼎，抬起條石，下方現出一個洞口。

眉莊終於忍不住心中的好奇，她將彎刀橫在秦雨瞳的脖子之上，只要胡小天有所異動，她就讓秦雨瞳身首異處。

胡小天從洞口中取出了一個玉匣，他將玉匣打開，裡面果然收藏著一顆藍色頭骨，胡小天敢斷定，這顆頭骨必然是最早收藏在龍靈勝境的那一顆，看來七七已經參悟了其中所有的秘密，所以又將之收藏在這裡，任天擎送來的那顆頭骨想必還在她的手中。

眉莊看到那顆藍色頭骨，目光頓時變得明亮起來，心中的警惕又被貪欲所替代。厲聲道：「把頭骨扔過來！」

胡小天道：「我給了你頭骨，焉知你會放過秦姑娘？若是你反悔，我豈不是人物兩空？」

眉莊冷笑道：「你以為自己還有選擇嗎？」

胡小天道：「當然有選擇，你是什麼人我清楚得很，所以必然是不見兔子不撒鷹，大不了一拍兩散，你殺了秦姑娘，我殺了你為她報仇，至少頭骨還在我的手裡。」

眉莊看到他如此堅決，心中暗忖，這小子也是心狠手辣的性子，更何況這頭骨要比秦雨瞳的性命珍貴得多。眉莊夫人雖然智慧過人，可終究免不了以己量人，她覺得這頭骨重要所以認為別人也是這樣想。斟酌之後，她向胡小天道：「咱們一手交貨，一手交人！」

胡小天眉開眼笑道：「這就對了。」

眉莊還刀入鞘，然後將秦雨瞳的身軀雙手托起，胡小天也舉起了那頭骨，眉莊道：「我數到三，咱們開始交換，若是你膽敢使詐，休怪我無情！」

胡小天道：「你只管放心就是！」

眉莊道：「一！二！三……」當她數到三的時候，兩人同時將交換的籌碼向對方投去，秦雨瞳毫無意識，被眉莊扔了過去，方向並非直對著胡小天，而是朝向胡小天右側的石壁，胡小天若是不出手及時截住，最怕眉莊大力之下秦雨瞳會被活活摔死。

胡小天這次並未使詐，的確將頭骨向眉莊扔了過去，他看準秦雨瞳的方向足尖一點，飛撲而至，穩穩將秦雨瞳的嬌軀抱了個滿懷。

眉莊也在同時將頭骨接住，她接住頭骨之後，並沒有向胡小天發動進攻，而是轉身就逃，她也不是傻子，看到連任天擎都被胡小天斬斷了一條手臂，自己更加不可能是他的對手，趁著這個機會儘快逃離才是正本。

胡小天方才接住秦雨瞳，就感到地面劇震，他險些立足不穩，站穩身形，卻看到前方的入口竟然崩塌，一塊巨石將入口封住，眉莊剛巧逃到近前，她若是再快上一步，只怕要被這巨石砸中，一張面孔因為後怕而變得蒼白如紙。

胡小天抱著秦雨瞳，內心也是極其震駭，難道突然地震了？轉念一想又沒有任何可能，或許是他們有人觸動了某個機關。

眉莊咬了咬嘴唇，向右側狂奔而去。

胡小天抱起秦雨瞳，緊隨其後，走了幾步，正看到孤月斬還插在石壁之上，他一探手將孤月斬拔出，跟著眉莊的腳步向右側甬道跑去，地面上佈滿星星點點的藍色血跡，正是剛才任天擎斷臂之後逃走的道路，胡小天心中暗忖，看來除了自己利用七星鏈打開的通道之外，還有另外一條密道可以抵達這間石室，任天擎和眉莊就是通過這條密道進入其中。

震動越發強烈，頭頂碎石簌簌而落，前方又傳來一聲劇震，煙塵彌散中，一個披頭散髮的身影從中衝出，卻是眉莊去而復返，顯然他們進入的那條道路也被封死了。

看到胡小天，眉莊充滿戒備，可比起胡小天似乎眼前所面臨的危機更大。

劇震過後，似乎突然又平靜了下來，胡小天悄悄拉開和眉莊之間的距離，在搞不清狀況之前，必須要提防眉莊這個敵人。他在四周仔細搜索了一遍，發現所有可能的出口全都被巨石封閉，眉莊這會兒功夫也是跟他一樣，四處尋找出路，可最終一無所獲，只能重新回到方鼎旁邊。

胡小天看到眉莊失魂落魄的模樣心中幾乎能夠斷定，他們之所以被困十有八九是剛剛逃出去的任天擎啟動了機關，胡小天忽然呵呵笑了起來。

眉莊怒視他道：「你笑什麼笑？」

胡小天道：「想不到你我相爭一場，竟然是這個結局！」

眉莊冷哼一聲，她站起身來，揚聲道：「師兄！師兄！你在嗎？」她的聲音在空曠的石室內迴盪，可是卻無人應聲。

胡小天道：「他自然在的！」目光落在地面之上，方才發現剛才任天擎被他斬斷的那條手臂竟然不見了，這龍靈勝境內除了他們五個人，如今權德安已經死去，其餘三人都在這裡，也就是說拿走那條手臂的人必然是任天擎。

眉莊怒道：「你又知道什麼？」

胡小天道：「他啟動機關吸引我們的注意力，趁著我們不備偷走了手臂，又擔心不是我的對手，所以才將這裡所有的出口全都封死，他要將我活活困死在裡面。」

眉莊聽他分析得絲絲入扣，內心不禁升起一陣寒意。不過她心底深處還存在著一絲幻想，任天擎應該只是針對胡小天，絕不是針對自己。

頭頂陡然傳來陰惻惻的笑聲，笑聲過後一個怨毒的聲音道：「不錯，胡小天你果然聰明，是我落下了機關，不要以為你有光劍就能所向披靡，就算你耗盡光劍的能量，也休想從這裡逃出去。」

眉莊聽到任天擎的聲音，彷彿抓住救命稻草一樣，驚喜道：「師兄！師兄！我得到了頭骨！」

任天擎居然沒有任何的回應。

眉莊尖叫道：「師兄，我在這裡！」內心中卻開始感到害怕。

胡小天道：「就算你叫破喉嚨也沒有半點用處，他現在斷了一條手臂，又丟了孤月斬，根本不是我的對手，你以為他會主動前來送死？最好的辦法就是將我們全都困在這裡，這裡連一滴水都沒有，更不用說食物，空氣也剩不下多少，只要有足夠的耐心，我們三人不被渴死也要被悶死，我們死後，所有的東西還不是他的？」

眉莊用力搖了搖頭：「我師兄不會這麼做！」

胡小天笑道：「他什麼事情幹不出來？他喜歡秦瑟，還不是一樣對她下手，更不用說一個他從未喜歡過的女人！」

眉莊宛如被踩了尾巴的貓一般尖叫起來：「你住口！」

胡小天道：「我說或不說都改變不了這個事實。」

眉莊內心如同被重錘擊中，她大聲道：「師兄！」

黑暗中傳來任天擎的一聲歎息：「師妹，你不用害怕，我自然會救你出去。」

胡小天哈哈大笑道：「任天擎，你究竟是不是男人？既然做了為何不敢承認？除非眉莊能夠將我殺死，又或是我們全都餓死在這裡，否則你絕不會啟動機關將她放出去。」

眉莊怒視胡小天的方向，胡小天又道：「其實我說錯了，剛才眉莊明明有機會逃出去，你仍然不肯放她走，看來你想殺的不止是我一個。」

任天擎道：「我縱橫一生，從未受過今日之辱，我不殺你誓不為人！」

胡小天笑道：「你根本就不是人，一個雜種怪物罷了！天命者算不上，人也算不上，你活在這世上本就多餘。」他的這句話成功將任天擎觸怒，任天擎暴吼道：「住口！」

胡小天知道說中了他的痛處，繼續道：「那條手臂你拿去也沒什麼用處，我剛才不小心踩了幾腳，只怕所有骨骼都已經成為粉末了。」

任天擎爆發出一聲怒吼，這廝著實歹毒，專挑自己的心頭扎刀子。他怒極反笑：「胡小天，我看你能囂張到什麼時候！」說完之後就沉默了下去。

黑暗中升起一團綠色火焰，卻是眉莊右手攤開，掌心之上一道綠色火苗冉冉升起，將整個黑暗的石室照亮。

光芒映射下，眉莊的面孔蒙上一層慘澹的綠色，顯得無比詭異，又透著一種說不出的淒涼。剛才任天擎的那番話已經表明，他已經下定決心要置胡小天於死地，自己也不可避免地被胡小天連累，成為了一個犧牲品，胡小天有句話說得沒錯，自己在任天擎的心中根本沒有任何地位，他對自己也只是利用，只要他願意，隨時都可以毫不猶豫地犧牲掉自己。

胡小天抱著秦雨瞳，雖然是盛夏，石室內的溫度卻有些寒冷，他感到秦雨瞳的嬌軀有些發涼，先將自己的外衣脫下來為秦雨瞳穿上，然後抱緊她的嬌軀幫助她恢復體溫。因為不知道眉莊對秦雨瞳動了什麼手腳，所以胡小天也不敢輕易解救，他向眉莊建議道：「大家同坐一條船上，不如放下仇恨，先想個辦法脫身再說？」

眉莊的目光卻自始至終盯著那團火焰，唇角露出陰森的笑意，並沒有回應胡小天的話。

胡小天道：「你沒機會殺死我！」在這樣的狀況下，論到單打獨鬥，他有足夠的把握可以戰勝眉莊。

眉莊終於開口道：「那就看咱們究竟誰能夠活得更長久一些。」目光向秦雨瞳蒼白的面孔掃了一眼道：「不過有一點我能夠斷定，先死的那個人，一定會是她。」

胡小天搖了搖頭道：「那倒未必！」他將秦雨瞳的嬌軀輕輕放在了地上，然後緩緩站起身來。

眉莊感到無形的殺氣從四面八方向自己壓迫而來，內心不由得緊張起來，她迅速向後退去，拉開和胡小天之間的距離。

胡小天道：「我改主意了。」

眉莊呵呵冷笑道：「你想殺我？」

縱然自己無力殺死胡小天，可她相信胡小天想要殺死自己也沒有那麼容易，滾滾而來的殺氣猶如波濤翻滾向她不斷湧來，壓榨著她周圍的空間，在這間石室內，眉莊根本沒有後退的餘地，她感覺自己可以活動的空間變得越來越少，有若一座無形的大山正在從她的頭頂向她緩緩壓下，她此時方才真正認識到胡小天的實力。單憑武功，自己不可能是胡小天的對手。就在她決定施展一切手段和胡小天全力一搏之際，胡小天卻用傳音入密向她道：「你我若不聯手，今日很可能要被困死在這裡，任天擎已經準備將你捨棄，根本不會在乎你的死活。」

眉莊知道他說的是實情，只是沉默不語。

胡小天又道：「咱們有兩個方法，一是咱們打鬥，我裝死，可是以任天擎的精明必然騙不過他。」

眉莊眨了眨眼睛，示意贊同胡小天的說法，任天擎智慧高絕，這樣的手段當然瞞不過他，胡小天能夠斬斷他一條手臂，又豈會死在自己的手裡。她終於以傳音入密回應道：「還有一個辦法是什麼？」

胡小天道：「那就是我們結盟，讓他知道我們握手言和，你救醒秦雨瞳，咱們三人之中，也只有她能夠領悟頭骨中的秘密，或許頭骨之中就有開啟這密道的方法。」

眉莊心中將信將疑，雖然猜到胡小天有可能哄騙自己營救秦雨瞳，可是在眼前的狀況下，似乎也沒有更好的選擇。

戌時即將過去，權德安仍然沒見歸來，七七的內心也開始感到有些不安了，難道這其中又發生了差錯？她想得更多的是胡小天反水，對權德安不利，她雖然和胡小天剛剛建立了一些信任，可這些信任的基礎顯然是不夠牢靠的。

洪北漠覺察到七七有些心神不寧，關切道：「公主殿下是不是累了？我等還是儘早告退，千萬別耽擱了殿下休息。」

幾人同聲應和，七七卻笑了起來：「急什麼？本宮還有正事沒說呢。」

幾位臣子面面相覷，搞了半天，談了一個時辰居然還沒進入正題。

任天擎多半時間都保持沉默，周睿淵和文承煥兩人自從剛才交鋒之後，似乎也都冷靜了下來，誰都不願主動開口，明顯有些冷場。

七七道：「關於鎮海王的事情，本宮還是認同周丞相和洪先生的觀點。」

文承煥聽她舊事重提，不覺皺了皺眉頭，看來想要趁機打擊胡小天的計畫已經沒有任何可能，這小妮子頭腦非常清楚，對大局的把握非常準確，看出現在對胡小天下手並不是明智之舉。

七七道：「人非聖賢孰能無過，胡小天的確做過一些年少輕狂的事情，不過他最近也向本宮表達懊悔之意，仔細想想，他這些年也沒有做過太多對不起大康的事情。」

幾人全都聽出七七開始在為胡小天開脫，既然她都把話說到了這種地步，誰也不會在公然指責胡小天，否則豈不是太沒有眼色，可誰也不好附和，畢竟七七和胡小天兩人究竟往何處發展還很難說。

洪北漠微笑道：「公主殿下高瞻遠矚，胸懷廣闊，實乃我等難以企及，只是鎮海王現在的狀況也不樂觀。」

七七淡然一笑道：「他既然是大康的臣子，他的事情自然就是大康的事情。」她的這番話雖然平淡，可是在幾位臣子聽來卻是驚心動魄，永陽公主的這句話意味著她已經決定和胡小天合作。

文承煥忍不住道：「胡小天罔顧現實，接收數十萬難民，眼看就要面臨斷糧之憂，大康也只不過剛剛恢復元氣，哪有多餘的糧食去支援那些外人？」

周睿淵道：「文太師此言差矣，即便是胡小天封地上的難民也是從西川湧入，西川從來都是屬於大康的一部分，同為大康的百姓，又有什麼內外之分？」

文承煥發現，周睿淵輕易不說話，只要一開口就是針對自己，他不禁怒道：「周大人此言差矣，何謂是同為大康百姓？當初李天衡擁兵自立之時，這些百姓可曾想過他們是大康子民？國家危難之時，可曾見他們出分毫之力？現在西川遭遇地震，他們遇到了麻煩，這才想起大康，不孝之子何須挽留？不忠之民無需憐憫？何苦為了這些不忠不孝不義之人，徒增自身的負擔？」

洪北漠向任天擎看了一眼，發現任天擎的目光似乎也有些不安，心中不覺一怔，今晚這場宴會實在有些詭異，每個人都透著古怪，每個人都顯得不正常，周睿淵和文承煥的爭執或許源於政見不同，可任天擎向來鎮定，今晚因何有些不安？洪北漠道：「任先生你怎麼看？」

任天擎愣了一下，旋即笑了起來：「朝政上的事情我可沒有什麼發言權。」

洪北漠又道：「任先生覺得鎮海王如何？」

任天擎道：「我對他並不瞭解。」

洪北漠卻道：「他和令徒倒是交情匪淺呢。」

一句話掃了一大片，連周睿淵也被捎帶上了。

任天擎淡淡笑了笑，周睿淵臉色卻顯得很不好看，畢竟洪北漠當著公主的面提起胡小天和自己女兒的糾葛，有挑唆之嫌，但是他也不好說什麼，女兒所做的事情在某種程度上的確侵犯了大康的利益。

所有人都認為洪北漠真正針對的是周睿淵，可任天擎此時卻仔細觀察著任天擎的細微變化，包括他的呼吸節奏和心跳變化，一個人的外表偽裝得如何精妙，可是畢竟還會有些地方露出破綻，任天擎的心態顯然失去了昔日的沉穩，隨著洪北漠的問話，他也發生了一些細微的變化。在場的其他人當然不會察覺，可是洪北漠卻將一切把握得清清楚楚，他敢斷定，身邊的人絕非任天擎，至少不是他過去認識的那個任天擎。

以任天擎沉穩的心態，早已做到風波不驚，又怎會隨著局勢的變化，內心節奏而發生變化，雖然這變化極其細微，可是仍然無法瞞過洪北漠的眼睛。

石室內仍然籠罩在一片黑暗中，胡小天抱著秦雨瞳，感覺她的體溫已經恢復了正常，距離他此前和七七約定的一個時辰只怕早已過去了，今晚的事情正印證了一句話，計畫不如變化，他本來想跟秦雨瞳合謀一場潛入的好戲，可是螳螂捕蟬黃雀在後，任天擎和眉莊夫人已經在這裡守株待兔。

一開始的時候，胡小天還以為這兩人也是和秦雨瞳一樣跟在他和權德安的身後潛入龍靈勝境，可自從任天擎啟動機關，封閉石室，看來龍靈勝境之中一定另有通道，而現在所有的通道都已經被任天擎封閉。

黑暗過後就是光明，可是他們的光明何時才能到來？

胡小天心念及此的時候，石室內又點亮了光芒，光芒的來源仍然是眉莊的掌心，雖然光芒只有龍眼般大小，卻足以照亮這昏暗的石室，胡小天看到眉莊的眼睛居然流露出前所未有的平和目光。

眉莊以傳音入密向胡小天道：「你有什麼法子？」

胡小天道：「讓他自投羅網。」

眉莊充滿不屑道：「他為人警覺，又豈會輕易上當。」

胡小天道：「只要誘餌足夠分量，不愁他不肯上當，更何況咱們還有一張王牌！」

兩人的目光同時落在秦雨瞳的身上，眉莊顯然經過深思熟慮，她點了點頭道：「我幫你喚醒她，不過你休要打什麼其他的主意，否則，我讓你首先為她送終。」

胡小天笑道：「都到了這步田地，大家理當同舟共濟，我還會有其他的想法嗎？縱然想對你不利，也是咱們逃出去之後的事情。」

眉莊夫人點了點頭，胡小天的這番話說得倒也坦誠。可是這廝的頭腦實在太過精明，今日原本她和任天擎已經將局面掌控在手中，卻想不到胡小天僅憑著三寸不爛之舌就將局勢逆轉，究其原因貪欲使然也，如果不是任天擎太想得到頭骨的秘密，也不會上了這小子的當。自己何嘗不是如此，一直以來都被貪欲蒙蔽雙眼，乃至陷入今日困境，想當初胡小天潛入紫龍山的時候，自己就應該從中得到教訓，可現在卻依然中了這廝的圈套，事到如今說再多後悔的話也是無用，唯有接受胡小天的建議，和他同心協力，爭取能夠儘快脫離困境。

那龍眼大小的光芒從眉莊的手中緩緩飄起，來到秦雨瞳額頂，然後化成一團光霧，隨著秦雨瞳的呼吸，這團光霧進入她的鼻翼之中。眼前一幕讓胡小天心驚肉跳，畢竟他對眉莊並不信任，不排除眉莊對秦雨瞳下手的可能，可是秦雨瞳已經是這個樣子，按理說再壞也壞不到哪裡去。

說來奇怪，秦雨瞳吸入那團光霧之後很快就有了反應，黑長而蜷曲的睫毛顫動了一下，旋即緩緩睜開了雙目，看到胡小天就在她的面前不禁欣喜非常，可旋即又看到眉莊夫人冷酷的面孔，心中頓時吃了一驚。

她很快就意識到自己的鳳凰甲已經穿在了眉莊的身上，不由得大驚失色，她首先擔心的並非是失去了這身寶甲，而是她現在身上有沒有穿著衣服，低頭俯看，看到身上穿著的是男子衣衫，再看胡小天身上的翼龍甲，頓時明白，一定是眉莊夫人扒去了自己的鳳凰甲，而胡小天為了避免自己難堪，所以將他的外衫脫給自己，所以胡小天身上只剩下翼甲了。芳心中又羞又急，掙扎著想從胡小天懷中坐起身來，卻感到身軀酸軟無力，不得不繼續靠在胡小天懷中。

眉莊夫人冷冷道：「別以為你恢復了神志就能活命，只要我願意，隨時可以奪去你的性命。」

胡小天笑道：「說好了大家同舟共濟，怎麼又開始喊打喊殺？」他攬住秦雨瞳的香肩，將此前事情的經過告訴了她，秦雨瞳聽他說完，方才知道了一切，輕聲歎道：「都怪我太大意，竟然被這兩個奸人所乘。」

眉莊道：「你心中只想著和情郎相會，又哪還記得留意身後的情景。」一句話說得秦雨瞳面紅耳赤，她的確疏忽了。

胡小天安慰她道：「不怪你疏忽，而是敵人太過狡猾了。」

眉莊道：「你心中仍然將我當成敵人嗎？」

胡小天以傳音入密向她道：「我們的一舉一動是不是全都在任天擎的監視之下？」

眉莊搖了搖頭，同樣以傳音入密回應他道：「他或許聽得到我們說話，但是絕對看不到裡面的情景。」

「你和他關係如此親密，難道不清楚機關的事情？」

眉莊心頭黯然，任天擎顯然在重要的事情上對她都有隱瞞，心中的失落很快又化為對任天擎的怨恨，她向秦雨瞳看了一眼道：「她又能有什麼辦法脫身？」剛才胡小天說秦雨瞳是一張王牌，眉莊不清楚王牌的意義何在，所以才有此問。

胡小天道：「咱們三人之中，能夠領會頭骨真正含義的只有秦姑娘。」

眉莊充滿懷疑地望著胡小天道：「你先騙我救人，然後又想將頭骨從我這裡哄走？」

胡小天笑道：「你果然是個陰謀論者，就算我想騙你，如果無法從這裡逃出去，最終咱們還不是都要變成一堆白骨？於我又有什麼好處？」

眉莊夫人來回端詳著手中的頭骨，她和頭骨之間並沒有半點感應，心中暗忖，胡小天說得不錯，就算我將頭骨給他，對他也沒有什麼意義，秦雨瞳乃是秦瑟的女兒，師父的外孫女，師父既然捨得將造化心經傳給她，說不定她還掌握了不少並不被我知道的事情。心念及此，將頭骨遞給了胡小天，想起自己費盡辛苦奪來頭骨，最終只不過在手上轉了一圈，又物歸原主，反而連累自己身陷囹圄，眉莊真是悔不當初。

秦雨瞳酸軟無力的狀況並沒有得到任何緩解，胡小天知道眉莊定然在她的身上動了手腳。他向秦雨瞳道：「你看看這顆頭骨是不是有什麼奧妙？」說話的時候他向秦雨瞳遞了個眼色。

秦雨瞳對這顆頭骨本沒有任何的感應，可是看到胡小天的眼神頓時就明白，她不可以實話實說，必須要給眉莊夫人希望。秦雨瞳的雙手輕輕落在頭骨之上，讓人驚奇的一幕發生了，自頭骨之上竟然彌散出藍色的光霧，光霧縈繞在頭骨周圍。

這下別說是眉莊夫人，甚至連胡小天都變得目瞪口呆，他本來認定了這顆頭骨就是此前龍靈勝境中的那個，可是如果當真是那顆頭骨，秦雨瞳應該不會有任何的感應，現在秦雨瞳居然對頭骨有感應，也就是說，頭骨並非是根據血緣遺傳感應，當然也存在另外一種可能，秦雨瞳和七七本身就有血緣關係。

眉莊夫人看到頭骨居然在秦雨瞳的手中有了反應，不禁又驚又喜，或許胡小天並沒有說錯，秦雨瞳真有可能是他們最後的王牌。

可是頭骨上彌散的光霧又迅速黯淡了下去，秦雨瞳嬌軀癱軟在胡小天的懷中，嬌噓喘喘，明顯剛才的舉動已經耗盡了她的大半氣力。

眉莊夫人不禁焦急道：「怎麼了？這頭骨裡面究竟記載了什麼？是不是天人萬象圖？」

胡小天怒道：「你讓她休息一下好不好？」

眉莊被胡小天呵斥，本想發作，可是轉念一想，目前自己跟他撕破臉皮根本占不到半點便宜。秦雨瞳之所以變成如今這步田地全都是因為她的緣故，只要眉莊願意，讓秦雨瞳恢復正常還不是舉手之勞，可是眉莊卻不肯冒險，一個胡小天就已經讓她抵擋不過，如果再加上一個恢復正常的秦雨瞳，恐怕不等自己逃出去就會被兩人先行格殺。一個病怏怏的秦雨瞳多少可以增加自己的保障，至少胡小天還會有所顧忌。

胡小天抱起秦雨瞳走到一旁的角落之中，眉莊冷眼望著他們兩人，居然沒有跟過去，發現胡小天將那顆頭骨扔在了地上，似乎並不珍視，眉莊原本想要將那頭骨收起，轉念一想，自己就算拿來也沒什麼用處，胡小天正是看準了這一點方才將之置之不理。

秦雨瞳蜷曲在胡小天的懷中瑟瑟發抖，甚至牙關都打起了冷顫，胡小天用額頭抵住她的前額，發現秦雨瞳的額頭燙得嚇人，秦雨瞳道：「我好冷……」

胡小天向眉莊道：「你對她做了什麼？」

眉莊聞言也湊了過去，伸出手去摸了摸秦雨瞳的額頭，內心也是一怔，充滿詫異道：「怎會如此？」

胡小天冷冷望著眉莊，顯然認為秦雨瞳如今的狀況全都是眉莊一手造成。

眉莊皺了皺眉頭道：「你不用這樣看著我，此事與我無關。」

她心中暗忖，自己雖然在秦雨瞳的身上動了手腳，可是本不應該導致這種狀況，應該是這妮子故意偽裝，想要利用這種方式讓自己為她解毒。

兩人各懷心思，即便是秦雨瞳渾身顫抖不止，眉莊也沒有準備出手相救的意思。

此時任天擎的聲音又從頭頂響起：「胡小天，你若是想保住她的性命，就乖乖將那柄鑰匙交出來。」

眉莊聽他提起鑰匙這才想起，剛才胡小天曾經亮出了一把鑰匙，因為遭遇這一連串的變故，自己幾乎忘了這件事，若非任天擎提醒，她根本想不起來。

任天擎的這句話足以證明秦雨瞳目前的狀況跟他有關。

胡小天道：「秦姑娘若是有了三長兩短，你這輩子都不可能知道頭骨的秘密。」

請續看《醫統江山》第二輯卷十八 生死之間

醫統江山 II 卷17 得而復失

作者：石章魚
發行人：陳曉林
出版所：風雲時代出版股份有限公司
地址：10576台北市民生東路五段178號7樓之3
電話：(02) 2756-0949
傳真：(02) 2765-3799
執行主編：劉宇青
美術設計：許惠芳
行銷企劃：林安莉
業務總監：張瑋鳳

初版日期：2021年5月
版權授權：閱文集團
ISBN ：978-986-352-960-6
風雲書網：http://www.eastbooks.com.tw
官方部落格：http://eastbooks.pixnet.net/blog
Facebook：http://www.facebook.com/h7560949
E-mail：h7560949@ms15.hinet.net
劃撥帳號：12043291
戶名：風雲時代出版股份有限公司

風雲發行所：33373桃園市龜山區公西村2鄰復興街304巷96號
電話：(03) 318-1378
傳真：(03) 318-1378
法律顧問：永然法律事務所 李永然律師
北辰著作權事務所 蕭雄淋律師

行政院新聞局局版台業字第3595號 營利事業統一編號22759935

定價：270元

國家圖書館出版品預行編目資料

醫統江山 第二輯／石章魚 著. -- 臺北市：風雲時代，2021.02- 冊；公分

ISBN 978-986-352-960-6（第17冊；平裝）

857.7　109021687